**김강현 新무협 판타지 소설**
FANTASTIC ORIENTAL HEROES

# 태룡전 6
## 김강현 新무협 판타지 소설

초판 1쇄 찍은 날 § 2009년 7월 7일
초판 1쇄 펴낸 날 § 2009년 7월 14일

지은이 § 김강현
펴낸이 § 서경석

편집장 § 문혜영
편집책임 § 정서진
편집 § 문정흠

펴낸곳 § 도서출판 청어람
등록번호 § 제1081-1-89호
등록일자 § 1999. 5. 31
어람번호 § 제2-1778호

주소 § 경기도 부천시 원미구 심곡2동 163-2 서경B/D 3F (우) 420-822
전화 § 032-656-4452  팩스 § 032-656-4453
http://www.chungeoram.com
E-mail § eoram99@chollian.net

© 김강현, 2009

ISBN 978-89-251-1864-2 04810
ISBN 978-89-251-1731-7 (세트)

※ 파본은 구입하신 서점에서 교환하여 드립니다.
※ 저자와 협의하여 인지를 붙이지 않습니다.
※ 이 책은 도서출판 청어람과 저작자의 계약에 의해 출판된 것이므로,
   무단 전재 및 유포·공유를 금합니다.

태룡전

6 흑마성교(黑魔聖教)

김강현 新무협 판타지 소설

# 目次

| | | |
|---|---|---|
| 제1장 | 남궁세가 | 7 |
| 제2장 | 섬전창 악대웅 | 39 |
| 제3장 | 성가장 | 71 |
| 제4장 | 화룡루 | 103 |
| 제5장 | 합비상단연합 | 133 |
| 제6장 | 황금 이전 냥 | 169 |
| 제7장 | 다시 미고현으로 | 209 |
| 제8장 | 흑마성교 | 241 |
| 제9장 | 철강시 | 263 |
| 제10장 | 작은 전쟁 | 291 |

第一章
남궁세가

흑마성교의 교주 표자흠은 심각한 얼굴로 유염천을 바라봤다. 유염천의 표정 역시 심각하기 이를 데 없었다.
"적련의 상황이 그렇게 안 좋은가? 우리에게 더 이상 지원을 못 할 정도로?"
"그렇습니다. 어떻게 손써볼 틈도 없이 당하고 있는 모양입니다."
적련을 그렇게 만신창이로 만든 것은 단가상단이다.
"끄응, 흑월검마… 정말로 골치 아프군."
표자흠은 흑월검마를 간접적으로 겪어봤다. 하지만 그것만으로도 그의 강함을 충분히 알 수 있었다. 표자흠은 사실 흑월검마를 자신이 이길 수 있을지 확신할 수 없었다. 아니, 솔직히 말하면 조금 자신이 없었다. 흑월검마는 그 정도로 강했다.

"단가상단의 뒤에 흑월검마가 있는 게 확실한가?"

유염천은 무거운 얼굴로 고개를 끄덕였다.

"단가상단 쪽을 은밀히 조사해 본 결과, 흑월검마와 상당히 밀접한 관계가 있는 걸로 밝혀졌습니다. 흑월검마가 단가상단의 주인인지 아닌지는 모르지만 그가 뒤에 있는 건 확실합니다."

흑마성교가 완전히 자리를 잡기 위해선 적련의 도움이 필수였다. 돈이야 이제 흑마성교에도 많다. 비검운으로부터 받은 상당한 보물을 아직도 그대로 갖고 있었기 때문이다.

하지만 중요한 건 돈을 운용할 능력이다. 돈은 쓰기만 하면 결국엔 바닥나게 되어 있다. 단체를 운영한다는 건 지속적으로 돈을 쓴다는 뜻이다. 즉, 비검운이 준 보물이 아무리 많아도 이대로 흑마성교를 운영하면 결국은 거지꼴을 못 면한다는 뜻이다.

적련은 그런 의미에서 흑마성교에 상당한 도움을 줄 수 있는 곳이었다. 돈을 잘 관리하고 사업체를 운영하는 능력을 갖춘 곳이다. 그리고 흑마성교에 그런 능력을 배양해 줄 수 있는 곳이기도 했다. 표자홈과 유염천이 원한 것이 바로 그것이었다.

한데 그 적련이 지금 위태롭게 흔들리고 있는데도 쉽게 도움을 줄 수 없는 상황이었다.

"우리가 할 수 있는 일이 뭐가 있지?"

"지금 벌어지고 있는 단가상단과 적련의 싸움은 무력이 아니라 금력의 싸움입니다. 우리가 도울 수 있는 거라면 비검운으로부터 받은 보물을 적련에 넘기는 것뿐인데, 그 정도로는 효과도 보기 힘들뿐더러 그냥 돈만 날릴 가능성이 큽니다."

표자흠은 잠시 고민했다. 그러다가 문득 자신이 이렇게 고민을 할 필요가 없다는 것을 깨달았다. 자신은 마인이다.

"적련을 버린다."

"예? 하지만 적련은 저희에 대해 너무 많은 것을 알고 있습니다."

적련에게 완전히 등을 돌리면 그들이 가만있을 리 없었다. 적련의 련주 우부경은 결코 호락호락한 사람이 아니었다.

"적련이 필요한 이유가 무엇인지 생각해 봐."

"그야 마인들의 유입과 사업체의 관리에……."

"그걸 꼭 적련이 하란 법은 없잖아. 대체할 만한 상단을 또 알아봐. 마음 같아선 단가상단과 손을 잡고 싶지만, 그쪽하고는 너무 틀어져서 곤란하지."

유염천은 식은땀을 흘렸다. 아직 흑마성교가 제대로 자리도 잡지 않았다. 이런 상황에 적련이 흑마성교에 관한 일을 터뜨려 버린다면 실로 난감해진다. 아니, 위험해진다. 무림맹은 지금도 사천을 통해 들어온 마인들을 찾기 위해 혈안이 되어 있었다.
"하지만……."
"적련 쪽에 우리가 그럴 거라는 낌새만 들키지 않으면 돼. 그러니 적당한 시기에 싹 쓸어버려."
유염천의 눈이 화등잔만 해졌다. 하지만 그도 마인이다. 이내 눈을 빛내며 고개를 끄덕였다.
"제가 알아서 준비하겠습니다."
"좋아. 역시 군사하고는 말이 통해서 즐거워. 하하하하."
표자흠의 웃음에 유염천이 고개를 숙이고 밖으로 나갔다. 두 사람의 눈이 야망과 마기로 번들거렸다. 이제 얼마 남지 않았다. 흑마성교의 역사가 시작될 날이 말이다.

남궁적산과 남궁현민은 가주 앞에서 고개를 숙인 채 앉아 있었다. 남궁세가의 가주인 남궁만천은 두 사람을 지그시 쳐다보았다.
"너도 알겠지만 요즘 세가의 사정이 그리 좋지 않다."
남궁현민이 고개를 조금 더 숙였다. 세가에 무슨 일이 있었는지는 이미 남궁적산으로부터 자세히 전해 들었다. 그 와중에 창궁단까지 지원해 줬으니 가주가 자신을 얼마나 생각해 줬는지 알 수 있었다. 그런 가주의 믿음에 보답하지 못한 것이 못내 안타까웠다.

"그래, 황산에는 정말로 별일이 없더냐?"

"특별한 걸 얻지는 못했습니다. 다만……."

남궁현민은 자신이 생각한 바에 대해 자세히 설명했다. 황산에서 뭔가를 발견하진 못했지만 누군가가 좋지 않은 일을 획책하고 있는 건 거의 확실했다. 남궁현민은 그 부분을 강조했다.

남궁만천은 남궁현민의 설명을 들은 후, 잠시 생각에 잠겨 차분히 그것을 정리했다.

"섬전창의 일은 너무나 경솔했다. 아무리 상황이 안 좋았어도 그렇게 처신해선 안 되는 거였어."

그 일에 대해선 남궁적산도 할 말이 없었다. 남궁현민 역시 마찬가지였다. 하지만 당시에는 정말 그게 최선이었다. 게다가 돈을 가진 사람도 있었으니 정말로 간단히 문제를 해결할 수 있지 않았는가.

"돈을 받겠다고 따라온 자는 어쩌고 있느냐?"

"적당한 방을 내주어 쉬게 했습니다."

남궁만천이 고개를 끄덕였다.

"잘했다. 일단 창궁단은 알아서 입단속을 시켜라. 외부로 새나가서 좋을 게 없다. 그리고 그 일이 얼마나 소문으로 퍼졌는지 알아봐라."

"알겠습니다."

"소문이 났다면 어떤 식으로 났는지 확인하고, 소문의 방향을 바꿔라."

"방향을 바꾸라 하심은……."

"그 천망단의 대주라는 자의 독단 행동으로 바꾸란 말이다."

남궁현민은 무거운 표정을 지었다. 그리고 천천히 고개를 끄덕였다.

"그렇게 하겠습니다."

어차피 목격자는 없다. 그리고 세상 사람들이 누구의 말을 더 믿어주겠는가.. 최소한 남궁세가가 섬전창의 무력에 굴복해 돈을 내줬다는 식의 소문이 나면 정말로 곤란했다.

남궁현민은 그 모든 것을 이해했지만 그래도 마음이 편치 않았다. 그도 이렇게 할 것을 예상했고, 각오했었다. 하지만 막상 일이 이런 식으로 돌아가고 가장 앞에 자신이 서 있다고 생각하니 착잡했다.

"마음에 안 드는 게냐?"

남궁만천의 목소리는 부드러웠다. 마치 남궁현민을 잘 타이르려는 듯한 말투였다. 남궁현민은 고개를 들어 남궁만천과 남궁적산을 바라봤다. 두 사람의 표정 역시 과히 좋지만은 않았다.

"사실 조금 더 부드럽게 일을 처리할 수도 있다. 천망단의 대주에게 돈을 내주어 입단속만 시키는 방법도 있고, 또 그냥 소문 따위는 아예 무시해 버리는 방법도 있다."

남궁현민이 눈을 빛냈다. 자신이 진짜 바랐던 것이 바로 그것이었다. 남궁세가는 소문 따위에 흔들릴 정도로 약하지 않다. 또한 남궁세가 앞에서 감히 그런 식의 소문을 마음대로 흘리고 다닐 사람도 거의 없었다.

남궁만천은 남궁현민의 눈빛을 보고는 쓴웃음을 지었다. 젊은 혈기와 패기가 그대로 전해진다. 자신 역시 그런 시기가 있었다. 그러나 지금은 그런 패기보다는 노련함으로 무장해야 했다. 세월은 사람을 그렇게 변화시킨다.

"하나 지금 세가의 상황이 그리 좋지 않다."

남궁현민의 눈이 커졌다. 전혀 생각지도 못한 말이었다.

"흑검방이 어찌나 분탕질을 쳐놨는지 사업체들의 상태가 말이 아니다. 세가에 돈이 없는 건 아니지만, 그 사업체들을 정상화시키려면 지금 가진 돈도 모자란다."

즉, 세가의 재정 상태가 악화되어 고작 은자 사만 냥을 주지 못하겠다는 뜻이다. 남궁현민의 얼굴이 자신도 모르게 사정없이 일그러졌다. 사만 냥이 결코 작은 돈은 아니다. 하지만 남궁세가의 입장에서는 그렇지 않다. 그 정도는 그저 푼돈에 불과하다.

"고작 그 정도 돈이라고 우습게 여기지 마라. 그건 상당히 큰돈이다. 고작 은자 몇천 냥에 세가가 흔들릴 수도 있다. 무림세가에서 가장 중요한 건 무공이지만, 그렇더라도 돈을 우습게 알면 안 된다."

남궁만천은 그렇게 말한 후 남궁현민이 살짝 고개를 숙이자 말을 이었다.

"그리고 지금 안휘성의 분위기도 그리 좋지 않다."

분위기가 급격히 가라앉았다. 남궁현민은 예상치 못한 말을 연달아 들어 정신이 하나도 없었다.

"흑검방을 조기에 진압하지 못한 게 문제가 되었다. 안휘에 있는 수많은 중소 문파들이 우리 세가의 힘에 의문을 가지는 모양이야."

"어찌 그들이 감히!"

남궁현민은 자신도 모르게 소리쳤다. 남궁세가에 적을 둔 사람이라면 당연한 반응일 것이다. 사실 그들의 입장에서는 당연한 일이지만, 남궁현민과 같은 남궁세가 사람이 그걸 이해하는 건 상당히 어려웠다.

안휘성에는 이렇다 할 대문파가 많지 않다. 대부분이 중소 문파다. 그리고 그들은 남궁세가의 영향을 엄청나게 받는다. 남궁세가가 재채기 한 번 하면 그 아래에 있는 중소 문파는 자신의 의지와는 상관없이 휘청거릴 수밖에 없다.

"그래서 이번 일이 중요한 거다."

남궁현민은 그제야 가주가 자신을 불러서 신신당부하는 이유를 알 수 있었다. 남궁세가의 위상이 가장 중요한 시기가 바로 지금이다. 위상에 한번 금이 가면 흔들리는 중소 문파들이 어떤 식으로 나올지 알 수 없는 것이다.

"명심하겠습니다."

남궁만천은 만족스런 표정으로 고개를 끄덕였다. 그제야 남궁현민의 얼굴에 결연함이 깃들었다. 일단 마음이 움직인 이상, 누구보다 훌륭하게 일을 처리할 것이다.

"그건 그렇고, 네가 말했던 암중 세력이라는 것이 마음에 걸리는구나. 그 존재에 대해 얼마나 확신이 드느냐?"

남궁현민은 신중하게 대답했다.

"팔 할입니다."

"흐음……."

남궁만천은 침음성을 흘렸다. 남궁현민이 팔 할이라고 판단했다는 건 거의 확실하다는 뜻이다. 남궁만천은 고개를 돌려 남궁적산을 바라봤다. 남궁적산 역시 눈을 빛내고 있었다.

"제가 한번 알아보겠습니다."

"그래 주겠나?"

"저 외에 할 만한 사람도 없지 않습니까."

남궁적산은 그렇게 말하며 빙긋 웃었다. 남궁만천은 그제야 한시름 놓았다는 표정으로 몸을 슬쩍 뒤로 기댔다. 이제 남은 건 세가의 기반을 다시 다지는 것뿐이다. 아마 앞으로 한동안은 눈코 뜰 새 없이 바쁠 것이다.

남궁만천은 부드럽게 풀린 분위기를 즐기며 조금 더 뒤로 기대어 앉았다.

단유강과 담교영은 남궁세가에서 꽤 괜찮은 대접을 받았다. 담교영이라는 존재는 남궁세가에서도 상당한 위력을 발휘했다. 남궁세가에 있는 모든 남자들이 그녀에게 호감을 가졌다. 그리고 나이가 적당한 몇몇은 흑심을 품기도 했다.

그런 상황에 항상 그녀의 옆에 있는 단유강이 그들에게 곱게 보일 수는 없었다. 하지만 대놓고 해코지를 하지는 않았다. 설사 그럴 생각이 있었어도 담교영 앞에서 좋지 않은 모습을 보여주기 싫기에 아무도 그것을 실행에 옮기지 않았다.

그렇게 두 사람이 남궁세가에 머문 지 이틀이 지났다. 단유강은 그 이틀 동안 식사하는 걸 제외하고는 아무것도 하지 않고 침상에 누워만 있었다. 물론 그건 겉보기일 뿐이고, 실제로는 감각을 예민하게 다듬는 수련을 한시도 쉬지 않았다.

"대주님, 언제쯤 떠나실 건가요?"

담교영은 조금 지친 얼굴이었다. 그동안 접근해 오는 남자들이 너무 많아 곤욕을 치렀다. 오늘도 벌써 몇 명이나 찾아왔는지 모른다. 아마 아직도 더 찾아올 사람이 남았을 것이다. 남궁세가는 규모가 큰 만큼 남자의 수도 굉장히 많았다.

"오늘 돈만 받으면 가려고."

단유강의 말에 담교영이 약간 걱정스런 표정으로 물었다.

"그런데 과연 돈을 줄까요?"

단유강이 씨익 웃었다.

"뭐, 안 주면 말고."

담교영은 단유강의 웃음을 보고는 몸을 살짝 떨었다. 만일 안 주면 어떻게 해서든 돈을 뜯어갈 거라는 의지가 엿보였다.
 "그럼 슬슬 움직여 볼까?"
 단유강이 몸을 일으키자 담교영이 기대에 찬 눈으로 단유강을 바라봤다. 단유강은 그런 담교영을 지그시 바라보다가 고개를 저었다.
 "교영이는 여기서 기다려. 너무 눈에 띄면 곤란하거든."
 담교영이 대번에 실망하는 표정을 짓자, 단유강이 그녀의 머리를 쓰다듬어 주었다.
 "하루만 참아. 내일부터는 또 같이 다니자."
 단유강은 그렇게 말하고 방을 나섰다. 담교영은 문을 나서는 단유강의 등을 아쉬운 눈으로 바라봤다. 하지만 마음은 더할 나위 없이 따뜻했다. 단유강의 몸이 문을 나서는 순간 안개처럼 흩어졌다.
 "정말 대단하신 분이라니까."
 담교영은 그렇게 중얼거리며 방문을 닫았다. 이제 곧 남궁세가의 한량들이 찾아올 시간이다. 오늘은 그들과 마주치고 싶지 않았다. 담교영은 조용히 앉아서 휘안공을 운기하기 시작했다. 이내 방 안에 은은한 광채가 차올랐다.

 '오호라, 이것 봐라?'
 단유강은 남궁세가 근방을 돌아다니며 분위기를 살피고

소문을 모았다. 그러다가 요상한 소문을 듣게 되었다. 물론 충분히 예상은 했던 소문이다.

내용인즉슨, 섬전창과 남궁세가의 창궁단이 황산에서 만났는데, 둘 사이에 싸움이 일어나기 직전, 마침 함께 있던 천망단의 대주가 돈으로 상황을 무마시켰다는 소문이었다.

"그러니까 창궁단은 당당했고, 섬전창은 돈을 요구했으며, 난 비굴하게 그 돈을 갖다 바쳤단 말이군? 뭐, 이해 못할 바는 아니지만……. 이거, 기분이 좋지는 않네."

단유강은 조금 더 소문을 모았다. 그리고 누군가 의도적으로 퍼뜨린 소문이라는 것을 확신했다.

단유강은 남궁세가 근처뿐 아니라 안휘성 곳곳을 돌아다니며 소문을 긁어모았다. 소문은 안휘성 전체로 퍼져 나가고 있었다. 특히 중소 문파가 위치한 곳이라면 어김없이 소문이 돌았다.

"왜 소문을 퍼뜨렸는지 이제 좀 알겠군."

단유강은 소문을 수집하면서 자신이 황산에 있는 동안 남궁세가와 흑검방 사이에 벌어진 일도 알아냈다. 그건 상당히 이상한 일이었다.

"이거, 냄새가 하도 여기저기서 진동을 하니 정신이 하나도 없군."

흑검방은 감히 남궁세가와 대적할 만한 곳이 아니다. 이건 그저 암흑가의 파락호들이 모여 만든, 방파라고 하기에도 미안한 패거리에 불과했다.

한데 그런 패거리가 남궁세가와 거의 대등하게 싸웠다는 건 여러 가지로 말이 되지 않는 일이었다. 누군가 전폭적으로 도와주지 않았다면 말이다.

"그것도 보통 놈들로는 안 되지. 흑검방 따위를 일시적이나마 남궁세가와 대등하게 만들 수 있는 능력을 가진 놈들이어야 해. 그런 놈들이 대체 누가 있지?"

먼저 떠오르는 건 무림맹과 천마신교가 있다. 하지만 둘 다 이런 쓸데없는 일에 손을 댈 이유가 없었다. 그들이 뭐가 아쉬워 흑검방을 키워 남궁세가를 건드리겠는가. 그것도 아무런 이득도 없이 말이다.

"가만, 이득? 뭔가 이득이 있으니까 건드렸을 거고, 그 이득이 뭔지는 대강 알겠군."

단유강은 황산에 있던 암혈을 떠올렸다. 역시 그놈들이 분명했다. 그들은 상상 이상으로 거대한 세력일지 모른다. 그리고 생각했던 것보다 훨씬 대단한 힘을 가지고 있을 것이다.

"자그마치 암혈을 이용하려는 놈들이니까 말이야."

단유강은 일단 흑검방에 대한 생각은 접었다. 이건 좀 더 크고 깊이 생각할 필요가 있었다. 그리고 더 자세히 알아봐야 했다. 그런 일에는 자신보다 백설영이 나서는 게 훨씬 효과적이다.

"그럼 남은 문제는 남궁세가인가?"

남궁세가의 행동은 상당히 괘씸했다. 아마 돈을 달라고 하면 입을 싹 닦아버릴 공산이 컸다. 세가에 도착한 지 이틀이나 지났는데 아직 아무런 말이 없는 걸 보면 너무나 뻔한 일이었다.

"말이라도 한마디 있어야 할 거 아냐."

단유강은 투덜거리며 남궁세가 쪽으로 발걸음을 돌렸다. 오늘은 너무 무리했다. 아무리 대강이라지만 안휘성 전체를 하루 만에 돌아보는 건 정말로 힘들었다. 단유강은 진이 빠진 얼굴로 터벅터벅 걸으며 남궁세가로 향했다.

담교영은 침상에 앉아 하루 종일 휘안공만 붙들고 늘어졌다. 몇몇 남궁세가의 남자들이 찾아왔지만 아무도 만나주지 않았다. 그래도 막무가내로 방에 들어오려는 자들은 없었다.

그렇게 담교영이 한창 휘안공을 운기하고 있을 때, 방문이 조용히 열렸다. 담교영은 그 기척을 느끼고 눈을 번쩍 떴다. 방에 들어선 사람을 본 담교영의 입가에 미소가 맴돌았다.

"오셨군요."

"응. 오늘은 귀찮게 하는 놈들 없었어?"

"아무도 만나주지 않았어요."

"훗, 다들 애가 닳았겠군."

단유강은 그렇게 말하며 침상에 쓰러지듯 누웠다. 정말로 피곤했다. 그 모습을 담교영이 가만히 바라봤다. 단유강은 서서히 잠으로 빠져들었다. 한데 그 순간, 누군가 다가오는 기척이 느껴졌다. 단유강은 눈을 번쩍 뜨고 자리에서 일어났다.

"누가 오는데?"

최근 기감 수련을 열심히 한 성과가 나타나고 있었다. 굳이 애써서 감각을 활짝 열지 않아도 남궁세가 정도의 규모는 감각 아래에 들어왔다. 감각 아래에 들어온다는 건, 끊임없이 세세한 정보가 뇌리에 박힌다는 뜻이다.

"정말 질리지도 않는군요."

담교영은 으레 평소처럼 남자가 찾아오는 거라고 여겼다. 한데 단유강이 고개를 저었다.

"글쎄, 그동안 창궁단주는 한 번도 안 왔지?"

담교영이 살짝 놀란 눈으로 단유강을 바라봤다.

"설마, 지금 이쪽으로 오는 사람이 창궁단주님인가요?"

단유강이 고개를 끄덕였다. 창궁단주 남궁적산은 나이가 적지 않다. 그가 담교영을 노리고 찾아오는 거라고는 생각하기 어려웠다.

"쯧, 난 내 방으로 가야 하나?"

단유강이 살짝 투덜거리자 담교영이 웃으며 단유강의 손을 살며시 잡았다.

"그럴 필요가 뭐 있어요? 어차피 같은 방에서 지내는 거 다들 알아요."

"그래?"

단유강이 의외라는 듯한 표정을 짓자, 담교영이 손으로 입을 가리며 웃었다.

"시중을 들어주는 시비가 몇 명인데 그것도 모르겠어요?"

"하긴."

단유강은 그제야 수긍했다. 담교영의 방을 관리하는 시비만 해도 무려 세 명이나 된다. 그들 중 한 명은 언제나 방문 앞에서 대기했다. 그러니 방에 누가 함께 있는지 모를 수가 없었다.

그리고 시비들은 대체로 말이 많고 소문에 밝다. 즉, 소문을 잘 퍼뜨린다는 뜻이다. 벌써 남궁세가에서 일하는 자들은 담교영과 단유강이 한방에서 지내지만, 아직 아무 일도 없다는 것까지 알고 있었다. 그들은 은근히 언제쯤 일이 벌어지나 기대하다 못해 공공연하게 내기까지 걸었다.

"아무튼 그냥 여기 있어도 된다는 거지?"

"네."

담교영이 웃으며 고개를 끄덕였다. 그리고 고개를 돌려 방문을 바라봤다. 남궁적산이 대체 왜 이곳으로 오는지 모르지만 결코 좋은 소식을 들고 올 것 같지는 않았다. 그건 담교영의 직감이었다.

잠시 후, 방문 앞에 남궁적산이 도착했다.

"나 창궁단주네. 잠시 들어가도 되겠는가?"

"들어오세요, 창궁단주님."

담교영이 대답하자 남궁적산이 당당히 문을 열고 안으로 들어섰다. 남궁적산은 침상 위에 앉아 있는 단유강을 보고는 살짝 눈살을 찌푸렸다. 하지만 굳이 그걸 가지고 뭐라 하지는 않았다.

'솔직히 조금 미안하긴 하군. 그래도 어쩔 수 없는 일이지.'

남궁적산은 그렇게 스스로를 납득시키며 단유강을 향해 말을 꺼냈다.

"아직도 세가에 볼일이 남았는가?"

단유강은 그 말을 듣고서 입꼬리를 슬쩍 말아 올렸다. 남궁적산의 말은 이제 남궁세가에서 그만 나가 달라는 말을 조금 돌린 것이다. 즉, 돈은 줄 수 없으니 이제 그만 가라는 뜻이었다.

'고작 그런 말을 하기 위해 창궁단주가 직접 왔단 말이지? 그냥 아무나 사람을 보내서 말해도 되는 걸 말이야. 미안해서 그런 건가, 아니면 힘으로 눌러 보겠다는 심산인가?'

단유강이 얼마나 강한지는 이미 남궁현민에게 들어 가주는 물론이고, 남궁적산도 잘 알고 있었다. 남궁현민은 자신이 정면으로 싸우면 십여 초를 견디기 어려울 거라 했다.

'처음에는 장난인 줄 알았지만, 허튼소리는 잘 안 하는 녀석이니 일단은 믿어봐야지.'

그래서 남궁적산이 온 것이다. 남궁적산은 남궁세가 내에서 열 손가락 안에 들 정도의 강자다. 누구도 남궁적산이 고작 천망단의 대주에게 당할 거라고는 생각지 않았다. 그리고 단유강이 남궁적산에게 덤빌 일도 없을 거라 믿었다.

"돈만 받으면 바로 갈 겁니다."

단유강의 말에 남궁적산이 피식 웃었다.

"돈이라니?"

단유강이 씨익 웃으며 말을 이었다.

"황산에서 은으로 사만 냥을 빌리셨잖습니까."

"기억이 나지 않는군. 혹시 차용증이라도 받아놓았나?"

"그런 걸 받을 이유가 없잖습니까? 남궁세가라는 이름이 바로 신용인데."

남궁적산은 단유강의 말에 속으로 뜨끔했지만 겉으로 내색하지는 않았다.

'남궁세가라는 이름을 걸고 넘어가다니, 꽤 영악한 놈이로구나. 그리고 괘씸하기도 하고.'

"어쨌든 난 기억이 안 나는군. 그러니 이제 슬슬 자네도 자네 볼일을 보는 게 어떤가?"

단유강이 흔쾌히 고개를 끄덕였다.

"뭐, 좋습니다. 어차피 이 정도쯤은 예상했으니 이번에는 제가 그냥 물러나죠."

단유강이 너무나 쉽게 물러난다고 하자, 남궁적산은 의아한 표정을 지었다. 하지만 이내 단유강으로서도 그럴 수밖에 없을 거란 생각이 들었다. 그는 왠지 불쌍한 생각이 들어 더 이상 말을 하지 않았다.

"오늘은 늦었으니 내일 아침에 떠나도록 하겠습니다."

"좋을 대로 하게."

남궁적산은 그 말을 남기고 밖으로 나가 버렸다.

"이제 어떻게 하죠?"

담교영이 묻자, 단유강이 간단하게 대답했다.

"오늘은 자고, 내일 일찍 떠나면 돼. 어려울 게 뭐가 있어?"

담교영은 단유강을 약간 안쓰러운 눈으로 바라봤다. 돈이 문제가 아니라, 단유강의 자존심이나 기세가 꺾였을까 봐 걱정이 되었다. 하지만 그녀의 걱정을 완전히 날려 버리기라도 하듯 단유강은 순식간에 침상에 누워 잠에 빠져들었다.

담교영은 부드럽게 웃으며 잠든 단유강의 뺨을 한 번 살짝 쓰다듬었다. 깊이 잠든 단유강의 얼굴은 너무나 편안해 보였다.

그렇게 밤이 깊어갔다.

단유강과 담교영은 아침 일찍 남궁세가를 나섰다. 너무 이른 시간이었는지라 두 사람이 떠나는 걸 본 사람은 거의 없었다. 두 사람이 떠나는 걸 확인한 건 처소를 지키던 시비와 문을 지키던 문지기 정도였다.

담교영은 남궁세가를 나와 조금 걸어가다가 살며시 단유

강의 안색을 살폈다. 어제야 피곤해서 그랬다 치고, 오늘 이렇게 쫓겨나다시피 떠나는데 기분이 좋을 리 없었다. 하지만 그녀의 예상과는 달리 단유강은 들뜬 표정이었다.

"무슨 기분 좋은 일이라도 있으세요?"

담교영은 궁금증을 참지 못하고 물었다. 단유강의 표정이 마치 호기심 가득한 아이 같았다. 뭔가 재미난 일이 벌어질 것만 같은 얼굴이었다.

"재미있는 일이 될 것 같은 예감이 들어서."

담교영이 알쏭달쏭한 표정으로 바라보자, 단유강이 말을 이었다.

"내가 그냥 넘어갈 거라 생각하진 않았지?"

담교영이 고개를 끄덕였다. 그간 지켜본 단유강은 이런 일을 아무렇지도 않게 넘어갈 사람이 아니었다.

"남궁세가는 돈을 제대로 쓸 줄 모르는 것 같아. 그리고 사람 볼 줄도 모르고."

담교영이 쓴웃음을 지었다. 그건 확실하다. 단유강이 그렇게나 능력을 드러내 보였는데도 알아차리지 못하고 일을 이 지경으로 만들었으니 정말로 사람 보는 눈이 없다고 할 수 있었다.

'어쩌면 경황이 없어서 미처 신경을 못 썼을 수도 있지만.'

그런 이유도 분명히 있을 것이다. 단유강은 남궁현민에게 보여준 것만으로도 충분히 대접을 받을 만한 고수다. 그런 고수를 이런 식으로 대접한다는 건 다른 때의 남궁세가라면 상상도 할 수 없는 일이었다.

"이제 어디로 가실 건가요? 미고현으로 돌아가실 생각이세요?"

천망칠십오대가 있는 사천의 미고현, 이제 담교영은 그곳이 마치 고향처럼 느껴졌다. 그리 오랜 시간이 아니었는데도 그렇게 되어 버렸다. 고향은 장소가 만드는 게 아니라 사람이 만든다. 담교영은 벌써부터 미고현에 있는 사람들이 그리웠다.

"만나야 할 사람이 있어."

"만날 사람이요? 누군데요?"

"악대웅."

담교영의 눈이 화등잔만 해졌다.

"설마 섬전창 악대웅을 말씀하시는 건가요?"

단유강이 대수롭지 않다는 듯 고개를 끄덕였다.

"맞아, 그 사람."

"그 사람은 대체 왜······. 그보다 어디 있는지는 아세요?"

"아니까 만나러 가는 거지. 아직 멀지 않은 곳에 있어."

담교영이 의아한 눈으로 단유강을 바라봤다. 대체 어떻게 그런 걸 알 수 있단 말인가.

'설마 원래 아는 사이는 아니겠지?'

그건 아닐 것이다. 그렇다면 두 사람이 그렇게 싸울 이유가 없었다. 당시에 지켜보던 사람들이 있었다고는 하지만 그들은 모두 단유강의 손에 죽었다. 목격자도 없는데 굳이 감출 이유가 없지 않은가.

'설마 나 때문에?'

담교영은 그렇게 생각하는 순간, 섭섭함이 물밀듯 밀려왔다. 하지만 이내 고개를 저었다. 단유강은 절대 그럴 사람이 아니었다. 이런 일로 가당치 않은 의심을 잠시나마 했다는 사실이 미안했다.

"잠시만 기다려 봐."

단유강은 갑자기 걸음을 멈추고는 지그시 눈을 감았다. 담교영은 온몸을 훑고 지나가는 섬뜩한 느낌에 화들짝 놀랐다. 잠시 당황했지만 이내 그 느낌이 단유강에게서 비롯되었다는 걸 깨닫고는 신기한 표정으로 그를 바라봤다.

단유강의 몸에서 알 수 없는 파장이 퍼져 나가고 있었다. 기(氣)는 아니었다. 아니, 엄밀히 말하면 기(氣)의 일종인 것 같았다. 하지만 그것의 실체를 명확하게 설명할 수 없었다.

'대체 뭐지?'

담교영은 의아한 눈으로 단유강을 바라봤다. 그리고 그 순간 단유강이 눈을 떴다. 동시에 온몸을 훑던 그 기이한 느낌이 씻은 듯 사라졌다.

단유강은 담교영의 얼굴에 나타난 미묘한 표정 변화를 보고는 깜짝 놀랐다.

"설마, 느낀 거야?"

담교영은 단유강이 정확히 뭘 묻는지는 모르지만 일단 고개를 끄덕였다. 뭔지는 몰라도 느끼긴 했으니까.

"정말 휘안공이 대단하긴 대단하구나. 나도 재미 삼아 익혀볼까?"

단유강의 말에 담교영은 자신이 겪은 그 기이한 느낌이 휘안공 때문이었다는 걸 깨달았다. 하지만 아직도 무엇을 느낀 건지는 몰랐다. 담교영은 의문을 가득 담아 단유강을 바라봤다. 어서 말해달라는 듯이.

단유강은 빙긋 웃으며 설명을 덧붙였다.

"교영이가 느낀 건 내 기감이야."

"예? 기감이라고요?"

"방금 내가 한 방식이 조금 특이해서 그런 거야. 그동안은 그저 순수하게 기감을 느꼈는데, 이번에는 특정한 파장을 퍼뜨려서 그것에 반응하는 걸 찾았거든. 그 파장을 몸으로 느낀 거야."

담교영은 그제야 이해할 수 있었다.

"그건 보통 사람은 절대 못 느껴. 기감이 극도로 예민한 사람만 간신히 느낄 수 있는 거라고. 즉, 교영이의 기감이 상당히 예민해졌다는 뜻이지. 앞으로 지나다니는 사람들을 유심히 살펴. 물론 눈으로 살피라는 게 아니고, 기감으로 살피라는 뜻이야. 분명히 뭔가 얻는 게 있을 거야."

담교영은 가슴이 벅차올랐다. 이건 기연 중에서도 최고의 기연이었다. 이렇게 대단한 신공을 얻었으니, 앞으로 자신의 노력 여하에 따라 얼마든지 위로 치고 올라갈 수 있을 것이다.

"열심히 해볼게요."

담교영은 그렇게 말하고는 즉시 주변에 돌아다니는 사람들의 기감을 느끼려 애썼다. 처음에는 힘들었지만 신기하게도 하면 할수록 뭔가 다른 게 느껴졌다.

'아… 이건 정말이지……'

말로 표현할 수조차 없을 정도로 대단했다. 세상이 달리 보였다. 담교영은 점점 기감 수련에 빠져들었다. 기감이 점점 더 예민해지고 세밀해졌다. 이대로 계속하면 상당한 경지에 이를 수 있을 것이다. 기감 수련은 자신의 기를 수련하는 데도 큰 도움이 되니 말이다.

단유강은 담교영이 기감 수련에 정신없이 몰두하는 걸 보며 빙긋 웃었다. 그리고 걸음을 옮겼다. 담교영은 단유강이 일부러 흘린 기를 느끼며 그 뒤를 천천히 따라갔다.

"섬전창이 여기에 있는 건가요?"

담교영은 작은 장원의 문을 바라보며 그렇게 물었다. 벌써 이곳에 대해서는 근처를 돌아다니며 충분히 조사를 했다. 이곳은 성가장이라 불리는 곳으로, 무력은 별 볼일 없지만 얼마 전까지만 해도 상당한 금력을 자랑하던 곳이었다.

하지만 지금은 몰락해 가는 중이다. 성가장에서 운영하던 상단을 비롯한 대부분의 사업들이 고전을 면치 못하고 있었다. 그중 상당수를 정리해야 했고, 지금 남은 것들로 근근이 명맥만 유지하는 상황이었다.

"이런 곳에서 어떻게 섬전창을 영입했을까요?"

담교영은 정말로 그것이 궁금했다. 예전 같으면 충분히 여력이 있었을 것이다. 하지만 지금은 아니었다.

"돈이 아닌 다른 걸로 끌어들였겠지. 어쨌든 섬전창의 힘이 꼭 필요하잖아."

담교영이 고개를 끄덕였다.

"그건 그렇지만……."

지금 성가장의 상황은 상당히 안 좋았다. 상단이나 사업체가 무너져서 재정 상태가 극도로 악화된 것뿐 아니라, 근처에 있는 몇몇 무가나 문파들과도 사이가 좋지 않았다. 사실 그 문파들이 노골적으로 성가장을 노리고 있는 실정이었다.

그런 상황이니 섬전창의 가세가 그들에게 얼마나 큰 힘이 되었겠는가.

"섬전창은 혹시 미래를 보고 여기에 투자를 하고 있는 게 아닐까요?"

담교영의 말에 단유강이 웃으며 고개를 저었다.

"내가 만나보고 나서 판단하건대, 섬전창은 절대 그 정도까지 머리가 굴러가지 않아. 눈앞의 일에 급급해서 모든 걸 처리하는 유형이야."

"그럼 남는 건 사람뿐이네요. 성가장에 아는 사람이 있을 거예요, 분명히."

이번엔 단유강도 선선히 고개를 끄덕였다. 그 역시 그렇게 생각했다. 그래서 그것에 초점을 맞추고 몇 가지 조사를 했다. 당연히 근방에 있는 작은 정보 단체를 찾아서 의뢰했고, 조금 전 그것을 받아 확인까지 했다. 사실 별다를 게 없는 정보였다.

"성가장주의 딸이 꽤 아름답다더군."

"그러니까 사랑하는 사람을 위해 창을 든 거로군요!"

담교영의 눈이 반짝 빛났다. 이 얼마나 멋진가. 대부분의 여자들이 꿈꾸는 환상과도 같은 일 아닌가. 물론 현실은 그렇게 달콤하지만은 않지만.

"뭐, 그렇다고 할 수 있지. 그래서 돈도 필요하고 힘도 필요했던 모양이야. 이용해 먹기 딱 좋은 상황이지."

"아! 그럼 그때 황산에서……."

"아직 확신은 할 수 없지만 그들에게 이용당했을 확률이 높지."

단유강의 말에 담교영이 안쓰러운 표정을 지었다. 그녀는 섬전창 악대웅 같은 사람이 나쁜 자들에게 이용당하는 게 마음에 들지 않았다.

"한데 대주님은 왜 섬전창을 만나러 오신 건가요?"

"확인하고 싶은 게 좀 있어서. 그리고 아마 악대웅도 날 만나고 싶어할걸?"

단유강은 그렇게 말하고는 장원의 정문으로 한 발 다가가 문을 두드렸다.

쾅쾅쾅!

그저 가볍게 두드렸을 뿐인데, 그 소리가 장원 구석구석에 파고들었다. 큰 소리는 아니었지만 문을 두드리는 소리란 걸 누구나 알 수 있었다.

잠시 후, 조용히 문이 열렸다.

"누구시죠?"

문이 열리고 나타난 사람은 스물이 조금 안 되어 보이는 소녀였다. 옷차림으로 보아 성가장에서 일하는 시비인 듯했다.

"이곳에 섬전창 악 대협이 계시다는 말을 듣고 찾아왔어요."

담교영의 말에 시비가 고개를 살짝 들어 그녀를 바라봤다. 그리고 놀라 눈이 커졌다.

'무슨 여자가 저렇게 예쁘게 생겼지? 가슴이 막 두근거리네.'

성가장의 시비는 속으로 그런 생각을 하며 침을 꿀꺽 삼켰다.

"악 대협께서 계신 건 맞지만……. 아무도 만나지 않겠다고 하셨어요."

시비의 말에 담교영이 빙긋 웃었다. 그 미소가 어찌나 눈부신지 성가장의 시비는 속으로 악대웅도 이 여자라면 만나주지 않고는 못 배길 거라고 생각했다.

담교영이 다시 뭔가를 말하려는 순간, 단유강이 나섰다.

"가서 이거나 전해줘라."

단유강은 그렇게 말하며 작은 구슬 하나를 내밀었다. 시비는 그것을 조심스럽게 받아 들고는 다시 안으로 들어가 문을 닫았다.

담교영은 그 광경을 보고 궁금한 표정으로 물었다.

"뭐였어요?"

"구슬."

"구슬이요?"

"내가 황산에서 악대웅한테 준 구슬."

담교영은 고개를 끄덕였다. 확실히 황산에서 그런 일이 있었다. 당시에는 단유강이 왜 그런 일을 하는지 이해할 수 없었는데, 지금 보니 섬전창을 쉽게 찾기 위해 벌인 일인 듯했다.

"내가 여기까지 어떻게 찾아왔을 것 같아?"

담교영이 조심스럽게 자신의 생각을 말했다.

"그 구슬 때문인가요?"

"맞아. 아까 내 기감을 느꼈지? 그게 구슬을 찾기 위한 거였어. 내가 특별히 고안해 낸 방법이지."

단유강은 그렇게 말하고는 뭔가 생각났다는 듯 손가락을 딱, 튕긴 후, 다시 품에서 구슬 하나를 꺼냈다. 이것은 악대웅에게 준 것과는 상당히 달랐다. 색은 투명했지만 사방으로 빛을 산란해 마치 구슬 속에 무지개가 갇혀 있는 듯했다. 크기는 어른 엄지손가락 두 개를 합한 정도였는데, 목걸이로 만들면 참 예쁠 것 같았다.

"예쁘네요. 제게 주시는 건가요?"

단유강이 고개를 끄덕였다.

"잘 보관하고 있어. 그게 있으면 어디에 있든 내가 찾을 수 있을 테니까."

엄밀히 말하면 어디든 찾아갈 수 있는 건 아니다. 거리에 한계가 있었다. 물론 그 한계는 단유강의 실력이 만든 한계였다. 단유강은 그렇게 말하며 앞으로 더 수련을 열심히 해서 한계를 없애 버리겠다고 다짐했다.

둘이 그렇게 알콩달콩 시간을 보내고 있을 때, 성가장 정문이 부서질 것처럼 열렸다.

쾅!

열린 문 뒤로 무시무시한 표정의 악대웅이 보였다. 그의 손에는 칙칙한 검은빛을 발하는 날카로운 창 한 자루가 들려 있었다.

"아주 잘 왔다. 용케 날 찾았구나."

남궁세가

악대웅은 그렇게 말하며 창을 빙글빙글 돌렸다. 그의 몸에서 정제되지 않은 거친 투기가 뿜어져 나왔다.

단유강은 그런 악대웅의 모습을 보며 빙긋 웃었다.

"그렇게 막 나가도 되는 거야? 싸우다 다치기라도 하면 누가 좋을까?"

단유강의 말에 악대웅은 얼굴을 있는 대로 일그러뜨렸다. 하지만 표정과는 달리 손에서 빙글빙글 돌아가던 창은 어느새 회전을 멈추고 바닥에 꽂혀 있었다. 악대웅이 싸움을 포기한 것이다.

"손님을 계속 이렇게 세워둘 건가? 안으로 들어가도 되지?"

단유강은 마치 제집에 온 것처럼 당당하게 성가장 안으로 들어갔다. 담교영이 부드럽게 미소 지으며 그 뒤를 따랐다.

악대웅은 어이가 없다는 눈으로 단유강을 바라보다가 이내 고개를 절레절레 저었다. 이런 종류의 사람은 정말로 처음이었다. 뻔뻔하지만, 그래도 밉진 않았다.

第二章
섬전창 악대웅

"대체 여긴 왜 온 건가? 그리고 내가 여기 있는 건 어떻게 알았지?"

악대웅은 다짜고짜 그것부터 물었다. 하지만 단유강은 여전히 유들유들한 얼굴로 대꾸했다.

"성가장 밖에 한 발만 나가봐. 모르는 사람이 없어. 소문을 이렇게 심하게 내놓고 모르길 바라는 게 더 이상한 거 아냐?"

단유강의 말에 악대웅은 할 말이 없었다. 그저 입을 다물고 불만스런 얼굴로 고개를 살짝 돌리는 게 그가 할 수 있는 전부였다.

"아이고, 먼 길을 왔더니 배가 고프네. 밥은 안 주나?"

단유강의 뻔뻔한 말에 악대웅이 어이가 없다는 듯 바라봤다. 하지만 이어진 단유강의 말에 그대로 얼굴이 굳어졌다.

"여기를 살리려고 그렇게 돈이 필요했나 보지?"

"닥쳐라."

악대웅이 나직하게 경고했다. 당장에라도 창을 휘두를 듯 기세를 뿜어냈다. 하지만 단유강이 그런 것에 눈 하나 깜짝할 리 없었다.

"싸우면 누가 손해인지 생각하라는데도 그러네. 장원은 그럭저럭 괜찮은데 다 박살 내버리면 누가 참 좋아하겠다. 그렇지?"

단유강의 말에 악대웅은 이를 악물고 기세를 누그러뜨렸다. 단유강의 말은 하나도 틀린 게 없었다. 그리고 조금 머리를 식히고 생각해 보니 단유강이 한 말에 딱히 기분 나빠할 이유가 없었다.

'내가 너무 여유가 없나 보구나.'

여유가 없으면 자신도 모르는 실수를 하게 된다. 때로는 그런 작은 실수가 치명타가 될 수도 있다. 지금처럼 심상치 않은 상황에서는 모든 것을 조심해야만 했다.

"좀 알아보긴 했어?"

"뭘 말이냐?"

악대웅의 말투는 퉁명스럽기 그지없었다. 단유강이 자신

의 속을 살살 긁는 것 같아서 말이 곱게 나오지 않았다.
"성가장을 누가 이렇게 만들었는지 말이야."
악대웅이 걸음을 멈추고 단유강을 노려봤다. 그의 눈이 이글이글 타오르고 있었다.
"그게 무슨 말이지? 네 말은 누군가 성가장을 이렇게 만들었다는 뜻인가? 그 말에 책임을 질 수 있나?"
"난 그저 알아봤는지 궁금할 뿐이야. 혹시 성가장에서는 다 알고 있는데 너만 모르는 건 아니지?"
악대웅의 얼굴이 붉으락푸르락해졌다. 하지만 이내 그의 얼굴이 심각해지더니, 굳은 표정으로 몸을 돌려 어딘가로 달려가기 시작했다.
단유강은 악대웅이 달려가는 모습을 가만히 쳐다보다가 피식 웃으며 고개를 저었다.
"안내해 줄 사람이 가버렸군."
"대주님, 정말로 성가장을 누군가가 건드린 건가요?"
"교영이도 그렇게 생각하고 있잖아. 안 그래?"
"그건 그렇지만……."
담교영도 단유강과 함께 성가장 주변의 소문을 모으고 조사를 했다. 당연히 단유강과 비슷한 의혹을 가졌다. 하지만 확신할 수는 없었다. 세상에는 우연이라는 것도 분명히 존재하고 있으니 말이다.
"일단 악대웅이 올 때까지 좀 기다려 보자고."

단유강의 말에 담교영은 고개를 끄덕였다. 지금 두 사람이 할 수 있는 일은 그게 전부였으니까.

악대웅은 달리면서 점점 얼굴이 붉어졌다. 화가 났다. 만일 정말로 단유강이 말한 대로 성가장에서는 알고 있는 사실을 자신만 모르고 있었다면 정말로 섭섭할 것 같았다.

이런저런 생각에 복잡한 표정으로 목적한 곳에 도착한 악대웅은 심호흡을 한 번 한 후, 조용히 방문 앞에 섰다.

"나 악대웅이오. 들어가도 되겠소?"

잠시 침묵이 흘렀다. 그리고 방 안에서 여인의 차분한 목소리가 들려왔다.

"들어오세요."

악대웅은 방문을 열고 안으로 들어갔다. 이곳은 성가장의 첫째 딸인 성수란의 거처였다. 성수란은 집무를 보는 탁자에 앉아 조용히 악대웅을 응시했다.

"무슨 일이신가요?"

성수란은 악대웅의 표정을 보고는 그가 왜 이곳에 왔는지 어느 정도는 짐작할 수 있었다. 이럴까 봐 그동안 쉬쉬했던 것이다.

"성가장이 이렇게 된 것이 어떤 놈의 농간이라는 말을 들었소. 그게 정말이오?"

악대웅의 물음에 성수란이 즉시 고개를 저었다.

"아니에요."

성수란이 강하게 부정했지만 악대웅은 그녀의 낌새가 조금 이상하다는 걸 눈치챘다. 평소였다면 전혀 알아차리지 못했을 것이지만 그는 이미 단유강의 말에 어느 정도 넘어가 있는 상태였다. 의심을 가지고 상대를 관찰하니 평소에는 보이지 않던 것이 보였다.

"날 바보로 여기지 마시오. 설마 아직도 날 믿지 못해서 이러는 거요?"

악대웅이 침울한 표정으로 말하자, 성수란이 당황한 표정으로 서둘러 입을 열었다.

"아니에요. 어떻게 은인이신 악 대협을 못 믿겠어요."

"그럼 사실을 말해주시오."

성수란은 한참이나 망설였다. 하지만 점점 더 침울해지는 악대웅의 표정에 결국은 두 손 들고 말았다.

"알았어요. 말씀드릴게요. 하지만 이건 어디까지나 추측에 불과해요. 아직 정확한 건 파악하지 못했어요. 그러니 제가 한 말은 그저 참고만 하시고 섣부른 행동은 안 하셨으면 좋겠어요."

악대웅이 크게 고개를 끄덕였다.

"그렇게 하겠소."

"하아, 맞아요. 악 대협께서 말씀하신 대로 전 누군가 성가장에 해코지를 했다고 생각해요."

악대웅이 이를 갈았다.

"그게 누구요?"

성수란이 고개를 저었다.

"아직 몰라요. 하지만 더 알아보고 있으니 언젠가는 그 실체가 드러나겠죠. 그들은 성가장 근처에 있는 무가와 문파를 충동질했고, 우리 사업체의 자금 흐름을 방해했어요. 그것만으로도 충분했죠."

성수란은 한숨을 내쉰 후, 다시 말을 이었다.

"그래서 더 실체를 잡기가 힘들어요. 워낙 움직임이 적어서요. 그들이 한 일이라고는 정말로 별것 없으니 그걸 토대로 실체를 잡아내는 데는 한계가 있어요."

악대웅이 이를 갈았다. 언제 침울했느냐는 듯 잔뜩 일그러진 얼굴이었다.

"정말 아무것도 모르오? 일단 성가장을 이 지경으로 만든 데 관여한 놈 중 하나만 알면 족하오."

악대웅의 말에 성수란이 식은땀을 흘렸다. 이래서 숨겨왔던 것이다. 악대웅은 너무 물불을 안 가리는 경향이 있었다. 아니, 실제로는 그렇게 심하지 않다. 불같은 면이 있긴 하지만 이 정도는 아니었다. 다만 성가장에 관련된 일에만 이렇게 심한 반응을 보인다.

"아직 하나도 잡지 못했어요."

성수란은 그렇게 말하고는 악대웅의 표정에 의심이 깃드

는 것 같자 서둘러 말을 덧붙였다.
"조금이라도 알아내면 바로 악 대협께 알려드리겠어요."
악대웅은 그제야 약간 얼굴이 풀렸다.
"하면 성 소저만 믿고 있겠소."
악대웅이 가볍게 포권을 취한 후 돌아섰다.
성수란은 돌아선 악대웅의 넓은 등을 바라보며 조용히, 하지만 진심을 담아 얘기했다.
"정말로 고마워요."
악대웅이 몸을 흠칫 떨었다. 잠시 걷는 것도 잊고 가만히 서 있던 악대웅은 다시 성큼성큼 밖으로 걸어나갔다.
성수란은 복잡한 눈빛으로 악대웅이 사라진 자리를 한동안 바라봤다.

악대웅은 성수란의 방에서 나온 후, 자신이 단유강과 담교영을 그냥 세워두고 달려왔다는 사실을 깨달았다. 악대웅은 황급히 다시 그곳으로 달려갔다. 두 사람은 아직까지 그 자리에 아까 그 모습 그대로 서 있었다.
"마안하군."
악대웅은 단유강에게 다가가 사과를 했다. 담교영에게도 살짝 고개를 숙였다.
단유강은 그런 악대웅을 향해 손을 몇 번 휘휘 내저었다.
"됐다. 미안하지 않아도 되니까 가서 밥이나 좀 줘라."

"으하하핫! 좋아. 배가 터질 때까지 먹여주지."

악대웅이 앞서서 두 사람을 안내했다. 단유강은 담교영과 나란히 그 뒤를 따르며 지나가듯 물었다.

"장원의 크기에 비해서 일하는 사람이 거의 없는 모양이군. 기다리는 동안 지나간 사람이 한 명도 없더라고."

단유강의 말에 악대웅이 멈칫했다. 잠깐이지만 악대웅의 몸에서 살기 비슷한 투기가 뿜어져 나왔다. 하지만 그것은 순식간에 사라졌다.

"뭐, 그렇게 됐군. 원래는 좀 더 활기찬 곳이었는데 말이지."

악대웅은 아무렇지도 않은 듯 말하려 애썼지만, 단유강과 담교영은 그의 말투에 섞인 자책감을 놓치지 않았다. 두 사람은 서로의 얼굴을 바라보며 의미심장하게 고개를 한 번 끄덕였다.

한동안 침묵이 계속되었다. 악대웅은 그 뒤로 조금 심각해진 얼굴로 더 이상 입을 열지 않았다. 단유강과 담교영도 굳이 말을 걸지 않았다. 그들은 어느새 꽤 커다란 전각 앞에 도착했다.

"여기가 내 거처다. 곧 식사를 대접할 테니 조금만 기다려라."

악대웅은 그렇게 말하고는 전각 안으로 훌쩍 들어갔다. 단유강과 담교영은 그런 악대웅의 태도에 고개를 절레절레 저으며 따라 들어갔다.

"속이 좁은 놈이군."

단유강은 거침없이 말했다. 물론 악대웅에게 한 말이 아니라 담교영에게 한 말이었다. 하지만 십대고수에 당당히 이름을 올린 악대웅이 그 소리를 듣지 못했을 리 없다. 악대웅은 걸음을 우뚝 멈추고 천천히 뒤돌아 단유강을 노려봤다.

"지금 나한테 한 말이냐?"

"글쎄, 난 우리 교영이 들으라고 한 말인데, 그렇게 들렸다니 뭔가 찔리는 구석이 있는 모양이지?"

악대웅의 얼굴이 붉으락푸르락해졌다.

"대체 왜 여기까지 찾아와서 시비를 거는 거냐! 그러려면 당장 돌아가!"

단유강은 유들유들한 표정으로 웃으며 말했다.

"일단 밥부터 먹자니까? 장담하건대, 내 말을 들으면 절대 손해는 안 볼 거야."

단유강은 시뻘게진 얼굴의 악대웅을 지나쳐 먼저 전각 안으로 들어갔다.

"이야, 안쪽은 밖이랑 달리 꽤 그럴듯한데?"

단유강의 말에 악대웅은 가슴을 탕탕 두드렸다. 복장이 터진다는 말은 이럴 때 쓰는 것이리라. 가슴을 치던 악대웅이 고개를 돌려 담교영을 바라봤다. 그녀를 보는 순간 순식간에 모든 감정이 정리되었다.

'천하제일미라더니, 그 말이 전혀 틀리지 않는군.'

맹세코 이렇게 아름다운 여인은 처음이었다. 얼마 전에 황산에서 봤을 때와는 또 달랐다. 당시에는 경황이 없어서 자세히 보지도 못했고, 또 그럴 여유도 없었다.

'그때보다 더 예뻐진 거 같은데?'

악대웅은 속으로 혀를 내둘렀다. 그리고 단유강을 향해 쏟아내던 감정이 어느새 몽땅 가라앉았다는 사실에 소스라치게 놀랐다. 이것은 담교영이 사람의 감정을 흔들 정도로 대단한 미인이라는 뜻이다. 말 그대로 경국지색(傾國之色)이었다.

"소, 소저도 들어가시오. 어차피 밥은 많으니."

악대웅의 말에 담교영이 생긋 웃으며 가볍게 고개를 숙였다. 악대웅은 그 웃음에 가슴이 철렁 내려앉았다. 그저 가벼운 미소가 이렇게나 뇌쇄적일 수도 있다는 사실을 처음 알았다.

담교영이 악대웅을 지나쳐 전각 안으로 들어갔다. 악대웅은 그녀가 안으로 완전히 들어갈 때까지 멍한 눈으로 바라봤다. 하지만 이내 정신을 번쩍 차리고는 고개를 세차게 저었다.

"이런, 내가 이러면 안 되지. 내게는 성 소저가 있지 않은가. 내가 딴맘을 품으면 인간이라고 할 수 없지."

악대웅은 이를 악물고 전각 안으로 들어갔다. 그의 표정은 마치 결전을 준비하는 무인의 그것과 같았다.

꽤 널따란 탁자 위에 요리가 가득 채워졌다. 신경을 쓴 티가 역력했다. 악대웅은 자신이 대체 왜 이렇게 애쓰는지 스스로를 이해할 수 없었다.

단유강은 그런 악대웅의 속도 모르고 풍성하게 차려진 음식을 열심히 먹어치웠다.

어느 정도 시간이 지나자 음식 대부분이 사라졌다. 담교영이 조금 거들긴 했지만 거의 단유강이 해치웠다. 악대웅은 아예 입에도 대지 않았으니, 단유강이 몽땅 먹었다고 해도 과언이 아니었다.

"이제 다 먹었으면 슬슬 얘기 좀 해보지? 대체 여긴 왜 온 건지 말이야."

"왜 오긴, 널 보러 왔다니까."

악대웅은 슬슬 짜증이 치밀었다. 척 보기에도 단유강은 나이가 그리 많아 보이지 않았다. 아무리 많이 쳐줘야 서른이었다. 아니, 어찌 보면 이십대 초반 정도로 보였다. 한데 자신은 벌써 마흔여섯이었다. 자신의 절반밖에 안 되는 녀석이 계속 반말을 하고, 묻는 말에는 제대로 대답도 하지 않으니 짜증이 날 수밖에 없었다.

악대웅의 몸을 중심으로 세찬 바람이 한차례 휘몰아쳤다.

휘잉!

악대웅은 기세를 끌어올리며 단유강을 노려봤다. 더 이상 장난에 끌려 다닐 생각은 없었다. 그에게 있어 단유강은 언젠가 꺾어야 할 상대일 뿐이었다.

"그보다 아까 하던 얘기나 마저 하자고. 성가장이 왜 이렇게 몰락했는지에 대해서 말이야."

악대웅의 기세가 순식간에 사라지며 그의 눈빛이 사정없이 흔들렸다. 성가장을 이렇게 만든 놈들이 있다는 건 사실이었다. 하지만 아직 그 실체를 모른다. 어쩌면 단유강이 그에 대해 뭔가 알고 있을지도 모른다는 생각이 들었다.

단유강은 악대웅이 입을 다물자, 씨익 웃었다.

"그보다 황산에서 같이 있던 산적 패거리들은 어떻게 됐지?"

악대웅이 인상을 썼다.

"그 녀석들은 산적이 아니다. 그냥 내 동생들일 뿐이야."

단유강은 고개를 끄덕였다. 역시 예상대로였다. 섬전창은 결코 혼자가 아니었다. 황산에서 악대웅의 수하로 보이던 자들은 결코 하수가 아니었다. 게다가 앞으로 어떻게 하느냐에 따라 발전 가능성도 상당히 높았다.

"그러니까 그 동생들, 지금 뭐 하고 있느냐고."

악대웅은 의아한 눈으로 단유강을 바라봤다. 그들이 무엇을 하고 있든 그게 무슨 상관이란 말인가.

"혹시라도 있을지 모르는 상황에 대비해 성가장의 사업체들을 보호하고 있다. 왜? 그게 그렇게 중요한가?"

단유강이 무겁게 고개를 끄덕였다.

"중요하지. 난 그들을 의심하고 있거든."

악대웅이 벌떡 일어섰다. 그는 악귀처럼 일그러진 표정으로 단유강을 노려봤다. 다른 건 몰라도 지금 단유강이 한 말만큼은 결코 그냥 넘어갈 수 없었다.

"꺼져라. 네놈의 도움 따위는 필요 없으니까. 지금까지도 나 혼자 잘해왔다."

악대웅은 그렇게 말하며 품에서 구슬 하나를 꺼냈다. 황산에서 단유강이 줬던 구슬이었다. 악대웅은 그 구슬을 단유강에게 휙 던져 버렸다.

단유강은 구슬을 가볍게 받은 후, 혀를 차며 고개를 저었다.

"쯧쯧, 단순하기까지 하니 그렇게 사기를 맞고 다니지."

악대웅은 아예 단유강의 말을 들을 생각도 하지 않았다. 더 이상 얘기를 들어봐야 속만 뒤집어질 것 같았다.

"성가장의 사업체가 이렇게 한순간에 몰락한 것이 정말로 우연이라고 생각해?"

악대웅은 짜증스런 얼굴로 대꾸했다.

"음모가 있었겠지. 거기까지는 나도 알아! 하지만 그 녀석들은 절대 관계가 없어!"

"그럴 수도 있겠지."

단유강은 가볍게 고개를 끄덕이며 그렇게 말했다. 악대웅은 핏발이 선 눈으로 단유강을 노려봤다. 그의 단전에서 내력이 휘몰아쳤다. 자신이 단유강을 당해낼 수 없다는 건 이미 겪어봐서 잘 안다. 하지만 사내란 물러서지 못할 때가 있는 법이다. 악대웅에게는 그때가 바로 지금이었다.

"그래서 알아보고 있는 중이다. 뭐, 사실 나와는 별 관계가 없는 일이지만."

단유강은 그렇게 말하며 손을 슬쩍 들어 올렸다.

후우웅.

단유강의 손바닥에서 바람이 쏟아져 나갔다. 나긋나긋하게 몸을 쓰다듬는 산들바람이었다. 그 작은 바람이 악대웅을 휘감았다. 악대웅은 경악에 찬 눈으로 단유강을 노려봤다. 믿을 수 없었다. 바람이 몸을 휘감는 순간, 단전에서 들끓던 내력이 순식간에 가라앉았다.

"이런 미친!"

단유강이 씨익 웃으며 손에 든 구슬을 위로 던졌다 받았다. 악대웅의 눈에 그 구슬이 아프게 박혀들었다.

"설마……!"

"그 설마가 맞아. 쓸데없는 싸움은 피하고 싶어서 말이야."

악대웅이 허탈한 표정을 지었다. 어떻게 이런 단순한 수법에 당할 수 있단 말인가.

"독인가?"

"독보다는 오히려 영약에 더 가까워. 뭐, 나름대로 발버둥을 친 대가라고나 할까."

악대웅은 단유강의 말을 모두 이해할 수는 없었지만, 어쨌든 단유강이 준 구슬로 인해 자신의 몸에 뭔가 문제가 생겼다는 건 확실히 이해했다.

"난 당당한 무인이다. 모욕을 주려거든 그냥 죽여라."

악대웅이 이를 갈며 말하자, 단유강이 한숨을 내쉬며 고개를 저었다.

"하아, 내 말을 귓등으로도 안 듣는구만. 내가 독이라기보다는 영약에 더 가깝다고 말했을 텐데?"

"장난하지 말란 말이다!"

악대웅이 분노에 물든 외침을 쏟아냈다. 단유강은 그 외침에 빙긋 웃었다. 장난은 여기까지였다.

"장난이 아니라 진짜야. 이건 보혼주(保魂珠)라는 거야. 내가 만든 거지."

악대웅의 표정이 살짝 풀렸다. 단유강의 표정이 진지해진 걸 확인했기 때문이다. 단유강은 만족스런 얼굴로 말을 이었다.

"이걸 몸에 지니고 있으면 자연스럽게 구슬 안에 든 기운을 흡수하게 되어 있어. 구슬 안에 있는 모든 기운이 몸에 흡수되는 데 걸리는 시간이 닷새쯤이고, 그 이후로 사흘간 내력을 함부로 쓸 수 없어."

악대웅의 표정이 살짝 일그러졌다. 그렇다면 이건 독이 아닌가. 보혼주라는 거창한 이름과는 너무나 동떨어진 효능이었다.

"그리고 사흘 후부터는 어떻게 달라지는지 스스로 효과를 느껴봐."

단유강의 자신만만한 말에 악대웅은 황당한 표정을 지었다. 너무나도 얼토당토않았다. 구슬을 손에 쥐고 운기하여 내공이 빠르게 증진된다고 했으면 오히려 믿었을 것이다. 한데 그냥 구슬을 가지고만 있어도 저절로 기운이 흡수되어 효과를 본다고 한다.

'길거리 약장수나 할 법한 얘기를 나보고 믿으란 말인가?'

악대웅의 미묘한 표정에도 단유강은 아랑곳하지 않았다.

"자, 이제 본격적인 얘기를 시작해 보자고."

단유강이 손짓을 했다. 악대웅은 할 수 없다는 듯 고개를 절레절레 저으며 자리에 다시 앉았다. 너무 황당해서 더 따질 마음도, 싸울 마음도 생기지 않았다. 그저 얘기나 빨리하라는 듯 손을 몇 번 휘저었을 뿐이다.

"내가 조금 알아봤는데, 상황이 상당히 공교롭더라고. 예를 들어, 성가장의 사업체가 뭔가를 하려고 하면 마치 기다렸다는 듯이 다른 상단에서 선수를 치더란 말이지."

악대웅의 눈빛이 변했다. 단유강은 그것을 확인하고는 의미심장한 미소를 지으며 말을 이었다.

"네 부하들이 그동안 어느 사업장을 맡았는지 알고 있어?"

악대웅은 고개를 저었다. 그런 자세한 것까지 신경을 쓸 이유가 없었다. 그는 그저 힘을 쓸 뿐이었다. 머리를 쓰는 일은 모두 성수란이 해왔다. 성가장주가 화병으로 쓰러지기 전에는 성가장주가 해오던 일이었다.

"그래도 알아볼 수는 있지?"

악대웅이 무겁게 고개를 끄덕인 후, 자리에서 일어났다. 악대웅은 말없이 밖으로 나가 성수란을 찾아갔다. 잠시 후, 악대웅은 서류 뭉치를 한가득 안고 돌아왔다. 그의 표정은 한없이 무거웠다.

단유강은 그것을 받아 꼼꼼히, 하지만 빠르게 읽었다. 이런 서류를 읽고 자금 흐름과 상황을 파악하는 건 경험이 너무 많아 순식간에 처리할 수 있었다.

담교영도 옆에서 단유강이 읽은 서류를 하나씩 읽어나갔다. 혼자서 궁리하는 것보다 둘이 함께 머리를 맞대면 일이 더 쉽고 간단해진다. 물론 담교영은 이런 일에는 큰 재능은 없었다. 하지만 그녀는 어떻게든 단유강에게 도움이 되고 싶었다.

서류를 모두 읽은 단유강은 씨익 웃으며 악대웅을 바라봤다. 악대웅이 긴장한 얼굴로 단유강을 마주 바라봤다. 어찌나 긴장했는지 침을 삼키는 소리가 천둥보다 크게 들렸다.

"뭔가 이상한 점이라도 있나?"

악대웅은 자신에게 이 서류를 넘겨주던 성수란의 표정이 마음에 걸렸다. 그녀의 표정에는 심란함이 가득했다. 악대웅은 본능적으로 뭔가가 있다는 걸 느꼈다. 그리고 지금 그것을 확인하려는 참이었다. 긴장할 수밖에 없었다.

"굳이 돈을 써서 정보 단체에 의뢰하지 않길 잘했군. 이렇게 훌륭하게 정리가 되어 있으니 말이야."

그 말은 성가장이 서류 정리를 정말로 잘해왔다는 뜻이다. 서류만 보고도 웬만한 일은 일목요연하게 알 수 있었다. 단유강은 악대웅에게 알기 쉽게 설명했다.

"자, 이 서류들이 그동안 성가장의 사업체들이 해온 일들이야. 그리고 이 서류가 그것이 어떻게 되었는지에 대한 거고, 그리고 이 서류가 성가장 사업체를 보호하는 무사에 대한 것. 원래는 더 복잡하지만, 일단 알기 쉽게 이것만 보자고."

단유강은 악대웅 앞에 서류를 늘어놓은 후, 손가락으로 하나하나 짚어가며 설명을 이었다.

"자, 이 일, 결국 실패했지? 손해가 막심해. 이유는 다른 상단에서 선수를 쳤기 때문이고, 이게 사업체를 보호하던 무사들의 이름이야."

악대웅의 얼굴에서 핏기가 가셨다. 그 이름들 중 두 명이 자신의 부하였다.

단유강은 연이어 몇 개의 서류를 더 펼쳤다. 그 서류들 역시 마찬가지였다. 성가장 사업이 실패했고, 사업체의 보호는 악대웅의 부하가 맡았다.

"자, 더 자세히 보자고. 이 기간 동안 성가장이 새로 벌이거나 기존의 사업을 진행하면서 실패와 몰락을 반복하는데, 거기에 관여한 무사들의 이름이 반복되지?"

악대웅은 머리가 어질어질해졌다. 그리고 창백한 얼굴에 점점 분노가 어렸다. 누구보다 믿었던 이들이다. 그리고 누구보다 아꼈던 이들이다. 한데 그들에게 보기 좋게 뒤통수를 맞았다.

"내 이놈들을!"

악대웅이 벌떡 일어섰다. 그의 단전이 휘몰아쳤다. 하지만 단유강의 손짓 한 방에 다시 내력이 가라앉았다.

"그렇게 내공 일으키면 안 좋아. 효과가 반감될 수도 있다니까."

악대웅이 허탈한 표정으로 털썩 주저앉았다. 그리고 불만 가득한 눈으로 단유강을 바라봤다. 대체 자신보고 어쩌란 말인가.

"자, 이 서류를 누구에게 받아왔다고?"

"성 소저……."

악대웅의 표정이 미안함으로 일그러졌다. 악대웅은 한 손으로 얼굴을 감쌌다. 그리고 나머지 다른 손으로 탁자를 거세게 내려쳤다.

쾅!

성수란은 벌써 알았을 것이다. 아니, 성가장에서 사업체에 관련된 대부분의 사람들이 알았을 것이다. 이렇게 일목요연하게 서류를 작성할 수 있는 사람들이 그것을 모를 리 없었다. 그런데도 지금까지 한 번도 자신이나 부하들에게 뭐라고 말을 한 사람이 없었다. 그리고 그들에게 일을 빼앗지도 않았다. 악대웅은 형언할 수 없는 기분이 들었다.

"이제 네가 얼마나 멍청한지 좀 깨달았어?"

악대웅이 힘없이 고개를 끄덕였다.

"그래, 네 말이 맞아. 난 바보 멍청이다."

단유강이 피식 웃었다.

"이렇게 끝나면 정말로 바보 멍청이가 된다고. 성가장에서 왜 아무 말도 안 했는지 생각은 해 본 거야?"

악대웅이 힘없이 고개를 들어 단유강을 바라봤다.

"날 배려해서였겠지."

"물론 그것도 있지. 하지만 아직 확실하지 않았기 때문에 아무 말도 하지 않은 거야. 덮어놓고 의심부터 하지 않은 거라고. 나와는 달리 말이야."

악대웅은 고마움과 미안함으로 범벅이 된 얼굴로 입을 벌렸다. 새삼 성수란에 대한 마음이 깊어졌다. 이런 여인을 위해 무엇인들 못하겠는가. 목숨이라도 걸 수 있었다.

"자, 이제 진짜 얘기를 시작해 보자고. 황산에서 너와 같이 나한테 깨졌던 놈, 기억나?"

악대웅이 고개를 끄덕였다. 어찌 모를 수 있겠는가.

"그놈, 나랑 무슨 관계지?"

"고용주와 고용인의 관계일 뿐이다."

"돈을 받긴 했고?"

악대웅이 고개를 끄덕였다. 선수금으로 상당한 액수를 챙겼다. 그리고 그 돈은 성가장의 숨통을 조금 틔워주었다. 단유강에게 받았던 사만 냥이 있었다면 더 도움이 되었겠지만 어차피 그 돈 역시 악대웅이 선수금으로 받았던 돈과 큰 차이가 나지 않았다.

"역시 냄새가 나. 너 성가장에 언제부터 있었지?"

"이 년쯤 되었다."

"이 년이라……."

그리고 그때부터 성가장이 몰락을 시작했다. 결과적으로 성가장의 입장에서 악대웅은 몰락의 시작을 의미하는 자였다. 악대웅도 그런 마음이 있었기에 성가장을 위해 더 열심히 애써왔던 것이고 말이다.

"그놈에게 의뢰를 받은 건 언제였지?"

"정확히 그놈에게 의뢰를 받은 게 아니다. 의뢰는 혈의단 놈에게 받았지."

"혈의단?"

"그놈이 자기가 혈의단에 속해 있다고 하더군."

단유강이 묘한 표정을 지었다. 적의 실체가 한 꺼풀 벗겨졌다. 그것도 전혀 의외의 곳에서 말이다.

"혈의단이라… 빨간 옷을 입고 있던 그놈이로군."

단유강의 기억에도 혈의단이라 부를 만한 자가 한 명 있었다. 황산에 있는 암혈을 지키던 자였다. 문제는 그가 왜 자신의 정체를 악대웅에게 말해주었느냐는 것이다.

'그 정보가 가짜거나, 아니면 악대웅을 죽이려 했거나, 그것도 아니면 악대웅이 그놈들과 손을 잡았을 경우지.'

마지막은 가능성이 극히 희박했다. 하지만 아예 확률이 없는 건 아니었다. 단유강은 일단 모든 가능성을 다 열어두었다.

"좋아. 어쨌든 그 혈의단 놈이 언제 의뢰를 했지?"

"세 달쯤 됐다."

"세 달이라… 흐음."

단유강이 턱을 쓰다듬었다. 방금 전에 서류를 봤기에 그 시기가 상당히 절묘하다는 걸 알 수 있었다. 그때 성가장은 지푸라기라도 잡아야만 했다.

'동아줄을 내밀었으니 덥석 잡았겠지.'

단유강은 상당히 골치가 아파왔다. 혈의단이라는 놈은 분명히 다른 꿍꿍이가 있었다. 악대웅과 성가장의 관계를 이용해 상당히 오래전부터 준비를 해온 것이 분명했다.

'그건 황산에서 있었던 일과는 아마 관계가 없을 거야. 황산의 일은 그들로서도 조금 예외였겠지. 그래서 다급했을 테

고. 그건 그렇고······.'

단유강이 조금 묘한 눈으로 악대웅을 쳐다봤다.

"대체 무슨 생각으로 남궁세가를 건드린 거지? 결국 그 여파가 여기 성가장에 미칠 수밖에 없을 텐데, 남궁세가로부터 너 혼자 여길 지킬 수 있다고 생각한 거야?"

악대웅이 슬며시 고개를 돌렸다. 단유강은 그 모습에 분명히 뭔가가 있다고 확신했다.

"어차피 남궁세가는 오래가지 못한다고 했다."

"뭐? 그게 무슨 말이지?"

"자세한 건 모른다. 그놈들이 그렇게 말했을 뿐이니까."

단유강이 황당한 표정을 지었다.

"대체 그놈들이 너한테 그런 중요한 얘기까지 몽땅 해준 이유가 뭐야?"

악대웅은 입이 가벼운 사람이 아니었다. 하지만 아무리 그렇더라도 그런 중요한 이야기를 함부로 해준다는 건 문제가 있었다. 혈의단이라는 것만 해도 그렇다. 암중에 숨은 놈들이 분명한데, 그렇게 정체를 밝힌다는 건 말이 되지 않았다.

악대웅은 고개를 저었다.

"나도 몰라. 하지만 그런 얘기를 해주지 않았으면 내가 움직일 리 없으니까 그렇게 한 게 아닐까 추측했다."

단유강은 단호히 고개를 저었다. 그건 절대 아닐 것이다. 마음만 먹으면 악대웅을 움직일 방법이 얼마든지 있었다. 그리고 악대웅을 다른 방법으로 움직여 훨씬 괜찮은 성과를 얻을 수도 있었다.

"너, 분명히 뭔가 다른 게 있어. 잘 생각해 봐."

악대웅이 곰곰이 생각에 잠겼다. 그리고 뭔가가 생각났다는 듯 고개를 들었다.

"그러고 보니 그런 중요한 얘기를 할 때마다 내게 술을 먹이더군."

"술?"

"그러니까, 내 느낌에 그 이야기를 미끼로 술을 먹였던 것 같아. 술을 마시지 않으면 얘기를 해주지 않을 기세였거든."

단유강의 표정이 변했다. 단유강은 자리에서 일어나 악대웅 옆으로 급히 다가갔다.

"가만히 있어봐."

단유강은 그렇게 말하며 악대웅의 가슴에 손바닥을 올렸다. 심장이 위치한 곳이었다. 악대웅은 단유강의 움직임을 보지도 못했다. 그저 멍한 표정으로 단유강이 자신의 심장을 장악하는 모습을 지켜보기만 했다.

'뭐, 뭐야, 이 말도 안 되는 속도는!'

심장을 허용했다는 것은 목숨을 잃었다는 것과 같다. 심장에 큰 타격을 받으면 사람은 죽을 수밖에 없다. 더구나 무공이 높으면 높을수록 깊은 타격을 줄 수 있다. 이 정도면 거의 심장을 직격하는 거나 다름없었다.

그러니 악대웅이 놀라는 건 당연했다. 그는 십대고수다. 십대고수의 심장을 단번에 장악할 수 있는 사람이 흔할 리 없지 않은가.

 악대웅이 놀라든 말든 단유강은 악대웅의 심장에 기를 흘려보내곤 심각한 표정으로 그의 몸을 세밀하게 살폈다. 그러던 어느 순간 단유강의 눈이 번쩍 빛났다.

 "역시 그렇군."

 단유강은 악대웅의 가슴에서 손을 떼고 원래 자리로 돌아왔다. 악대웅은 궁금한 얼굴로 단유강을 바라봤다.

 "역시 그렇다니, 뭐가 그렇다는 건가?"

 단유강이 심각한 얼굴로 입을 열었다.

 "너, 그놈들에게 당했어."

 악대웅이 어리둥절한 표정을 지었다.

 "내가 당했다고? 혹시 독? 난 그런 낌새는 전혀 느끼지 못했는데?"

 악대웅쯤 되는 고수가 자신이 독에 당한 걸 모를 리 없다. 독에 당했다면 대번에 내공을 운용하는 데서 이질감이 느껴진다. 그리고 움직일 때도 느낌이 다르다. 악대웅은 그 미묘한 차이를 얼마든지 알아낼 수 있는 고수였다.

 "그놈들이 널 강시로 만들고 싶었던 모양이다."

 단유강의 말에 악대웅이 멍한 표정을 지었다. 쇠몽둥이로 뒤통수를 거세게 맞은 듯한 느낌이었다. 그것은 담교영 또한 마찬가지였다.

"가, 강시라뇨? 대주님, 그게 정말인가요?"

단유강이 무거운 표정으로 고개를 끄덕였다. 악대웅을 강시로 만든다면 아귀가 대충 맞아떨어진다. 그들이 악대웅에게 먹였던 술은 인간을 강시로 만들기 위한 약이었을 것이다. 백검문 무사들이 겪었던 일도 아마 이와 비슷할 것이 분명했다.

"무, 무, 무슨 말도 안 되는 소리야! 난 그런 느낌은 전혀 받지 못했어!"

"느꼈을 리가 없지. 오히려 몸이 더 가벼워졌을 테니까."

단유강의 말에 악대웅이 흠칫 놀랐다. 단유강의 말이 사실이었기 때문이다. 최근 점점 몸이 가벼워지고, 무공이 한 단계 위로 올라가는 중이었다.

"그, 그럴 리 없어! 난 벽을 넘어선 거라고!"

"벽을 넘어선 게 아니라 그런 기분만 느낀 거야. 실제로 벽을 넘어서면 지금과는 비교조차 할 수 없는 느낌이 온다고. 너도 어렴풋이 알고 있지 않아?"

악대웅은 할 말이 없었다. 단유강의 말대로 어렴풋이 지금은 뭔가 조금 이상하다는 생각이 들긴 했다. 하지만 정확히 벽을 넘어선 느낌이 어떤지 모르기에 그런가 보다 하고 있을 따름이었다.

"젠장!"

악대웅은 고개를 숙였다. 하지만 이내 불안감이 올라왔다. 자신이 강시가 된다는 건 정말로 상상하기 어려운 공포를 자아냈다. 그리고 공포는 의심을 낳았다.

"네 말을 어떻게 믿지? 이렇게 모든 느낌이 생생한데, 내가 강시라고?"

"아직은 아니지. 이제 곧 강시가 되는 거지."

지나칠 정도로 냉정하게 느껴지는 단유강의 말에 악대웅의 표정이 한껏 일그러졌다.

"웃기지 마! 못 믿어! 아니, 안 믿어!"

"믿기 싫으면 믿지 마. 뭐, 내가 강시로 변하는 것도 아니고, 나랑 아무 상관도 없으니까."

악대웅은 단유강의 말에 멍한 표정을 지었다. 단유강은 그 모습을 보고는 씨익 웃으며 말을 이었다.

"뭐, 증거가 될지는 알 수 없지만, 보여 달라면 뭔가를 보여 줄 수는 있어."

악대웅이 멍한 표정을 짓자, 단유강이 악대웅에게 다가갔다.

그리고 다짜고짜 팔을 잡아 손가락으로 팔뚝을 죽 그었다. 그러자 새까만 선이 팔뚝에 나타났다. 악대웅은 멍한 눈으로 자신의 팔에 새겨진 검은 선을 바라봤다.

"이, 이게……."

"사람의 것 같지는 않지? 이렇게 상처가 깊은데 피가 흘러나오지도 않고. 보아하니 한 반쯤 진행된 것 같네."

새까만 피가 마치 끈끈한 점액질처럼 조금 밖으로 비어져 나왔다. 악대웅은 자신의 검은 피와 단유강의 얼굴을 번갈아 쳐다봤다.

"이제 좀 믿겠어?"

악대웅은 자신도 모르게 고개를 끄덕였다. 이런 것까지 봤는데 어떻게 믿지 않을 수 있겠는가.

단유강은 능숙한 솜씨로 팔의 혈도를 눌러 지혈을 했다. 그리고 품에서 금창약을 꺼내 그곳에 꼼꼼히 발랐다.

악대웅은 그 모습을 가만히 지켜보다가 힘없는 목소리로 물었다.

"이제 어떻게 하면 되지? 결국 난 강시가 될 수밖에 없는 건가?"

악대웅이 불안한 표정으로 묻자, 단유강이 씨익 웃었다.

"아직 초기라서 간단히 해결할 수 있어. 뭐, 며칠 지나면 자연스럽게 정상으로 돌아올 거야."

악대웅은 그래도 불안한 표정을 지우지 못했다. 단유강이 품에서 구슬을 꺼내 위로 몇 번 던졌다 받았다. 그것을 본 악대웅이 입을 벌렸다.

"서, 설마, 그 구슬이……."

"뭐, 다른 방법으로 해줄 수도 있지만, 네 경우에는 보혼주의 기운을 흡수했으니까 아무것도 걱정할 필요가 없다는 뜻이지."

 악대웅이 착잡한 표정을 지었다. 만일 단유강의 말이 사실이라면 자신은 정말로 큰 은혜를 입는 셈이다. 하지만 단유강의 말을 완전히 믿기는 어려웠다. 실제로 원래 아무 일도 없는데 보혼주의 힘으로 정상이 된 거라고 우기는 것일 수도 있지 않은가.

 악대웅이 복잡한 표정을 짓자, 단유강이 손뼉을 쳤다.

 짝짝!

 "자, 이제 그 얘기는 여기까지 하고, 앞으로의 일이나 생각해 보자. 일단 그놈들이 아직 네게 손을 뻗치고 있는지 확인을 먼저 해야겠어."

 다시 얘기가 원래대로 돌아오자, 악대웅의 표정이 침울해졌다. 자신의 부하들이 배신했다는 생각에 자괴감마저 들었다.

 "그런 표정 짓지 말라고. 아직 확실한 건 아무것도 없으니까."

 "확실한 게 없다고? 이렇게 명백한데……!"

 단유강이 고개를 저으며 한숨을 내쉬었다.

 "후우, 넌 너무 단순해. 그러니 그렇게 사기나 맞고 다니지. 그 정도쯤은 나도 마음만 먹으면 얼마든지 할 수 있는 일이야. 일거양득 아니겠어? 성가장도 몰락시키고, 이간질도 시키고 말이야."

악대웅의 눈이 화등잔만 해졌다. 분명히 놀란 눈이었지만, 그 안 깊은 곳에는 희망이 일렁였다.

"아직 확실한 건 없다는 얘기야. 그러니 내 말을 잘 따르라고. 너한테도 손해날 일은 절대 아니니까 말이야, 알아듣겠어?"

악대웅이 힘차게 고개를 끄덕였다.

"좋아. 당분간 네 말에 따르기로 하지."

단유강이 회심의 미소를 지었다. 그리고 그 광경을 지켜보던 담교영이 질린 눈으로 단유강과 악대웅을 번갈아 쳐다봤다.

'악대웅이 단순한 건지, 아니면 대주님이 대단한 건지……'

담교영은 결국 고개를 절레절레 저었다. 자신은 죽었다 깨어나도 단유강처럼은 못할 것 같았다. 정말로 대단한 사람이었다.

第三章
성가장

무룡쟁패
태룡전

단유강이 가장 먼저 한 일은 성수란을 만나는 것이었다. 성수란은 현재 성가장을 실질적으로 이끄는 여인이었다. 그녀는 상당한 수완을 가지고 있어 만일 성가장이 지금과 다른 상황이었다면 대단한 발전을 이뤘을 것이다.

 성수란은 조용히 단유강을 바라봤다. 그녀의 눈빛은 맑고 깊었다. 최근 어려운 일이 많아 맘고생이 심했음에도 결코 주눅이 들거나 침울해하지 않았다.

 "악 대협을 제대로 설득하셨더군요."

 단유강은 그 말을 부정하지 않았다. 설득이라기보다는 꼬드김에 더 가까웠다. 그리고 그것은 결과적으로 악대웅에게도, 또 성가장에도 득이 될 것이다.

"설득의 가장 큰 무기는 진실 아니겠소?"

단유강이 미소와 함께 말하자 성수란의 눈이 반짝 빛났다. 눈을 빛내는 그녀의 모습은 상당히 아름다웠다.

"하지만 그 큰 무기를 제대로 쓰는 사람은 거의 없죠. 아닌가요?"

성수란의 도발적인 눈빛에 단유강이 빙긋 웃었다. 이런 사람을 상대하는 것도 꽤 재미있는 일이었다. 담교영이나 백설영과는 또 다른 느낌의 여인이었다.

"악대웅이 여자 하나는 제대로 골랐군."

성수란이 아미를 찌푸렸다.

"그분은 당신보다 나이가 훨씬 많아요."

"과연 그럴까?"

단유강은 그렇게 말하며 묘한 표정을 지었다. 성수란은 그 말의 진의를 파악하지 못하고 잠시 어리둥절한 얼굴로 단유강을 바라봤다. 하지만 단유강은 그녀의 궁금증을 풀어줄 생각이 없는 듯 말을 이었다.

"이제 좀 더 제대로 된 서류를 봤으면 좋겠는데 말이오."

성수란이 흠칫 놀랐다. 자신이 악대웅에게 전해준 서류는 극히 일부에 불과했다. 더 중요한 서류들은 내주지 않았다. 단유강은 어떻게 알았는지 그것을 원한 것이다.

"그걸… 어떻게 알았죠?"

"성가장쯤 되는 곳에서 일처리를 그렇게 허술하게 할 리가 없지 않겠소? 진실을 그에게 알리지 않은 이유는 그 결과를 감당할 자신이 없어서겠지. 내 말이 틀렸소?"

성수란이 어쩔 수 없다는 듯 고개를 저었다. 그녀의 눈빛에는 감탄이 어려 있었다.

"맞아요. 하지만 당신 역시 진실을 감당할 능력은 없을 것 같은데요?"

성수란의 도발에 단유강이 피식 웃었다.

"그 배후가 우내사존이라도 되는 거요?"

성수란이 놀란 눈으로 단유강을 바라봤다. 마치 어떻게 그 것을 알았느냐는 듯한 표정이었다. 단유강은 떠보듯 말했지만, 표정을 보면 그게 아니라 확신을 가지고 한 말이라는 걸 알 수 있었다.

"십대고수가 감당하지 못할 정도면 답은 하나 아니겠소?"

단유강은 그렇게 말하며 속으로 덧붙였다.

'물론 당신의 짐작이 완전히 옳은 건 아닐 듯하지만.'

"놀랍군요. 정말로 고작 그 사실만으로 알아냈단 말인가요?"

단유강은 대답하지 않았다. 그랬을 리가 없지 않은가. 단유강은 성수란이 생각했던 것보다 훨씬 더 많은 조사를 했다. 그 조사에 들어간 돈도 만만치 않았다. 이제 그 조사에 마침표를 찍어야 할 때가 왔다. 바로 성가장이 보유한 서류를 통해서 말이다.

성수란은 미미하게 고개를 끄덕였다.

"좋아요. 보여드리겠어요. 하지만 그전에 약속을 해주세요."

단유강이 말해보라는 듯한 표정을 짓자, 성수란이 어렵게 입을 열었다.

"절 도와주세요."

단유강이 빙긋 웃었다.

"그러려고 여기까지 온 거요."

성수란은 단유강의 웃음에 마음이 편해졌다. 그녀는 자리에서 일어나 벽의 한 부분을 만졌다. 그러자, 벽이 조용히 갈라지며 작은 공간이 나타났다. 그 공간에는 금고가 있었는데, 웬만한 힘으로는 절대 부술 수 없을 정도로 견고해 보였다.

금고를 열고 안에서 뭔가를 잔뜩 꺼낸 성수란은 다시 금고를 닫고 벽을 원래대로 되돌렸다.

"화룡신검(火龍神劍) 우원길, 아마 그가 이번 일의 배후일 거예요."

성수란은 그렇게 말하며 단유강에게 서류 뭉치를 넘겼다. 단유강은 그것을 받아 들고 하나하나 세심히 살폈다. 그 안에는 그동안 성가장이 얼마나 심혈을 기울여 위기를 극복하고자 했는지에 대해 세세히 기록되어 있었다. 상당한 양이었지만 단유강이 그것을 모두 읽는 데는 반 시진이면 충분했다.

서류를 모두 읽은 단유강은 그것을 다시 성수란에게 넘겼다. 성수란은 눈에 이채를 띠고 단유강을 바라봤다. 고작 반 시진 만에 그 많은 서류를 모두 읽었다는 사실이 믿어지지 않았다.

"정말로 이걸 모두 다 읽은 건가요?"

단유강이 씨익 웃었다.

"처음부터 외울 테니 들어보겠소?"

성수란은 고개를 절레절레 저었다. 단유강은 자신이 함부로 판단할 수 있는 인물이 아니었다. 이런 자가 고작 천망단의 대주라는 사실이 믿어지지 않았다. 그녀의 눈빛이 빛났다. 분명히 뭔가 중요한 비밀이 숨어 있을 것 같았다. 하지만 지금은 그런 것에 신경을 쓸 때가 아니었다. 너무나 아쉽지만 말이다.

"이제 무엇을 하실 건가요?"

"먼저 잘못된 것을 바로잡아야겠지."

"잘못된 것이라 하심은……."

"일단 목표 설정이 틀렸소."

성수란이 눈을 동그랗게 뜨고 단유강을 바라봤다. 단유강이 한 말의 의미는 결코 작지 않았다. 단유강은 그녀가 놀라든 말든 상관없이 말을 이었다.

"화룡신검은 절대 이 일의 배후가 될 수 없소."

"그렇지 않아요. 그가 아니라면 설명할 수 없는 일들이 너무 많아요. 그가 직접적으로 개입한 적도 있다고요."

"교묘하게 조작된 거요."

성수란의 눈빛이 점점 불신으로 물들었다. 그녀는 단유강의 말을 믿을 수 없었다. 더 나아가 단유강에 대한 신뢰도 차츰 떨어졌다.

"지금 저보고 그 말을 믿으라는 건가요?"

"분명 이 서류들만 보자면 화룡신검의 짓이 맞소. 하지만 다른 정보들을 합하면 얘기가 좀 달라지지."

다른 정보라는 말에 성수란이 의아한 눈으로 단유강을 바라봤다. 성수란 역시 성가장뿐 아니라 다른 정보 조직의 힘도 함께 이용했다. 그 모든 걸 종합해서 얻은 결론이 바로 화룡신검이었다. 성수란이 못미더운 눈으로 단유강을 바라봤. 하지만 단유강은 전혀 아랑곳하지 않았다.

"더구나 화룡신검이 이런 일을 벌일 이유가 있소?"

그 말에는 성수란도 뭐라 할 수가 없었다. 그녀가 완전히 확신하지 못하는 단 하나의 이유가 바로 그것이었으니까. 화룡신검은 굳이 성가장에 이따위 일을 벌일 이유가 없었다.

화룡신검(火龍神劍).

별호대로의 사람이었다. 성격이 마치 화룡처럼 불같고, 무공 또한 그랬다. 그는 양강의 극에 이른 무인이었다. 그가 휘두르는 검에서 뿜어져 나오는 불길은 그 어떤 것이라도 태우고 녹여 버린다. 그의 일검을 감당하기만 해도 천하에서 손가락 안에 꼽히는 고수라 할 수 있었다.

그것뿐만이 아니었다. 화룡신검은 우내사존 중에서 유일하게 그 행적이 잘 알려진 사람이었다. 다른 우내사존은 마치 신룡과 같아서 어디서 무엇을 하고 있는지 아는 사람이 거의 없었다. 하지만 화룡신검은 그렇지 않았다.

화룡신검 우원길은 천하에서 손꼽히는 기루 중 하나인 화룡루의 주인이었다. 화룡루가 하루에 벌어들이는 돈이 성가장이 가장 번성했을 때의 한 달 수입과 맞먹었으니 얼마나 대단한 기루인지 알 수 있었다.

화룡신검이 기루를 연 것은 필연에 가까웠다. 양강의 무공을 익힌 그는 그것을 식혀줄 음기가 필요했다. 그는 그것을 기녀들로부터 얻었다. 그리고 바로 그것이 그가 세속에서 멀어지지 않은 가장 큰 이유였다. 당연히 화룡루의 기녀들은 음공(陰功)을 익혔다. 그렇지 않으면 화룡신검 우원길을 감당할 수 없었기 때문이다.

이래저래 화룡루는 유명해질 수밖에 없었다. 우내사존이라는 배경을 가졌고, 강력한 음한기공(陰寒氣功)을 익힌 기녀들이 포진했으니 당연한 일이었다.

그런 화룡신검이 뭐가 아쉬워 성가장을 건드리겠는가. 그것도 바로 근처에 있는, 그의 입장에서 보면 보잘것없는 상인 가문을 말이다.

성수란 역시 그 모든 걸 너무나 잘 알고 있기에 뭐라고 할 말이 없었다. 그녀가 반박할 수 있는 근거는 오로지 지금까지 성가장이 만들어온 이 서류가 전부였다.

"숨은 적은 성가장을 원하는 게 아니라 악대웅을 원하는 거요. 그리고 더불어 화룡루와 화룡신검도 원하고 있소."

단유강은 그렇게 말하며 품에서 몇 장의 종이를 꺼내 성수란에게 넘겼다. 성수란은 얼떨떨한 얼굴로 그것을 받아 읽었다. 그리고 이내 경악에 찬 눈으로 단유강을 바라봤다.

"이, 이게 사실인가요?"

"내가 그 정보 얻으려고 황금 이천 냥을 썼소. 화영련에서 얻은 아주 따끈따끈한 정보지."

화영련은 비록 정보의 값이 비싸긴 하지만 아주 확실한 곳이다. 그곳에서 얻은 정보라면 아마 틀림이 없을 것이다. 하지만 아무리 그렇다 하더라도 성수란은 이 내용을 그냥 받아들일 수가 없었다.

단유강이 전해준 정보는 단순했다.

하나는 합비의 모든 상단들이 하나로 뭉쳤다는 것이다. 그것도 아주 은밀히 말이다. 물론 그 안에는 성가장과 화룡루는 빠져 있었다.

두 번째는 성가장 몰락의 배후에 화룡신검이 있을지도 모른다는 얘기를 누군가가 은밀히 악대웅에게 전하려 한다는 것이었다.

이 두 가지 정보만으로 판단하면, 합비의 상단 연합이 악대웅을 부추겨 화룡신검에게 달려들게 만들려고 부리는 수작이 거의 확실했다.

성수란이 불안한 눈으로 단유강을 바라보자, 단유강이 웃으며 고개를 저었다.

"벌써 차단했소. 그리고 악대웅에게는 내가 미리 잘 얘기해 뒀으니 걱정할 필요 없소."

성수란은 그제야 안심했다. 악대웅의 성격상 아무리 상대가 우내사존이라 하더라도 결코 가만히 있지 않을 것이다. 아마 소식을 듣는 즉시 당장 화룡루로 달려가 그곳을 박살 내버릴 것이 분명했다.

그건 성수란이 원하는 일이 결코 아니었다. 설사 화룡신검이 정말로 성가장을 몰락시키려 했다 하더라도 말이다.

성수란은 다시 서류로 눈을 돌렸다. 그곳에는 몇 가지 더 중요한 사실들이 적혀 있었다.

정체를 알 수 없는 자들이 합비에서 은밀한 활동을 하고 있다는 것과 그들의 활동이 성가장, 그리고 화룡루와 관계가 있다는 것이었다.

그리고 마지막으로 누군가 성가장의 사업체와 화룡신검과의 관계를 의도적으로 만들어낸 증거가 하나 있었다. 비록 성가장이 당한 수많은 일 중 하나에 불과했지만, 너무나 확실한 증거였다. 단유강이 성수란에게 다른 서류를 요구한 것도 이것을 더 확실히 확인하기 위함이었다.

성수란이 한숨과 함께 서류를 서탁에 내려놓았다.

"하아, 결국 전 아직까지도 이용만 당하고 있었던 거로군요."

성수란은 이해할 수가 없었다. 아무리 무너졌다고는 하지만 그래도 명색이 성가장이었다. 이런 중요한 정보를 어떻게 놓칠 수 있단 말인가.

"이제 어째야 하는지 모르겠네요."

성수란은 머리가 복잡했다. 적인 줄 알았던 자가 적이 아니었고, 전혀 새로운 자들이 적으로 등장했다. 그녀는 총명한 여인이었지만 당분간은 제대로 뭔가를 하기가 어려울 것 같았다.

"일단 목표를 다시 설정했으니, 그 실체를 밝히는 게 우선이겠지. 안 그렇소?"

성수란은 그 말에 힘없이 고개를 끄덕였다. 옳은 말이었다. 하지만 왠지 기운이 나지 않았다. 단유강은 굳이 그녀의 기운을 북돋아주려 하지 않았다. 이런 건 어차피 시간이 조금 흐르면 자연스럽게 나아지게 되어 있다.

'악대웅에게 조금 기회를 줄까?'

단유강은 속으로 그렇게 중얼거리며 씨익 웃었다. 그리고 자리에서 일어났다.

"일단 대충 얘기가 마무리된 것 같으니 난 일어나겠소. 적당한 계획이 떠오르면 부르도록 하시오. 나도 그렇게 할 테니까."

 성수란은 퍼뜩 놀라 자리에서 일어났다. 그리고 단유강을 향해 정중히 허리를 숙였다. 진심으로 고마웠다. 단유강이 아니었다면 아직도 헛된 일을 계획하고 있었을 테니까 말이다.

 단유강은 성수란이 허리를 숙이자 손을 한 번 흔들어주고는 밖으로 나갔다. 성수란은 그런 단유강의 뒷모습을 말없이 바라보다가 이내 다시 자리에 앉았다. 그리고 손으로 이마를 짚으며 고개를 저었다. 아직도 혼란이 가시지 않았다.

 단유강은 성수란의 거처에서 나온 즉시 악대웅을 찾아갔다. 악대웅은 홀로 연무장에서 창을 수련하고 있었다. 성수란에게 힘이 되어주기 위해 조금이라도 더 강해지고자 항상 노력했다. 어쩌면 그것이 그를 십대고수의 반열에 올려놓은 원동력일지도 모른다.

 "흐음."

 단유강은 턱을 쓰다듬으며 잠시 악대웅의 수련 장면을 지켜봤다. 본래 이런 식으로 타인의 연무를 구경한다는 건 상당한 실례였지만, 단유강은 전혀 개의치 않았다. 물론 악대웅 역시 마찬가지였다.

 악대웅이 지금 하는 수련은 창술의 기본이 되는 동작들이었다. 악대웅은 언제나 기본을 소홀히 하지 않았다. 그리고 단유강은 그것을 꽤 높이 평가했다.

기본이 되는 창의 찌르기 하나만 봐도 그 사람의 실력을 충분히 알아볼 수 있는 법이다. 즉, 기본이 토대가 되지 않으면 결코 상승의 경지를 밟을 수 없다는 뜻이다. 악대웅은 그것을 아주 잘 알고 있는 사람이었다.
 "후우."
 기본적인 수련이 끝난 악대웅이 길게 숨을 내뱉으며 창을 거둬들였다. 그리고 고개를 돌려 단유강을 쳐다봤다.
 "무슨 일이지?"
 "별것 아냐. 성 소저에게 가보는 게 어떨까 해서 말이지."
 악대웅의 눈이 번쩍 빛났다.
 "그게 무슨 말이지? 그녀에게 무슨 일이라도 생겼나?"
 단유강이 피식 웃으며 고개를 저었다.
 "그럴 리가 없잖아. 그저 마음이 심란할 테니까 가서 좀 달래주라고. 보아하니 두 사람 사이가 그렇게 크게 가까워 보이지도 않던데 말이야."
 악대웅은 그 말에 흠칫했다. 사실 맞는 말이었다. 성수란과 악대웅은 그저 도움을 주고받는 사이, 그 이상도 이하도 아니었다. 하지만 악대웅은 성수란에게 모든 마음을 준 상태였다.
 "하, 하지만……."
 악대웅은 성수란의 마음을 확인하는 것이 두려웠다. 만일 자신이 먼저 말을 꺼냈는데 그녀가 고개를 젓는다면 더 이상 이곳에 있을 명분마저 사라지게 되는 꼴이다.

물론 성수란이 그럴 리는 없을 것이다. 성수란에게 악대웅은 반드시 필요한 사람이었다. 더 정확히는 악대웅의 힘이 필요했다. 그런 그녀가 악대웅을 내칠 수는 없었다. 그리고 악대웅도 그것을 알고 있었다. 그래서 더 말을 꺼내지 못했다. 악대웅은 이런 상황을 이용해 그녀를 얻는 건 싫었다.

"뭘 그렇게 망설여? 누가 지금 달려들기라도 하래? 그냥 가서 마음이나 좀 달래주라고. 그것도 그렇게 어려워?"

단유강의 말에 악대웅이 잠시 머뭇거리다가 이내 용기를 내 고개를 끄덕였다. 확실히 생각해 보면 그저 조금 달래주는 것뿐이다. 어쩌면 서먹한 사이를 조금 더 가깝게 해줄 수 있을지도 모른다.

악대웅이 고개를 끄덕이자 단유강이 씨익 웃으며 빨리 가보라는 듯 고갯짓을 했다. 악대웅은 결연한 표정으로 고개를 한 번 끄덕인 후, 심호흡까지 하고는 성수란의 거처로 성큼성큼 걸어갔다.

"쯧쯧, 이거 원, 이렇게나 손이 많이 가서야."

단유강은 씨익 웃으며 이번에는 담교영이 머무는 곳으로 향했다. 오늘 할 일은 여기까지였다.

"오늘은 너무 열심히 일했어. 이제 늘어지게 자볼까?"

단유강은 한껏 기지개를 켜며 걸음을 빨리했다. 왠지 모든 일이 잘 풀릴 것 같은 기분 좋은 예감이 들었다.

이른 아침, 성가장 전체가 분주히 돌아가고 있었다. 성가장에 있는 거의 모든 사람이 정신없이 움직이며 마차에 짐을 싣고 길을 떠날 준비를 했다.

해가 중천에 떠오를 무렵 모든 준비를 마친 마차 열 대가 성가장을 출발했다. 그 마차에는 상당한 양의 물건들이 가득 실려 있었다.

성수란은 걱정이 가득한 눈으로 출발하는 마차를 하염없이 바라봤다. 이번 일에 성가장의 존망이 걸려 있었다. 만일 이 상행이 실패한다면 성가장은 더 이상 버틸 재간이 없었다.

'정말로 믿어도 좋을까?'

이제 와서 후회하기엔 늦었지만 성수란의 마음 한구석에 불안감이 맴도는 건 당연했다. 그저 단유강의 말만 믿고 일을 저지른 것이다.

"그렇게 불안해?"

어느새 성수란의 뒤로 다가온 단유강이 말했다. 단유강은 아주 자연스럽게 성수란에게 말을 놓았다. 지난 며칠 사이에 두 사람은 꽤 친해졌다.

"마음 편히 가져도 돼. 절대 실패할 리 없으니까. 일단 성공만 하면 재기의 기반이 마련되잖아."

단유강의 말에 성수란이 떨떠름한 표정으로 고개를 끄덕였다.

"그야 그렇지만……."

"실패하면 내 돈은 안 갚아도 돼. 대신 성공하면 이자까지 제대로 받아낼 거야."

성수란이 고마운 표정으로 단유강을 바라보며 고개를 끄덕였다. 이번 일이 성사되는 데 가장 큰 힘이 되어준 사람이 바로 단유강이었다. 단유강은 성수란을 부추기며 자신의 돈까지 내밀었다. 무려 황금 이만 냥에 해당하는 거금이었다. 성수란은 그 돈에 성가장의 대부분을 처분하거나 저당 잡혀 만든 돈까지 더해 상행을 준비했다.

이번 상행에 나선 열 대의 마차에는 상당한 고가의 물건들이 가득 쌓여 있었다. 성가장의 상단은 천하 곳곳을 거쳐 최종적으로 북해까지 가기로 되어 있었다. 가장 적절한 곳에서 물건을 사고팔며 북해까지 갔다가 다시 안휘로 돌아오는 아주 길고도 긴 여정이었다.

위험을 가득 안고 있긴 하지만, 일단 성공하기만 하면 투자한 금액을 수십 배로 늘릴 수도 있었다. 그 정도 돈이라면 성가장이 다시 일어서고도 남을 정도였다.

성가장에 남은 사업체는 총 세 개였다. 나머지는 말 그대로 폭삭 망해서 다른 상단이나 개인에게 넘어갔다. 남은 세 개도 상황이 그리 좋지 않았다. 그나마 성가장이라서 이 정도라도 버텼지 아니었다면 벌써 망하고도 남았다.

그 세 개 중 가장 상황이 좋지 않은 것이 비마표국(飛馬鏢

局)이었다. 일거리도 없었고, 최근에는 몇 번 표행을 실패하기까지 해서 신뢰가 바닥까지 떨어졌다. 꼼짝없이 표국을 처분해야 하는 상황이었는데, 이번 기회에 다시 표국까지 살리기로 했다. 성가장의 상행을 비마표국에서 맡기로 한 것이다.

만일 이번 상행이 성공한다면 비마표국의 입지도 다시 살아날 것이다. 물론 합비의 상단 연합을 어떻게든 한다는 가정하에 말이다.

성수란은 걱정스런 표정으로 마차들이 사라진 방향을 바라봤다. 아무리 마음을 편하게 먹으려 해도 잘 되지 않았다. 비마표국이 비록 성가장 휘하의 사업체라 하지만 그들은 예전의 비마표국이 아니었다. 남은 표사나 쟁자수들의 자질도 많이 떨어지는 편이었다.

"과연 그들이 잘할 수 있을까?"

"같이 간 사람이 누군지 잊은 거야?"

그제야 성수란의 표정이 조금 밝아졌다. 이번 상행의 최고 책임자는 악대웅이었다. 물론 장사에 관계된 일은 다른 사람이 하겠지만 악대웅은 그 존재만으로도 충분히 제 역할을 다하는 것이다. 감히 누가 십대고수가 이끄는 상단을 건드릴 수 있겠는가.

"악대웅이 부하들은 정말 제대로 키웠던데?"

단유강은 그렇게 말하며 씨익 웃었다. 악대웅의 부하는 스물아홉 명이었다. 이번에 그들을 몽땅 상행에 딸려 보냈다.

이번 기회에 밥값이나 좀 하라는 뜻이었다.

'그래도 그것만으로는 모자라지.'

단유강은 이번 일의 배후에 있는 자들이 바로 황산의 그자들이라고 추측했다. 만일 그 예상이 맞는다면 악대웅과 그의 수하들만으로는 절대 막을 수 없었다.

"자자, 여기서 궁상 그만 떨고 안으로 들어가자. 이제 우리는 우리의 일을 해야지."

성수란이 고개를 휘휘 저으며 다시 제 표정을 찾았다. 이제는 정말로 힘을 내야 할 때였다. 아직 남은 문제가 상당히 많았다. 가장 큰 문제는 바로 상단 연합이었다. 그리고 상행이 끝날 때까지 버티는 것이었다.

합비상단연합은 총 열두 개 상단의 모임이었다. 합비에는 본래 크고 작은 수십 개의 상단이 있었지만, 얼마 전 모두 흡수 합병되어 지금의 열두 상단만 남게 되었다.

현재 합비상단연합을 이끄는 사람은 진운상단의 주인인 매광영이었다. 합비상단연합은 실질적으로 매광영에 의해 만들어졌다. 매광영이 나서서 상단주들을 모았고, 그들의 힘을 하나로 만들었다.

그렇게 연합을 구성한 후 진행한 첫 번째 일이 바로 성가장을 정리하는 것이었다.

합비상단연합의 열두 상단주가 커다란 탁자를 중심으로 빙 둘러 앉아 있었다. 그들은 심각한 표정으로 매광영의 눈치를 살폈다.

"매 회주, 서둘러 결정을 내려야 하지 않겠소이까?"

매광영은 상단주 중 한 명의 질문에 고개를 끄덕였다.

"설마 성가장에서 이런 식으로 나올 줄은 전혀 예상치 못했소. 아직까지 그 정도 여력이 남았다니, 놀라울 따름이오. 서둘러야 하는 게 맞지만, 섣불리 움직이다간 낭패를 겪을 수도 있소. 성가장의 상행에는 섬전창이 있다는 사실을 잊어선 안 되오."

섬전창이라는 말에 모두 침음성을 삼켰다. 섬전창이 성가장에 있다는 사실은 처음부터 알고 있었다. 하지만 전혀 걱정하지 않았다. 상계의 싸움은 무인들의 싸움과는 전혀 다르다. 아무리 섬전창이 십대고수라 해도 상인들의 싸움에선 거의 도움이 될 리 없었다. 그리고 실제로 상황도 그렇게 흘러갔다. 한데 마지막의 마지막에 와서 그 변수가 합비상단연합의 걸림돌이 되고 말았다.

"매 회주, 뭔가 방도가 없겠소?"

그들은 모두 성가장의 저력을 잘 알고 있었다. 사실 상단연합을 만들어 성가장을 몰락시키겠다고 했을 때, 이렇게 일이 잘 풀릴 줄은 아무도 예상치 못했다. 단 한 사람 매광영을 제외하고 말이다.

매광영은 열한 명의 상단주를 날카로운 눈으로 둘러봤다.

"설사 성가장이 이번 일을 성공한다 해도 변하는 건 없소. 성가장은 이미 몰락한 거나 다름없소. 섭전창은 상행에서 돌아와도 성가장에 발을 들일 수 없을 거요. 이미 사라지고 없을 테니까 말이오."

매광영의 말에 상단주들이 마른침을 꿀꺽 삼켰다. 싸한 긴장감과 침묵이 장내에 맴돌았다. 긴 침묵을 깬 것은 한 명의 상단주였다.

"그, 그 말씀은 성가장을 치겠다는 뜻이오?"

매광영이 차갑게 웃었다.

"그것도 한 가지 방법이 될 수 있소. 하지만 난 조용한 걸 좋아하니 일단은 다른 방법으로 압박을 가할 생각이오."

그제야 장내 분위기가 조금 풀어졌다. 그리고 다들 매광영이 어떤 계획을 가지고 있는지 궁금해졌다. 매광영은 그들의 궁금증을 단번에 풀어주었다.

"이번 상행에 성가장은 담보를 잡히고 돈을 빌렸소."

"그거야 다 아는 사실 아니오. 성가장의 장원과 비마표국의 장원, 그리고 포목점과 미곡상을 담보로 잡고 막대한 돈을 빌렸다는 소문이 벌써 합비 구석구석에 돌고 있소."

"하면 어디에서 돈을 빌렸는지는 알고 있소?"

"은하전장 아니겠소? 그동안 성가장과 꾸준히 거래를 해온 곳이고, 성가장이 어려울 때도 박대하지 않고 꽤 신경을 써줬으니 당연히 그곳과 또 거래를 하지 않았겠소? 담보도 확실하니 은하전장으로서도 손해날 일은 없을 테고 말이오."

매광영이 고개를 끄덕였다.

"맞소. 바로 그 은하전장이오. 하지만 성가장은 한 가지 생각하지 못한 일이 있소."

매광영의 말에 열한 명의 상단주가 눈을 빛내며 그를 바라봤다. 매광영은 그 시선을 느긋하게 즐기며 천천히 말을 이었다.

"얼마 전 은하전장이 내 손에 들어왔소. 더 정확히는 우리 진운상단이 은하전장을 인수했소."

"허어, 그런 일이! 이거, 축하드리오. 전장까지 인수했으니 앞으로 진운상단은 쭉쭉 커가는 일만 남은 거 아니겠소? 허허허허."

상단주들은 저마다 매광영에게 축하를 건넸다. 진운상단은 합비에서 가장 큰 상단이었고, 영향력도 막대했다. 이제 전장까지 손에 넣었으니 그 힘이 훨씬 더 커졌다 할 수 있었다.

"그건 그렇고, 은하전장을 손에 넣으셨으니, 성가장을 충분히 견제할 수 있겠군요. 이거 상당히 기대되오이다."

매광영이 슬쩍 웃으며 고개를 끄덕였다.

"더 이상 은하전장은 성가장의 사정을 봐주지 않게 될 것이오. 여러분들이 앞으로 무슨 일을 해야 할지 잘 아시리라

믿소."

열한 명의 상단주가 동시에 고개를 끄덕였다. 성가장을 더욱 압박해 이자를 지불할 여력조차 없애 버리면 된다. 이자를 제때 내지 않으면 은하전장을 움직여 단숨에 담보를 집어삼킬 계획이었다.

일단 결정이 나자 모두 자리에서 일어나 조용히 밖으로 나갔다. 남은 건 행동뿐이다. 성가장이 더 이상 버티지 못할 거라는 확신이 그들의 뇌리에 자리 잡았다.

상단주들이 모두 돌아갔음에도 매광영은 자리를 뜨지 않았다. 매광영은 차를 한 모금 들이켰다. 향긋한 다향이 입안에 맴돌다 목을 타고 넘어갔다.

그렇게 차 한 잔을 모두 마시고 고개를 들었을 때, 그는 어느새 앞에 앉은 사내를 볼 수 있었다. 매광영은 자리에서 일어나 그 사내에게 공손히 허리를 숙였다.

"오셨습니까."

매광영의 인사에 사내는 가볍게 고개를 끄덕였다. 그는 백의를 입고 있었다.

"일은?"

"완벽하게 처리했습니다. 이제 상단 연합에 발을 들인 상단주들은 결코 벗어날 수 없을 것입니다."

백의사내가 만족스런 표정으로 고개를 끄덕이며 손을 내

밀었다. 매광영은 품에서 책자 하나를 꺼내 공손하게 그의 손에 그것을 올렸다. 백의사내는 그것을 받아 대충 훑어보고는 고개를 끄덕이며 그것을 품에 넣었다.

"족쇄가 될 줄도 모르고 잘도 이런 걸 써줬군."

"그들로서도 확실히 하고 싶었을 것입니다. 배신자가 나오면 곤란하지 않겠습니까. 본래 상인들이란 남을 잘 믿지 못합니다. 이런 종이 쪼가리를 훨씬 더 신봉하지요."

"좋아. 앞으로도 잘하리라 믿는다. 적련은 이제 더 이상 회생 기미가 보이지 않아. 네게 거는 기대가 크다."

매광영이 넙죽 엎드렸다.

"온몸이 부서지도록 성심을 다하겠습니다."

백의인이 가볍게 고개를 끄덕였다.

"강소와 절강, 복건 쪽은 일이 마무리되었다. 조만간 너도 마무리한 후에 그들과 손을 잡아라, 아주 자연스럽게. 그리고 하남, 호북, 강서 쪽의 일도 마무리되면 그들과 함께 련(聯)을 만들어라. 련주는 너희가 알아서 정하도록 하고."

매광영이 바닥에 이마를 쿵! 찧었다.

"명을 받듭니다."

매광영의 목소리에 생기가 넘쳤다. 드디어 오래전부터 갈망하던 일이 열매를 맺으려 하고 있었다. 이제 남은 건 자신이 새로 결성될 련의 주인이 되는 것뿐이었다.

'꼭 내가 그 자리를 차지하고야 만다.'

매광영은 그렇게 생각하며 자리에서 일어났다. 어느새 백의인은 사라지고 없었다. 그리고 탁자 위에는 커다란 상자 하나가 놓여 있었다. 그 상자 안에는 주먹만 한 야명주가 열 개나 가지런히 놓여 있었다.

 매광영은 탐욕스런 눈빛으로 그것을 챙겼다. 아마 앞으로는 더 이상 지원이 없을 것이다. 이제부터는 자신이 모든 것을 알아서 처리해야만 했다. 하지만 그래도 상관없었다. 진운상단은 이제 완전히 자리를 잡았고, 합비상단연합도 조만간 자신의 것이 될 테니까 말이다.


 성수란은 수심이 가득한 얼굴로 서류를 살폈다. 상황이 너무 좋지 않았다. 달랑 두 개 남은 미곡상과 포목점이 더 이상 영업을 하기 어려운 상황이 되었다. 합비상단연합이 노골적으로 방해를 시작한 것이다.

 그쯤이야 그동안 있어왔던 일이니 그러려니 했다. 하지만 정작 큰 문제는 그 두 곳에 동시에 도둑이 들었다는 사실이었다.

 "하아, 이래서야 이번 달 이자를 내기도 버겁겠구나."

 성수란은 그래도 크게 걱정을 하지는 않았다. 은하전장은 성가장과 꽤 돈독한 사이였다. 예전 은하전장이 어려움을 겪을 때 성가장이 몇 번이나 도움을 주었다.

 "은하전장에 피해를 주는 건 싫은데, 어쩔 수 없이 도움을 청해야겠구나."

성수란이 그렇게 중얼거림과 동시에 방문이 활짝 열렸다. 성수란은 놀란 눈으로 열린 문을 바라봤다. 그곳에는 단유강과 담교영이 서 있었다. 단유강은 당당한 표정이었고 담교영은 미안한 표정이었다.

"어쩐 일이시죠?"

성수란은 단유강의 무례를 탓하지 않았다. 단유강에게 그런 걸 탓해봐야 아무 소용이 없다는 건 그를 만난 지 이틀 만에 알 수 있었다.

"은하전장에 도움을 청하면 들어줄 것 같아?"

단유강의 말에 성수란의 안색이 변했다.

"은하전장이 며칠 전에 진운상단에 넘어갔다."

"그게 정말인가요?"

성수란은 믿기 어렵다는 표정으로 고개를 저었다.

"은하전장은 튼튼하기 그지없는 곳인데 어떻게……."

"방법이야 만들려고 마음먹으면 얼마든지 만들지. 문제는 그게 아니잖아. 정당한 가격으로 인수해 갔다면 기존 은하전장주는 전혀 타격을 입지 않은 거나 다름없어. 그 사람이야 다른 데 가서 또 전장을 열면 그만이니까. 하지만 넌 다르지 않아?"

성수란은 무거운 얼굴로 고개를 끄덕였다. 어찌 문제가 안 되겠는가. 당장 이번 달 이자를 내는 것도 빠듯한데 말이다.

더구나 은하전장 측에서 딴소리라도 하면 정말로 난감해진다.

'최악의 선택은 은하전장이 계약을 파기해 버리는 거야.'

만일 은하전장이 막대한 손해를 감수하고 그런 식으로 나온다면 성수란으로서는 대처할 방법이 없다. 은하전장에 빌린 돈이 자그마치 이십만 냥이었다. 만일 은하전장이 계약을 파기하겠다고 나오면 성가장은 빌린 돈의 절반만 갚으면 된다. 그것이 은하전장과 성가장이 맺은 계약이었다.

사실 의미가 없는 계약이라고 생각했지만 단유강의 강권에 못 이겨 어쩔 수 없이 맺은 계약이었다. 지금에 와서는 그것이 너무나 다행스러웠다. 하지만 그건 십만 냥이라는 거금을 마련한 이후의 일이었다.

이자 몇천 냥도 갚기 어려운 마당에 어떻게 십만 냥을 한꺼번에 만든단 말인가. 방법은 다른 곳에서 돈을 융통하는 것뿐인데, 지금의 성가장에 그런 돈을 융통해 줄 사람은 없었다. 적어도 이 합비 내에는 말이다.

"어쩌죠? 이러다간 성가장의 모든 것이 그들에게 넘어가겠어요."

단유강이 씨익 웃었다.

"뭘 걱정이야, 내가 있는데. 차라리 그놈들이 그런 식으로 나왔으면 좋겠어. 그럼 일이 훨씬 쉬워질 테니까 말이야."

성수란이 그 말을 들으며 멀뚱멀뚱한 표정을 지었다. 단유강이 한 말의 의미를 얼른 알아들을 수 없었다. 하지만 이내 머리가 다시 돌아가며 그 의미를 파악하고는 놀란 눈으로 단유강을 바라봤다.

"그, 그럼 제게 십만 냥을 더 빌려주시겠다는 말씀인가요?"

단유강이 고개를 끄덕였다.

"그래. 단, 이번에 돈을 빌려주는 건 내가 아니라 단가상단이 될 거야."

"다, 단가상단이요?"

단가상단에 대해서는 잘 알고 있었다. 적련과 싸워 이긴 상단 아닌가. 최근 상계에서 가장 유명한 것이 바로 단가상단과 적련의 싸움이었다.

성수란은 단가상단이라는 이름과 단유강을 어렵지 않게 연관 지을 수 있었다.

"서, 설마……!"

"그 설마가 아마 맞을 거야. 자, 이제 걱정이 좀 사라져?"

성수란은 멍한 얼굴로 단유강을 바라봤다. 설마 단가상단의 주인이 눈앞에 있는 사람일 거라고는 전혀 생각지 못했다. 또한 단가상단의 주인이 고작 성가장을 위해 이렇게까지 해주는 것도 이해가 가지 않았다.

"자, 이제 은하전장의 반응을 보는 일만 남았군. 이거 정말 기대되는데? 그놈들이 과연 십만 냥이나 되는 거금을 포기하겠다고 할까?"

성수란은 단유강의 말에 혀를 내둘렀다. 어쩌면 단유강은 이 모든 상황을 예상했는지도 모른다. 아니, 분명히 그랬을 것이다. 그렇지 않고서야 사천에서 활동하는 단가상단이 이곳 안휘에까지 신경을 쓸 리가 없지 않은가.

며칠 후, 성수란은 은하전장으로부터 일방적인 통보를 받았다. 당장 돈을 갚으라는 통보였다. 십만 냥이나 되는 거금을 포기하겠다고 나선 것이다. 성수란은 예상에서 한 치도 벗어나지 않는 은하전장의 움직임에 고개를 절레절레 저었다.

"한순간에 십만 냥이나 벌었구나."

성수란은 은하전장으로 직접 찾아가 모든 것을 마무리 짓기로 했다. 그녀가 밖으로 나서자, 어느새 단유강과 담교영이 그녀를 기다리고 있었다.

"은하전장에 가려고? 혼자 가면 낭패를 당할 수도 있을 테니, 내가 함께 가주지."

성수란은 고마운 표정으로 두 사람을 바라봤다. 악대웅이 상행을 떠나기 전에 해준 말이 떠올랐다. 단유강의 무공이 정말로 대단하니 필요할 때 꼭 써먹으라고 했다. 성수란은 마음이 든든해졌다.

"그럼 가요."

성수란의 품에는 천하전장에서 발행한 만 냥짜리 전표 열장이 들어 있었다. 당연히 단가상단에서 전해준 것이다.

 단유강의 연락을 받은 백설영은 최우선으로 합비에 지부를 만들 준비를 시작했다. 그리고 월영단의 수하들 중 합비에서 가장 가까운 곳에 있는 자를 바로 보냈다. 그가 바로 단가상단 합비 지부의 지부장이 될 사람이었다. 물론 즉석에서 결정했다.

 세 사람은 거리에 있는 수많은 사람들의 시선을 받으며 보무도 당당하게 은하전장으로 향했다.

 매광영은 당황한 표정을 감추지 못하고 집무실 안을 서성였다.

 "대체 어디서 그런 큰돈을 구한 거지? 합비에는 더 이상 성가장에 손을 내밀 자들이 없을 텐데."

 졸지에 십만 냥이 날아간 것보다 성가장이 다시 살아날 가능성이 생겼다는 사실이 더 큰 문제였다. 그동안 얼마나 심혈을 기울여 성가장을 무너뜨려 왔는데, 이렇게 한순간에 그 모든 것이 물거품이 될지도 모른다고 생각하니 심각한 위기감이 찾아왔다.

 "이대로 손 놓고 있을 수는 없어."

 매광영이 성가장에 이렇게 목매는 이유는 성가장이 가진 저력 때문이었다. 성가장은 이곳 합비에서 상당히 오랜 시간 영향력을 행사해 왔다. 게다가 성가장주의 인망이 좋아서 합비 사람들이 성가장을 꽤 좋아했다.

만일 성가장이 제대로 된 기반을 다지고 합비상단연합의 견제를 벗어날 수만 있다면 단숨에 예전의 성세를 되찾을 수도 있을 것이다. 그리고 그렇게 되면 합비상단연합의 영향력이 급격히 떨어지게 된다. 그것은 즉, 자신이 새로운 련의 련주가 되지 못한다는 뜻이기도 했다.

"그것만은 막아야 해, 그것만은……."

매광영은 궁리하고 또 궁리했다. 어서 기발한 계책을 생각해 내야만 한다. 성가장이 다시는 일어서지 못하도록 질근질근 밟아 버려야만 한다. 그래야 자신이 살길이 열리는 것이다.

매광영의 눈이 새파랗게 빛났다.

第四章
화룡루

"아아, 속이 다 시원하네요."

성수란은 개운한 얼굴로 그렇게 말했다. 그녀의 말과 행동에 담교영이 입을 가리고 살짝 웃었다. 그 모습에 성수란은 고개를 저었다. 정말로 지나칠 정도로 아름다웠다.

'저러니 그렇게 많은 사람들의 시선을 받았지.'

은하전장에 다녀오면서 사실 성수란은 깜짝 놀랐다. 제대로 고개를 들고 걷는 것도 쉽지 않았다. 수많은 사람의 시선을 모은다는 건 생각보다 대단한 일이었고, 많은 용기가 필요했다.

"진짜는 이제부터 시작이야. 마음을 놓으면 안 돼."

단유강의 말에 성수란이 장난스럽게 대답했다.

"예, 예. 알겠습니다. 그래도 기분 좋은 걸 억지로 안 좋게 할 수는 없잖아요."

단유강은 결국 피식 웃고 말았다. 처음 성수란을 봤을 때와는 느낌이 많이 달라졌다. 아마 지금이 진짜 성수란의 모습일 것이다.

"그나저나 앞으로 합비상단연합이 어떻게 나올까요? 미곡상과 포목점은 이제 더 이상 건드릴 필요도 없을 텐데."

미곡상과 포목점은 도둑이 제대로 들어 남은 것이 하나도 없었다. 더 이상 상점을 운영할 수 없는 상황이었다. 상황이 이러니 그들이 할 수 있는 일은 거의 없었다. 기껏 해봐야 악대웅이 이끄는 상행을 방해하는 정도가 전부였다.

"앞으로 그들이 어떻게 나올지를 생각하는 것보다 앞으로 우리가 뭘 할 건지를 생각하는 게 좋지 않겠어?"

단유강의 말에 성수란이 눈을 동그랗게 떴다. 그 말이 옳다. 이제는 더 이상 소극적으로 나갈 필요가 없었다. 악대웅이 상행을 실패할 리도 없을뿐더러 성가장은 더 이상 잃을 것도 없다.

"미곡상과 포목점을 다시 여는 것부터 시작하는 게 어때?"

성수란이 단유강을 지그시 바라봤다. 그녀는 지금 돈이 한 푼도 없었다. 단유강이 그녀의 눈길을 받으며 씨익 웃었다.

"왜? 또 돈 빌려줄까?"

성수란이 고개를 끄덕이자, 단유강이 흔쾌히 허락했다. 어차피 수십만 냥을 빌려주나 수십만 냥에다가 몇천 냥을 더 빌려주나 마찬가지였다.

"이번에는 도둑맞지 말고 잘해봐."

"걱정 마세요."

성수란은 결연한 표정을 지었다. 이제부터는 결코 당하고만 있지 않을 생각이었다. 어떻게든 성가장을 다시 예전의 모습으로 되돌려 놓을 거라 다짐하고 또 다짐했다.

"그럼 그렇게 하고……. 교영이는 나랑 잠깐 갈 데가 있으니까 혼자서 돌아가. 거의 다 왔으니까 괜찮지?"

성수란이 의아한 얼굴로 고개를 끄덕였다.

"예. 그야 물론이긴 하죠."

성수란은 두 사람이 어디로 가려는지 궁금했지만 굳이 캐묻지는 않았다.

단유강은 자신을 빤히 바라보는 성수란에게 손을 한 번 흔들어준 후 발걸음을 돌렸다. 망설임없이 걸어가는 단유강의 뒤를 담교영이 급히 따라붙었다. 성수란은 그 모습을 조금 묘한 기분으로 바라봤다.

이내 단유강이 보이지 않을 정도로 멀어졌다. 성수란은 가볍게 한숨을 내쉬고는 다시 힘차게 성가장을 향해 발걸음을 떼었다.

"대주님, 어디로 가시는 거예요?"

"화룡루."

"예?"

화룡루에 대해서는 담교영도 익히 들어서 알고 있었다. 아니, 무림에 발을 담근 사람이라면 그 이름을 모를 수가 없었다. 우내사존 중 하나인 화룡신검이 운영하는 기루를 어떻게 모를 수 있겠는가.

"거, 거긴 왜요?"

"화룡신검도 알아야 할 것 같아서 말이야."

담교영이 의아한 표정을 지었다. 대체 그가 알아야 할 게 뭐란 말인가. 단유강은 그녀의 궁금증을 단번에 풀어주었다.

"화룡루도 상단 연합이 꾸민 음모의 축에 올라서 있거든."

"예에? 그, 그게 정말인가요?"

담교영은 믿을 수가 없었다. 고작 일개 지역의 상단들이 어찌 우내사존을 향해 이를 드러낼 수 있단 말인가. 이건 자살 행위나 다름없었다. 더구나 상단은 기본적으로 이득이나 생존에 민감하다. 우내사존은 그들이 모험을 걸기엔 지나칠 정도로 위험했다.

"정말로 그거 확실한 건가요?"

"왜? 걱정돼?"

담교영은 근심 가득한 눈으로 고개를 끄덕였다. 당연했다. 우내사존에게 허위 정보를 알려준다면 결코 무사할 수 없다.

아무리 단유강이 강하다고 하지만 그건 보통 사람들을 기준으로 했을 때다. 십대고수와 우내사존은 하늘과 땅만큼이나 차이가 컸다.

"화룡신검은 별호에서 알 수 있듯 성격이 불같아요. 자칫 잘못하다간 큰 화를 당하실 수도 있어요."

"걱정하지 마. 확실한 거니까."

단유강이 그렇게 말했음에도 담교영의 얼굴에서 불안감이 사라지지는 않았다. 다른 때와 이번은 사안 자체가 다르다. 자그마치 우내사존이었다.

"우내사존이 얼마나 대단한지 한번쯤 확인해 봐야지. 교영이는 보고 싶지 않아?"

"그, 그야……."

당연히 보고 싶다. 담교영도 무공을 익힌 무림인이다. 우내사존은 그 무림인들의 정점에 선 자들이다. 무공을 익힌 사람이라면 누구나 한 번쯤 그들을 만나고 싶어한다.

"그럼 복잡하게 생각할 필요 없잖아? 가자."

단유강이 걸음을 더 빨리했다. 담교영은 잠시 머뭇거리다가 이내 결연한 표정으로 그 뒤를 따랐다.

'하긴, 찾아간다고 다 만날 수 있는 건 아니니까.'

화룡신검은 다른 우내사존과 다르게 사는 곳이 완전히 공개되어 있다. 하지만 아무나 그를 만날 수 있는 건 아니었다. 그가 원하지 않는다면 누구도 그를 만날 수 없었다. 설사 무림맹주가 오더라도 그가 원하지 않으면 만나는 것이 불가능하다. 그리고 지금까지 화룡신검을 만날 수 있었던 사람은 화룡루에서 함께 지내는 기녀들을 제외하면 거의 없었다.

'그 사람이야 아쉬운 게 없으니까.'

합비상단연합이 수작을 부린다 해도 압도적인 힘 앞에서는 아무런 소용이 없다. 화룡신검이 마음먹고 나서면 연합한 상단 자체를 완전히 박살 내는 데 반 나절도 안 걸릴 것이다.

그리고 아무리 중요한 정보를 가져왔다 하더라도 과연 화룡신검이 단유강을 만나줄지도 알 수 없었다.

그렇게 몇 가지 생각을 하며 걸어가다 보니 어느새 두 사람은 화룡루에 도착했다.

화룡루는 듣던 대로 상당히 거대했다. 수백 명의 기녀를 보유하고 있다는 소문이 전혀 틀리지 않은 듯했다.

'하긴, 화룡신검을 상대하면서 기루까지 운영하려면 그 정도는 있어야겠지.'

화룡루는 합비의 중심부에서 조금 떨어진 곳에 있었다. 하지만 화룡루가 워낙 유명해 화룡루를 중심으로 또 다른 번화가가 형성되어 있었다. 합비에 잠시라도 머무는 사람들은 으레 화룡루를 찾았고, 심지어는 화룡루에 들르기 위해 합비까지 오는 사람도 있을 정도였다.

그러니 그들을 위한 각종 상권이 근방에 펼쳐졌고, 자연스럽게 발전해 번화가를 이루게 되었다.

사실 이렇게 발전한 번화가는 화룡루의 입김을 받을 수밖에 없었다. 아니, 실질적으로 그 상권의 중심이 화룡루였기 때문에 화룡신검이 상권을 지배하는 거나 다름없었다.

합비에서 이름깨나 날리는 상단들은 그것이 마음에 들지 않았다. 합비상단연합이 은근히 화룡루를 견제하려는 이유 중 하나가 바로 그것이었다. 화룡루의 존재가 합비 상권을 활성화시킨 건 맞지만, 그렇다고 그것이 다른 상단에 긍정적인 영향만 있는 건 아니었다.

그리고 어쩌면 이대로 가다가는 합비의 모든 상권을 화룡루가 틀어쥐게 될 수도 있다는 위기감이 근간에 깔려 있었다.

"자, 들어가 볼까?"

단유강이 당당하게 기루 안으로 들어가자, 담교영이 뒤에서 머뭇거렸다. 단유강이야 남자니 그렇다 쳐도 자신은 여인의 몸이 아닌가. 담교영처럼 젊은 여자가 기루에 찾아가는 경우는 기녀가 되기 위해 오는 경우가 대부분이었다.

담교영은 단유강이 완전히 기루 안으로 들어가자 결국 한숨과 함께 고개를 젓고 말았다. 그리고 서둘러 화룡루 안으로 들어갔다. 들어가자마자 기녀들에 둘러싸여 있는 단유강을 발견할 수 있었다. 담교영은 황급히 몇몇 기녀들 사이로 파고들어 단유강 옆으로 다가갔다.

담교영에게 밀려난 몇몇 기녀들의 눈빛이 대번에 사나워졌다. 그녀들은 담교영을 노려봤다. 하지만 그 순간 놀란 눈을 감추지 못했다. 담교영의 모습이 너무나 아름다웠기 때문이다. 기녀 생활을 하다 보면 아름다운 여인을 수도 없이 보게 된다. 하지만 담교영은 그동안 봤던 그 어떤 여인보다 아름다웠다.

'누구지?'

기녀들이 동시에 떠올린 생각이었다. 화룡루에 있는 기녀는 결코 아니었다.

'그러고 보니 옷도 좀 다르네. 기녀가 아니야.'

기녀들은 대번에 담교영이 무림인이라는 걸 알아차렸다. 그녀들의 눈빛이 조금 깊어졌다.

"모두 물러가라."

누군가의 목소리가 들려오자마자 기녀들이 기다렸다는 듯 사방으로 흩어졌다. 모든 기녀가 흩어지고 남은 사람은 중년의 미부뿐이었다. 그녀는 단유강과 담교영 앞으로 다가가 공손히 허리 숙여 인사했다.

"예향이라고 합니다."

그녀는 허리를 편 후, 부드러운 눈빛으로 두 사람을 바라보며 물었다.

"두 분께서는 일행이신가요?"

단유강이 고개를 끄덕이자 예향이 빙긋 웃었다.

"보아하니 기녀를 안기 위해 오신 건 아닌 듯한데, 용건을 물어도 되겠습니까?"

단유강이 그제야 씨익 웃으며 손가락을 들어 위를 가리켰다.

"제일 꼭대기에 있는 사람을 만나고 싶어서 말이야."

예향이 그 말을 듣고 멈칫했다. 화룡루는 총 열 층으로 이루어진 전각이다. 하지만 그중 아홉 층만 기루로 사용하고 가장 위층은 기루이자 기루가 아니었다. 즉, 가장 위층으로 가자고 하면 일반적으로는 구층을 말한다.

하지만 지금 단유강과 담교영은 기녀를 만나러 온 것이 아니라는 점이 중요했다. 즉, 구층에 용건이 있는 게 아니라 십층에 용건이 있다는 뜻이었다.

"미리 약속이 되어 있으십니까?"

예향이 긴장한 얼굴로 묻자, 단유강이 씨익 웃었다.

"그런 거 안 하시는 분 아닌가?"

예향의 얼굴이 딱딱하게 굳었다. 그녀는 이곳 화룡루의 총관이자, 화룡신검 우원길의 제자이기도 했다. 아니, 이곳 화룡루에서 손가락 안에 드는 기녀들은 대부분 우원길의 제자였다. 물론 외부에 알려지진 않았지만 말이다.

"약속이 되어 있지 않다면 만나실 수 없습니다."

"그건 좀 곤란한데."

단유강은 그렇게 말하며 한 발 앞으로 걸어갔다. 예향은 자신도 모르게 뒤로 한 발 물러났다. 단유강의 너무나 자연스러운 기세에 눌린 것이다. 그녀는 자신이 대체 왜 물러났는지조차 알지 못했다.

"일단 말은 전해줄 수 있잖아? 중요한 일이라고 전해줘."

예향이 고개를 저었다.

"전해드리긴 하겠습니다만, 아마 만나주지 않으실 겁니다."

"이걸 같이 주면 아마 만나줄 거야."

단유강은 그렇게 말하며 작은 구슬 하나를 던졌다. 예향은 가볍게 그것을 받아 확인했다. 손톱만 한 야명주였다. 비록 가치가 상당한 것임이 분명하지만, 이 정도 뇌물로는 결코 화룡신검을 만날 수 없었다. 예향은 속으로 코웃음을 쳤다.

"그렇게 전해드리겠습니다. 일단 절 따라오시지요."

예향은 두 사람을 작은 방으로 안내했다. 그곳에서 기다리고 있으면 자신이 화룡신검을 만난 후, 답을 전해주겠다고 말하고는 밖으로 나갔다.

담교영은 닫히는 방문을 가만히 보고 있다가 문득 입을 열었다.

"한데 그분이 저희를 과연 만나주실까요?"

"당연하지."

단유강이 너무나 자신있게 말했기에 담교영은 조금 놀란 눈으로 그를 바라봤다. 단유강은 이런 일에 결코 허언을 하지 않는다. 또한 담교영이 보기에 절대 농담을 하는 얼굴이 아니었다.

"아까 뇌물 줬잖아. 그런 뇌물을 받고도 움직이지 않을 수 없을걸?"

담교영이 약간 어이없는 표정을 지었다. 자그마치 화룡루의 주인이다. 그리고 우내사존 중 일인이다. 아까 단유강이 전해준 야명주 정도는 하루에도 수십 개나 벌어들일 수 있는 사람이다. 그 정도는 뇌물이라고 할 수도 없었다.

'화룡루의 기녀에게 주는 선물도 아니고……'

소문에는 화룡루의 기녀들에게 막대한 선물을 안기는 사람도 부지기수라고 했다. 그들이 주는 선물이 오히려 조금 전 단유강이 준 야명주보다 훨씬 좋을 것이다.

담교영은 고개를 갸웃거렸다. 그녀가 지켜본 단유강은 결코 작은 계산조차 놓치지 않는 사람이었다. 그가 그런 단순한 사실을 모를 리 없었다. 하면 뭔가 다른 의미가 있다는 뜻이리라.

"아까 건네주신 야명주, 뭔가 다른 뜻이 있는 건가요?"

담교영의 물음에 단유강이 대답하지 않고 씨익 웃었다. 단유강의 얼굴에서 그 웃음이 채 사라지기도 전에 방문이 벌컥 열렸다. 열린 문밖에는 예향이 당황스런 얼굴로 서 있었다. 그녀는 너무 당황하고 놀라 문을 열기 전에 인기척을 내는 것도 잊었다.

"그, 그, 그분께서 모셔오라고 하셨습니다."

예향은 그렇게 말하며 다시 정중히 허리를 숙였다.

"그러지."

 단유강은 고개를 한 번 끄덕이고는 자리에서 일어났다. 그리고 고개를 돌려 담교영을 바라보며 빙긋 웃었다.

"뇌물이 통한 모양이네."

 담교영은 멍한 눈으로 단유강을 바라보다가 그가 방을 나서자 화들짝 놀라 황급히 뒤를 따랐다. 어느새 예향이 두 사람의 앞으로 달려가 길을 안내하기 시작했다.

 그들은 그렇게 십층까지 빠르게 올라갔다.

 예향은 두 사람을 문 앞까지 안내한 후, 두려운 눈으로 물러났다. 그리고 공손히 허리를 숙였다.

"전 이만 가보겠습니다. 부디 좋은 시간 보내시길."

 예향이 빠르게 아래로 내려가자, 담교영의 눈에도 살짝 두려움이 감돌았다. 예향은 화룡신검의 사람이다. 그런 사람이 저렇게 두려워할 정도니, 아무런 상관도 없는 사람들을 과연 화룡신검이 어떻게 대할지 벌써부터 걱정이 되었다.

"거기 서서 뭣들 하는 거냐, 어서 들어오지 않고."

 방 안에서 들려온 소리에 담교영은 깜짝 놀랐다. 마치 귀에 대고 말하는 것처럼 또렷하게 들려온 화룡신검의 목소리는 놀라울 정도로 젊었다. 목소리로만 판단하면 이십대 청년이라고 해도 믿을 수 있을 정도였다.

 담교영이 그렇게 놀라고 있을 때, 문이 저절로 열렸다. 십

층의 문은 양옆으로 여는 미닫이 문이었는데, 그것이 미끄러지듯 양쪽으로 갈라지며 방 안의 모습을 보여주었다.

십여 장쯤 떨어진 곳에 마치 불을 형상화한 듯한 커다란 의자가 있었고, 그 의자 위에 정말로 이십대로 보이는 청년이 앉아 있었다. 그 청년의 몸에서는 마치 불길이 활활 타오르는 것 같았다. 보기에는 전혀 그렇지 않은데, 그런 느낌이 강하게 들었다.

"내가 우원길이다. 날 만나려고 온 것 아니었나?"

화룡신검 우원길의 말에 담교영이 긴장으로 굳어진 몸을 억지로 움직였다. 그녀의 등에 단유강의 부드러운 손이 닿았다. 그 순간, 담교영은 거짓말처럼 몸이 풀리는 것을 느꼈다. 모든 긴장이 사라지고 입가에는 미소마저 감돌았다.

담교영은 고개를 돌려 고마운 마음이 담긴 눈으로 단유강을 바라봤다. 단유강은 웃으며 담교영을 살짝 앞으로 밀었다.

단유강과 담교영이 거의 동시에 방 안으로 들어섰다. 그리고 천천히 화룡신검 앞으로 걸어갔다.

우원길은 두 사람이 다가오는 모습을 이글이글 타오르는 눈으로 노려봤다. 그의 눈에서 불길이 쭉 뿜어져 나올 것만 같았다. 하지만 실제로 그런 일은 벌어지지 않았다.

이내 우원길 앞에 도착한 단유강이 씨익 웃으며 물었다.

"선물은 마음에 들었습니까?"

우원길이 피식 웃었다. 하지만 그의 눈은 전혀 웃고 있지 않았다. 눈동자에서는 여전히 불길이 이글거리고 있었다.

"그럭저럭."

우원길의 대답에 단유강이 고개를 갸웃거렸다.

"그 정도면 적어도 일 년은 편히 살 수 있을 텐데, 이상하군요."

단유강의 말에 우원길이 사나운 미소를 지었다.

"그럴 것 같더구나. 그래, 말이 나온 김에 묻자. 그걸 어디서 구했느냐?"

"왜요? 그걸 한 열 개만 구하면 화룡을 제어할 수 있을 것 같습니까?"

우원길의 얼굴이 딱딱하게 굳었다. 그의 눈에서 진짜 불길이 쏟아져 나왔다. 그리고 그의 머리칼이 올올이 흩어져 마치 불길처럼 위로 솟구쳤다. 새까맸던 그의 머리카락이 새빨간 색으로 물들기 시작했다. 그의 변한 모습은 실로 무시무시했다.

"네놈, 그걸 어떻게 알았느냐!"

우원길의 나직한 목소리에는 살기가 가득 담겨 있었다. 보통 사람이라면 그 말을 듣는 것만으로 피를 토하고 죽었을 것이다.

담교영은 하마터면 내상을 입을 뻔했다. 하지만 단유강이 그녀에게로 향한 살기를 모두 흩어버렸기 때문에 무사할 수 있었다. 하지만 그렇게 했음에도 내부가 살짝 진탕했다.

"체통 좀 지키시죠?"

단유강이 그렇게 말하며 담교영을 힐끗 쳐다보자, 우원길이 살기를 거뒀다. 그리고 담교영의 모습을 살폈다. 우원길은 크게 고개를 끄덕였다.

"과연 천하제일미라는 말이 아깝지 않구나."

우원길은 기세를 풀었다. 그의 머리카락이 다시 원래대로 새까맣게 돌아왔다. 그리고 온몸을 휘감았던 불길이 거짓말처럼 사라졌다. 어느 곳에도 그을린 부분 하나 남지 않았다. 마치 그가 내뿜었던 불길이 가짜였던 것 같았다.

"가까이 와라. 죽이진 않을 테니까."

우원길의 말에 단유강이 앞으로 몇 발 더 걸어갔다. 우원길과 단유강 사이의 거리는 이제 고작 반 장도 채 안 될 정도로 가까웠다.

담교영은 우원길에게 다가가는 것이 너무나 두려웠지만 이를 악물고 그 두려움을 이겨냈다. 그녀는 한 발 한 발 걸어 단유강 옆에 나란히 섰다.

우원길이 약간 놀란 눈으로 담교영을 바라봤다.

"생각보다 대단하구나. 얼굴만 예쁜 게 아니었어."

하지만 그게 다였다. 우원길의 관심은 다시 단유강에게로 향했다. 우원길은 단유강이 전해준 야명주를 손가락으로 만지작거리며 이리저리 굴렸다. 야명주에서 흘러나온 차가운 기운이 그의 손을 통해 몸으로 스며들어 갔다.

"자, 이제 다시 얘기해 보자. 이걸 어디서 구했느냐?"

우원길이 최대한 부드럽게 물었다. 협박이 통할 상대가 아니란 걸 조금 전 한 번의 대치로 알았기 때문이다.

"제대로 된 정보를 준다면 마땅히 그에 합당한 대가를 지불할 것이다. 그러니 신중하게 대답해 보거라."

우원길의 말에 단유강이 빙긋 웃었다.

"그보다 먼저 할 얘기가 있습니다."

우원길은 잠시 눈살을 찌푸렸지만 이내 고개를 끄덕였다. 칼자루를 쥔 것은 자신이 아니었다. 평소라면 이런 걸 두고 보지 않았겠지만 오늘은 사안이 너무나 중요했다.

"말해봐라."

"합비상단연합에 대해 알고 있습니까?"

우원길이 가소롭다는 듯 피식 웃으며 가볍게 고개를 끄덕였다.

"물론이지. 그놈들이 우리 화룡루를 눈엣가시로 여긴다는 것도 잘 알고 있다. 왜? 그놈들을 그냥 놔두는 이유가 궁금해서 그러는 거냐?"

우원길의 말에 담교영은 크게 놀랐다. 설마 화룡신검이 그걸 모두 다 알고 있으리라고는 생각도 못했다. 아니, 합비상단연합이 정말로 화룡신검을 적으로 돌렸다는 사실 자체를 믿을 수 없었다. 한데 우원길의 입에서 직접 그 얘기를 들으니 놀라지 않을 수 없었다.

"그럼 그들의 반대쪽에 성가장이 있다는 것도 아시겠군요?"

"당연하지."

우원길이 고개를 끄덕이자, 단유강은 만족스런 표정을 지었다. 그가 생각했던 것보다 화룡신검은 훨씬 용의주도했다.

"원하던 걸 얻은 모양이니 이제 내가 원하는 걸 내놓아라."

우원길의 당당한 요구에 단유강이 고개를 끄덕이며 대답했다.

"내가 만들었습니다."

우원길의 눈이 화등잔만 해졌다.

"네가 만들었다고?"

우원길은 구슬을 쥔 손을 앞으로 내밀었다. 그는 야명주를 엄지와 검지로 가볍게 쥐고 있었는데, 그의 손가락에는 새하얗게 서리가 맺혀 있었다.

"이 야명주가 어떤 물건인지는 알고 있느냐?"

"야명주가 야명주지, 더 뭐가 있겠습니까?"

단유강이 씨익 웃으며 그렇게 말하자, 우원길이 코웃음을 쳤다.

"흥, 느물대지 마라. 네놈이 몰랐을 리 없지. 고작 야명주 따위로 날 만날 수 있다고 생각하지는 않았을 테니까 말이야. 네놈은 이 야명주에 극음지기(極陰之氣)가 갇혀 있다는 걸 알고 있었다."

극음지기라는 말에 담교영이 경악한 눈으로 화룡신검의 손에 있는 야명주와 단유강의 얼굴을 번갈아 쳐다봤다. 극음지기라는 것을 얻기 위해선 빙정을 취해야 한다는 말이 있다. 하지만 빙정이라는 것 자체가 전설에나 등장하는 것이기 때문에 실제로 있는지조차 알려져 있지 않았다. 한데 그 극음지기가 저렇게 작은 야명주에 갇혀 있다 하니 믿을 수가 없었다.

"그러니까 내가 만들었다고 하지 않았습니까."

단유강의 말에 우원길의 표정이 딱딱하게 굳었다.

"말로 해선 안 되겠구나."

우원길은 단유강의 말을 믿을 수 없었다. 극음지기는 인위적으로 만들고자 해서 만들 수 있는 게 아니었다. 화룡의 힘을 얻고도 아직 극양지기(極陽之氣)를 마음대로 만들어내지 못하는데 인간의 힘으로 극음지기를 만든다는 게 말이 되는가.

화르륵!

우원길의 몸에서 불길이 일어났다. 그를 중심으로 반경 일 장 안이 온통 불길에 휩싸였다. 당연히 단유강도 그 범위에 포함되었다.

"꺄아악!"

담교영이 놀라 비명을 질렀다. 뜨거운 열기에 몸이 익어버릴 것 같았다. 그 열기의 중심에 단유강이 있는 것이다. 담교영은 너무 놀라 입을 벌린 채 말을 꺼내지도 못했다.

"쓸데없이 힘 빼지 말죠."

단유강의 낭랑한 목소리와 함께 불길이 그대로 흩어져 버렸다.

우원길은 놀란 눈으로 단유강을 바라봤다. 그가 일으키는 불은 무쇠도 녹여 버릴 정도로 뜨겁다. 물론 지금은 단유강을 죽일 생각이 없었기에 심하게 하진 않았지만 그래도 이렇게 간단히 흩어질 정도로 약하지는 않았다.

"네놈, 정체가 뭐냐?"

우원길은 이미 단유강의 정체를 알고 있었다. 단유강은 천망단의 대주였다. 하지만 고작 천망단의 대주가 이런 대단한 힘을 가지고 있을 리 없었다. 물론 처음부터 뭔가 비밀이 있다는 생각은 했다. 하지만 그때는 대수롭지 않게 여겼다. 그러던 것이 지금에 와서는 그렇게 대충 넘겨 버릴 수가 없게 되었다.

"아시면서… 천망칠십오대의 대주입니다. 그리고……."

단유강이 손을 들어 올렸다. 커다란 구슬을 쥐듯 살짝 말아 쥔 손에 새하얀 빛이 맺혔다. 단유강은 그 빛의 구슬을 가볍게 쥔 상태로 서서히 힘을 끌어올렸다.

우원길이 자리에서 벌떡 일어섰다. 그의 눈에 경악이 가득 채워졌다. 단유강이 손에 쥔 빛덩어리에서 차가운 기운이 느껴지기 시작했다. 그 기운은 점점 더 차가워지더니 이내 방

안이 냉기로 가득 찰 정도가 되었다.

"그, 극음지기……!"

그것은 그가 그토록 찾아 헤매던 극음지기였다. 그것도 지독하리 만치 순수한 음기의 결정체였다.

"어, 어떻게 그것을……."

단유강은 대수롭지 않다는 듯 대답했다.

"증거를 원하기에 보여주는 것뿐입니다."

털썩.

우원길은 힘없이 자리에 주저앉았다. 그리고 단유강을 바라보며 물었다.

"내게 원하는 게 무엇이냐?"

단유강이 빙긋 웃었다. 이제야 겨우 제대로 된 얘기를 할 수 있게 되었다.

"성가장과 손을 잡으십시오."

"성가장? 고작 성가장과 손을 잡아 우리 화룡루가 얻을 수 있는 게 있을까?"

"성가장이 지금이야 몰락 일보직전이지만, 조만간 커질 겁니다. 화룡루도 여기서 끝낼 생각은 아니겠지요? 분점도 세우고 그래야 할 거 아닙니까? 아마 꽤 도움이 될 겁니다."

"성가장이라……."

우원길의 눈에 빛이 살짝 돌아왔다. 극음지기를 마음껏 다루는 단유강이 관심을 두는 곳이니 분명히 뭔가가 있을 거라는 생각이 들었다. 하지만 그 뭔가가 고작 섬전창 악대웅이라면 실망을 금치 못하리라.

"성가장은 조만간 합비를 넘어 안휘성에서도 손에 꼽을 정도로 대단한 곳이 될 겁니다. 그리고 결국에는 십대상단에 이름을 올리게 될 겁니다."

우원길의 눈이 커졌다. 아무리 생각해도 성가장이 그 정도로 성장할 거라고는 믿기 어려웠다. 물론 오랜 시간 공을 들이면 가능하긴 하다. 하지만 단유강이 지금 말하는 건 그런 것이 아니다. 아주 짧은 시간 안에 그렇게 된다는 것이다.

"그게 가능하겠느냐?"

단유강은 손을 슬쩍 휘저어 들고 있던 극음지기를 날려 보냈다.

"물론입니다."

단유강은 우원길을 잠시 바라보다가 말을 이었다.

"그리고 단가상단과도 손을 잡으십시오."

"단가상단?"

단가상단에 대해서도 잘 알고 있다. 최근 가장 시끄러운 곳이기도 했다. 그들에 의해 적련이 무너졌고, 그 뒤에 흑월검마가 있다는 소문까지 도는 마당이니 너무나 당연했다.

우원길은 의심스런 눈으로 단유강을 바라봤다.

"과연 그들이 나와 손을 잡겠느냐?"

"그렇게 될 겁니다."

단유강은 그렇게 대답하며 가볍게 손을 휘둘렀다. 단유강의 손에서 날아간 극음지기가 순식간에 우원길이 들고 있던 야명주 안으로 스며들어 갔다. 야명주가 일순 새하얗게 빛났다. 그리고 그곳에서 흘러나오는 음기가 더욱 강해졌다.

우원길이 놀란 눈으로 그 광경을 지켜봤다.

"눈앞에서 지켜보고도 믿을 수가 없구나."

우원길은 극음지기를 품은 야명주를 품에 갈무리했다. 이것은 상당한 시간 동안 그를 지켜줄 것이다. 화룡을 몸에 품은 우원길이 가장 두려워하는 것은 바로 화룡에게 먹히는 것이다. 음기는 그것을 막아준다. 그리고 이런 극음지기는 화룡의 힘 자체를 제어할 수 있게 해준다.

"이런 걸 받았으니 보답을 해야겠지. 네 말대로 하마."

우원길은 그렇게 말하고는 잠시 머뭇거렸다. 그리고 어렵게 입을 열었다.

"한데 이 야명주에 담은 극음지기가 모두 소모되면……."

단유강이 혀를 차며 고개를 저었다.

"쯧쯧, 그렇게 되기 전에 화룡을 잡을 생각을 해야죠. 벌써부터 실패를 염두에 두면 어떻게 합니까?"

우원길은 그 말에 벼락을 맞은 듯 몸을 부르르 떨었다. 너무나 통렬했다. 자신이 우내사존에 올라서게 된 것은 모두 목숨을 도외시하고 끊임없이 내달렸기 때문이다. 한데 정작 우내사존이라는 허명을 뒤집어쓴 이후로 서서히 그 치열함을 잃어왔다.

"끄응, 이거 완전히 한 방 맞았구나."

우원길은 눈을 가늘게 뜨고 단유강을 바라봤다.

"네 정체가 대체 뭐냐? 천망단의 대주라는 말로 도망갈 생각은 말아라. 천망단의 대주쯤이야 마음만 먹으면 나도 할 수 있다."

단유강은 고개를 절레절레 저었다.

"하지만 그게 진실인 걸 어쩝니까. 전 그저 천망단의 대주일 뿐입니다. 그리고 천망단을 우습게 아시는데, 아마 조만간 그런 말 못할 겁니다."

단유강은 의미심장한 말을 남기고 돌아섰다. 그리고 아직도 얼떨떨한 표정으로 서 있는 담교영의 손을 잡고 밖으로 나갔다.

우원길은 단유강과 담교영의 뒷모습을 묘한 눈으로 바라보며 단유강이 남긴 말을 곱씹었다.

"천망단이라······."

우원길의 입에서 천망단이라는 말이 끊임없이 맴돌았다.

담교영은 입을 꾹 다문 채 단유강의 뒤를 따랐다. 기계적으로 걸으며 머릿속으로는 단유강과 우원길 사이에 있었던 대화만을 끊임없이 떠올렸다. 그렇게 얼마나 걸었을까, 담교영은 갑자기 걸음을 멈췄다.

단유강도 담교영을 따라 걸음을 멈추고 그녀를 바라봤다.
"대주님, 이제 어쩌실 건가요?"
담교영의 물음에 단유강은 턱을 쓰다듬으며 생각을 정리했다.
"글쎄, 일단 웬만한 것들은 다 처리한 거 같긴 한데……."
"미고현으로 돌아가실 건가요?"
단유강이 단호히 고개를 저었다.
"그건 아니지. 아직 돈을 못 받았잖아."
"예?"
담교영이 황당한 얼굴로 반문했다.
"서, 설마, 남궁세가에서……."
단유강이 빙긋 웃으며 고개를 끄덕였다.
"당연하지. 그게 아니면 내가 왜 이 짓을 하고 있겠어?"
담교영은 몸을 부르르 떨었다. 단유강은 정말로 집요했다. 남궁세가에서 고작 사만 냥을 받아내기 위해 지금 여기서 쓴 돈이 수십만 냥이다. 물론 그건 투자였지만 말이다.
"저, 정말로 남궁세가에서 돈을 받아내려고 이렇게 많은 일을 하신 거예요?"
"물론 그것만 있는 건 아니지. 다른 목적도 있지만, 그것도 굉장히 중요한 목적이라는 걸 기억해야 한다는 뜻이야."
담교영은 고개를 절레절레 저었다. 그러고 보니 자신은 남궁세가에 대해서는 까맣게 잊고 있었다. 단유강이 여기로 찾아온 이유가 그저 섬전창 악대웅을 다시 만나기 위함이라고만 여겼다.

"그럼 다른 목적은 뭔가요?"

"당연히 뒤에서 구린 짓을 하던 놈들을 밖으로 끌어내는 거지."

"황산의 그 사람들 말인가요?"

단유강이 고개를 끄덕였다.

"그놈들 반드시 배후가 있을 거야. 그걸 알아내야 돼."

"그들의 목적이 뭘까요?"

"알 게 뭐야. 뭐, 무림 정복이라도 하려는 모양이지."

담교영은 잠시 멍한 눈으로 단유강을 바라봤다. 전혀 예상치 못한 답이었다. '알 게 뭐야' 라는 답 말이다. 담교영은 최소한 단유강이 무림의 안녕을 위해 그들을 찾아 음모를 분쇄하고자 한다고 생각했다. 한데 답을 듣고 보니 전혀 그런 게 아닌 듯하지 않은가.

"그, 그럼 대체 왜 그들을 찾으시려고 하는 거죠?"

"아마 그들이 구멍을 이용하고 있을 확률이 높거든."

"구멍이요? 황산에서 봤던 그거 말이죠?"

단유강이 무거운 표정으로 고개를 끄덕였다. 담교영은 기억에서 당시 황산에서 단유강이 했던 말을 떠올렸다. 단유강은 그런 구멍이 하나 더 있을 것이고, 어디 있는지는 모른다고 했다.

'확실히 그런 걸 그냥 방치하면 큰일이 나겠지.'

큰일도 보통 큰일이 아니다. 당시 담교영이 겪었던 독각철괴는 일류고수라도 쉽게 상대하기 어려울 정도로 강했다. 더구나 시간이 지날수록 더 무서운 괴물이 나온다고 하니 그대로 두면 천하에 큰 환란이 닥칠 것이다.

담교영은 몸을 부르르 떨었다. 생각만 해도 두려웠다. 그러고 나니 단유강이 왜 이렇게 애쓰는지 알 수 있었다. 그들이 무림 정복을 하더라도 주체는 사람이다. 하지만 괴물들이 세상을 장악하면 더 이상 사람들이 살아갈 수 없게 될 것이다.

'게다가 괴물은 일반인이든 무림인이든 상관하지 않겠지.'

그게 가장 큰 문제다. 괴물들은 무공을 익히지 않은 보통 사람까지 건드릴 것이다. 그 무시무시한 괴물들을 보통 사람은 결코 막을 수 없다.

"꼭 찾을 수 있을 거예요."

"그래야지."

단유강과 담교영의 말은 스스로에게 하는 다짐에 더 가까웠다. 두 사람은 잠시 그곳에 서서 하늘을 바라봤다. 풍덩 빠질 것처럼 새파란 하늘이 두 사람의 눈에 내려앉았다.

단유강이 화룡루에 찾아가 화룡신검 우원길을 만난 다음

날부터 합비의 분위기가 달라지기 시작했다.

일단 은밀히 성가장과 손을 잡은 화룡루가 성가장이 하는 사업에 적극적인 협조를 시작했다. 화룡루와 성가장이 힘을 합하니, 합비연합상단의 방해가 제대로 통하지 않았다. 물론 거기에는 단가상단 합비 지부의 도움도 컸다.

화룡루는 합비에서 돌아다니는 대부분의 정보를 가지고 있었다. 그리고 단가상단은 천하 곳곳의 정보에 능했고, 은밀한 일을 진행시키는 능력이 뛰어났다. 마지막으로 성가장은 다양한 사업을 진행시키는 능력이 상당히 뛰어났다.

그 셋이 힘을 모으니 거칠 것이 없었다. 그렇게 합비의 상계가 거세게 흔들리기 시작했다.

第五章
합비상단연합

태룡전

합비상단연합의 회주 매광영은 지끈지끈 아파오는 관자놀이를 손가락으로 꾹꾹 눌렀다.

"설마 성가장이 이렇게 다시 살아날 줄이야."

성가장이 재기의 발판을 마련하고 말았다. 은하전장에 돈을 갚자마자 새로운 사업을 시작했고, 그것들이 연이어 성공해 버렸다. 매광영을 비롯한 합비상단연합이 방해하려고 무던히 애를 썼지만 아무런 소용이 없었다. 애쓰면 애쓸수록 그들은 손해를 잔뜩 안고 물러날 수밖에 없었다.

일이 계속 그런 식으로 흘러가자, 더 이상은 성가장의 기세를 막을 수 없게 되었다. 성가장은 그야말로 무시무시한 속도로 예전의 성세를 되찾아가는 중이었다.

합비상단연합은 성가장을 몰락시키기 위해 열심히 빈틈을 캐고 다녔다. 그 와중에 성가장과 화룡루가 손을 잡았다는 사실을 밝혀내고 말았다. 그것은 그들에게 큰 충격이었다. 화룡루에는 우내사존인 화룡신검 우원길이 있었다.

궁극적으로는 화룡루도 손아귀에 넣고 우원길을 몰락시킬 계획이었지만, 그것은 성가장과 화룡루가 손을 잡기 전의 일이다. 지금 상황은 정말로 손쓰기가 어려웠다.

"이 와중에 성가장이 보낸 상단까지 성공해 돌아오면 그야말로 끝장인데……."

가장 걱정되는 게 바로 그 부분이었다. 섬전창 악대웅이 이끄는 상단이 상행을 성공하기만 하면 성가장은 단숨에 몇 계단 위로 올라서게 된다.

예전처럼 빌빌거리고 있을 때라면야 그저 기반만 다지고 말 정도지만, 지금처럼 기세를 타고 있거나 훨씬 더 발전했을 때 상행이 되돌아오면 타오르는 불에 기름을 끼얹는 형국이 될 것이다. 그렇게 되면 누구도 막을 수 없게 된다.

"크윽! 이렇게 허무하게 끝낼 수는 없지."

매광영은 방 안을 서성이며 합비상단연합의 나머지 회원들이 오기를 기다렸다. 그들을 호출한 지 벌써 반 시진이 지났는데 아직 아무도 오지 않고 있었다. 배신한 게 아니라 그들도 발등에 불이 떨어져 그것을 수습하느라 정신이 없기 때문이다.

매광영은 나름대로 어떻게 이번 일을 수습할지 계책을 궁리했다. 머리를 맞대고 논의할 생각은 없었다. 먼저 계획을 세우고 일방적으로 명령할 생각이었다. 그들도 받아들일 수밖에 없을 것이다.

잠시 후, 초췌한 안색의 상단주 열한 명이 차례로 도착했고, 매광영은 눈을 빛내며 그가 생각했던 계획을 풀어놨다. 그들은 그것을 들으며 고개를 끄덕였다. 어쩔 수 없는 선택이었다.


우원길은 합장하듯 양손을 포갰다. 손바닥과 손바닥 사이에는 단유강이 준 야명주가 끼워져 있었다. 야명주는 우원길의 기운에 반응해 끊임없이 음기를 내뱉었다.

우원길의 손에 새하얀 서리가 내렸다. 우원길은 그 음기를 받아들여 온몸에 돌렸다. 단전에 똬리를 틀고 있는 화룡이 음기를 꾸역꾸역 잡아먹었다.

그렇게 얼마나 지났을까, 우원길은 길게 숨을 내뱉으며 눈을 떴다.

"후우우우."

야명주는 다시 우원길의 품으로 들어갔다. 그 야명주는 평소에도 우원길의 기운에 반응하며 냉기를 내뿜었고, 우원길은 끊임없이 그것을 받아들였다. 덕분에 최근에는 왠지 화룡의 제어가 더 쉬워진 듯한 느낌이 들었다.

"역시 극음지기로군."

이 모든 것이 바로 극음지기의 힘이었다. 극음지기는 그동안 기녀를 안으면서 얻은 음기와는 차원이 달랐다. 아니, 근본적으로 달랐다. 단유강에게 극음지기를 얻은 후부터 우원길은 더 이상 기녀들을 안을 필요가 없었다.

"정체가 궁금해. 대체 누가 있어 그런 자를 키울 수 있단 말인가."

단유강의 나이는 아직도 이십대다. 이십 년 남짓 살아온 사람이 그렇게 고강한 무공을 익혔다고 생각하니 등골이 오싹해질 지경이었다. 우원길이 판단하기에 단유강은 결코 자신의 아래가 아니었다. 물론 그렇다고 자신이 단유강보다 못하다는 생각은 들지 않았다.

단유강의 말을 들어 단가상단 및 성가장과 손을 잡은 후로 화룡루의 영향력이 더욱 확대되었다. 그리고 정보력도 강화되었다. 아주 짧은 시간 안에 얻은 결과였다.

"상재(商材)까지 있단 말이지. 정말로 놀랍단 말이야."

일반적으로 무공을 극한까지 익히려면 다른 모든 걸 포기해야 한다. 한데 단유강은 그런 상식을 송두리째 뒤엎었다. 우내사존에 필적하는 무공을 가졌으면서 상권을 마음껏 주무를 수 있을 정도의 능력까지 갖추고 있다. 그런 능력은 재능만으로 되는 게 아니다. 경험과 노력이 필요했다.

"설마 또 다른 능력이 있는 건 아니겠지?"

만일 그렇다면 이건 너무나 불공평하다. 누구는 무공 하나만 평생을 파고 경지에 도달하지 못하는데 고작 이십대에 몇 가지나 경지에 도달했다면, 이는 하늘의 편애 아니겠는가.

"아무튼 이런 식으로 가다 보면 나도 벽을 부수고 새로운 경지에 발을 들이는 것도 그리 멀지 않겠군."

우원길은 실로 오랜만에 가슴이 떨렸다. 얼마나 오랜 시간 동안 정체되어 있었는지 모른다. 하지만 최근 그 정체가 깨졌다. 극음지기 덕분에 다시 성장을 시작한 것이다.

그렇게 감격에 젖어 있던 우원길의 안색이 갑자기 변했다. 우원길은 날카로운 눈으로 고개를 돌려 한쪽을 바라봤다. 그곳에는 벽밖에 없었다. 하지만 우원길이 보는 것은 벽이 아니라 그 너머의 먼 곳이었다.

누군가 우원길의 신경을 긁고 있었다. 아주 은밀하면서도 섬세한 기파를 우원길에게 계속 보내왔다. 그 기파에는 정제된 살기가 실려 있었다. 경지에 이른 살수나 가질 수 있을 법한 살기였다.

"대체 어떤 놈이 감히……."

평소라면 불같이 화가 일어나 당장 달려갔을 것이다. 하지만 우원길은 그렇게 하지 않았다. 최근 극음지기를 흡수하면서 그런 급한 성정에도 변화가 일어났다.

우원길은 천천히 자리에서 일어났다. 그리고 한쪽 벽에 걸

어둔 자신의 애검 화룡검(火龍劍)을 집었다.

"오랜만에 몸을 풀 수 있겠군."

우원길은 냉정하게 머리를 굴렸다. 상대는 지금 자신을 도발하고 있었다. 그렇다는 것은 함정을 만들어 기다리고 있다는 뜻이다. 예전 같았으면 그따위 함정은 무시하고 달려들었을 것이다. 하지만 지금은 그렇지 않았다.

우원길은 문으로 다가가 문 옆에 있는 줄을 당겼다. 잠시 후, 예향이 공손한 자세로 문을 열고 허리를 조아렸다.

"성가장에 좀 다녀와야겠다."

"말씀하십시오."

최근 성가장과 손을 잡아 성가장 사람이 화룡루에 오는 일이 몇 번 있었기 때문에 이번에도 그와 비슷한 일이라 여긴 예향은 우원길의 명령을 기다렸다.

"그곳에 있는 천망단의 대주를 만나 날 찾아오라 일러라. 난 소호에 가 있겠다."

예향이 눈을 동그랗게 떴다.

"소호 말씀입니까?"

"그래, 서둘러라."

우원길의 말이 심상치 않다고 여긴 예향은 고개를 숙인 후, 급히 물러갔다. 그녀는 즉시 성가장으로 향했다.

우원길은 그녀가 화룡루에서 나가는 것을 확인하고는 창을 통해 밖으로 훌쩍 뛰어내렸다. 무려 십 층이나 되는 높이

였지만 우원길에게 그 정도는 아무런 장애도 되지 않았다.

우원길은 여전히 자신에게 기파를 쏘아 보내는 자를 향해 천천히 걸음을 옮겼다. 그가 원하는 곳에서 싸울 생각은 없었다. 우원길은 그를 향해 강렬한 기파를 쏘아 보낸 후, 소호 쪽으로 방향을 틀었다. 그리고 느리지도 빠르지도 않게 나아갔다.

우원길은 자신을 따라 그 은밀한 기파가 이동하고 있다는 것을 확인할 수 있었다. 하지만 그가 어디에 숨었는지 찾지는 못했다. 실로 대단한 은신술이었다.

'이런 떨림도 정말 오랜만이로구나.'

우원길은 은은히 가슴을 진탕시키는 긴장감에 점점 기분이 좋아졌다. 우내사존의 위치에 오른 이후로는 싸움다운 싸움이 없었다. 우원길은 기대감 어린 눈으로 발걸음을 조금 더 서둘렀다.


단유강과 담교영은 성가장에서 칙사 대접을 받았다. 성가장의 은인이었으니 당연했다. 성수란은 두 사람이 불편하지 않도록 최대한 배려했다. 성가장은 날로 가세가 번창하고 있었기에 대접 또한 날이 갈수록 점점 좋아졌다.

단유강은 성가장에서 단가상단 합비 지부의 보고까지 받았다. 합비 지부장은 그에 더해 백설영으로부터 전달받은 단가상단의 보고서까지 한꺼번에 단유강에게 제출했다. 단유강은 느긋하게 뒹굴며 보고서를 확인할 수 있었다.

"확실히 설영이가 일은 잘해. 보고서 몇 장 읽은 걸로 정보가 일목요연하게 머리에 저장되잖아?"

단유강은 그렇게 감탄을 하며 모든 보고서를 읽었다. 합비 지부장은 단유강이 그것을 모두 읽자, 조심스럽게 새로운 보고 하나를 덧붙였다.

"최근 합비상단연합의 움직임이 조금 이상합니다."

"어떻게?"

"낭인들을 은밀히 모으고 있습니다."

"훗, 낭인으로 깽판이라도 쳐보겠다는 건가?"

"아무래도 그런 듯합니다. 그래서 좀 이상합니다."

합비 지부장은 아무리 생각해도 합비상단연합의 생각을 이해할 수가 없었다. 그들이 아무리 많은 낭인을 모아봐야 그들은 낭인일 뿐이다. 그들만 가지고는 절대 화룡신검을 상대할 수 없다. 그들이 검을 드는 순간, 그들은 더 이상 목숨을 부지할 수 없게 된다.

"화룡신검을 막을 자신이 있는 건가?"

"그렇지 않고서야 이런 식으로 움직일 수는 없습니다. 하지만 그들이 대체 무슨 수로 화룡신검을 상대하려는지 파악할 수가 없습니다."

단유강이 고개를 끄덕였다.

"좋아. 그건 그냥 넘어가자고. 어쩌면 그런 힘을 가지고 있을지도 모르니까."

 단유강은 합비상단연합 뒤에 황산의 그자들이 도사리고 있다고 판단했다. 당시 겪었던 공천상의 무위도 상당했다. 단유강이 보기에 우내사존보다는 훨씬 못했지만 그래도 십대고수 정도는 충분할 듯했다.

 공천상과 같은 자들이 얼마나 더 있는지 모르지만, 분명히 훨씬 강한 자도 있을 것이다. 거기에 그들은 강시를 보유하고 있는 게 확실하다. 단유강은 예전 사천에서 강시를 제조하던 자들도 분명히 관계가 있다고 판단했다.

 만일 그렇다면 우내사존 중 한 명 정도는 충분히 상대할 수 있다는 계산이 나온다.

 "고작 합비의 상권을 장악하려고 그런 무리한 수를 쓴다는 게 조금 이해가 가지 않지만… 뭐, 그렇다고 가정하고 넘어가야겠지."

 단유강은 그렇게 중얼거리다가 고개를 돌려 문을 쳐다봤다. 담교영과 합비 지부장이 의아한 눈으로 단유강의 시선을 따라 문을 쳐다봤다. 그 순간, 문밖에서 목소리가 들려왔다.

 "화룡루의 예향입니다."

 "들어와."

 단유강의 말과 동시에 문이 저절로 열렸다. 문밖에 서 있던 예향은 잠시 놀란 표정을 지었지만 이내 놀람을 가라앉히고는 사뿐히 안으로 들어서며 공손히 허리를 숙였다.

"무슨 일이지? 이렇게 대놓고 드러내는 건 안 좋다고 말했을 텐데."

"루주님의 말씀을 전해드리러 왔습니다."

루주라는 건 화룡루주, 즉 화룡신검 우원길을 말한다. 우원길은 이런 식의 절차를 그리 좋아하지 않는다. 더구나 예향을 직접 보내는 건 더더욱 드문 일이었다. 단유강이 살짝 굳은 표정으로 고개를 끄덕였다.

"루주님께서 소호에서 대주님을 보자고 말씀하셨습니다."

"소호?"

"예. 그렇게만 말씀하셨습니다."

단유강은 깊은 눈으로 잠시 생각에 잠겼다. 그러다가 이내 고개를 끄덕이고는 예향에게 말했다.

"알았으니 이만 돌아가. 혹시 있을지 모를 습격에 미리 대비해 두는 것도 좋겠지."

예향은 허리를 깊이 숙이며 대답했다.

"이미 대비책을 마련해 두었습니다."

"좋아. 일처리가 확실하군."

단유강은 문득 예향이 백설영과 비슷하다는 생각이 들었다. 그러고 보면 우원길이 인복은 있는 모양이었다.

예향이 밖으로 나가자, 단유강이 신중한 표정으로 합비 지부장과 담교영을 바라봤다.

"아무래도 조금 서둘러야 할 모양이다. 난 소호에 다녀와야 할 것 같아. 아마 십중팔구는 내가 그곳에 간 사이에 일이 벌어질 거야."

담교영의 눈이 커다래졌다.

"그 말씀은, 대주님을 소호로 끌어들이기 위한 적들의 계책이란 말인가요?"

"아마도. 화룡신검의 성격이나 여러 가지를 고려했겠지. 뭐, 안 걸려들면 쓸 다른 방법도 미리 생각해 뒀을 수도 있고."

그들은 단유강을 몇 번 겪어봤다. 즉, 방심하지 않고 단유강을 상대할 거란 뜻이다. 담교영은 걱정스런 눈으로 단유강을 바라봤다. 정체도 모르는 적이 방심하지 않고 함정을 팠다. 아무리 단유강이라도 이번에는 위험할 수도 있었다.

"너무 걱정할 필요 없어. 난 아직 날 전부 보여주지 않았으니까."

그것은 담교영도 안다. 하지만 그래도 걱정이 되는 건 어쩔 수 없었다. 그나마 위안이 되는 건 우내사존인 화룡신검과 함께 할 거라는 점이었다.

"조심하셔야 해요, 대주님."

단유강이 부드럽게 웃으며 담교영의 머리를 살짝 쓰다듬었다.

"걱정하지 말라니까 그러네. 자, 그건 그렇고, 이제 여기 합비의 일을 처리해야지."

단유강이 그렇게 말하며 합비 지부장을 바라보자, 그가 고개를 숙이며 대답했다.

"일단 저들이 모은 낭인들 정도는 어찌어찌 처리할 수 있습니다만, 그 와중에 입는 피해가 상당할 것 같습니다. 저들의 목표는 싸움이 아니라 사업체를 망가뜨리는 겁니다. 아무래도 막기가 쉽지 않을 듯합니다."

"언제쯤 움직일 거 같아?"

"오늘 밤에 움직일 가능성이 큽니다. 화룡신검을 끌어들였으니 당장에라도 움직이겠지요."

"그렇겠지."

우원길이 소호로 달려갔고, 또 단유강까지 그곳으로 가면 성가장과 화룡루에는 더 이상 고수가 남지 않는다. 물론 고수가 몇몇 있어도 상관없다. 동시에 모든 사업체를 공격할 테니까 말이다.

단유강은 잠시 인상을 찡그리고 있다가 이내 뭔가를 결정한 듯 벌떡 일어섰다.

"사업체가 총 몇 군데 있지?"

"성가장의 장원과 화룡루, 그리고 단가상단의 합비 지부까지 합하면 총 열일곱 군데입니다."

"열일곱이라… 빠듯하군. 좋아, 그중 일곱 곳을 막으라고 하면 완벽하게 막을 수 있나?"

"물론입니다. 아홉 곳까지는 큰 피해 없이 막을 수 있습니다. 아예 피해를 없애라 하시면 좀 더 어렵습니다만······."

단유강이 만족한 얼굴로 크게 고개를 끄덕였다.

"좋아. 그럼 아홉 군데로 하고 나머지는 내가 알아서 하지. 일단 화룡루는 알아서 지킬 테니까 빼고, 가장 막기 어려울 것 같은 곳으로 일곱 군데를 찍어."

합비 지부장은 즉시 일곱 곳을 정해 알려주었다. 단유강은 그것을 듣자마자 순식간에 방에서 사라졌다. 이제부터는 진짜 시간과의 싸움이었다.

해가 지고 어둠이 깔리기 시작할 무렵, 흑의에 복면까지 쓴 사람들이 우르르 몰려다니고 있었다. 그들은 굳이 은밀히 움직일 생각도 없는지 당당하게 무기를 들고 수십 명씩 뭉쳐서 각자 목표로 삼은 곳을 향해 달려갔다.

그들의 움직임을 가장 먼저 확인한 사람은 화룡루의 총관 예향이었다. 예향은 화룡루의 꼭대기에서 합비 거리를 내려다보고 있었다. 자연히 그 안에서 왔다 갔다 하는 사람들의 움직임을 일목요연하게 파악할 수 있었다.

"이곳으로 오는 자들은 두 무리인가."

한 무리가 보통 서른 명 정도로 이루어져 있으니, 두 무리라면 예순 명에 달한다. 화룡루의 힘만으로 막기에는 쉽지 않은 수였다. 하지만 예향은 전혀 걱정하지 않았다.

화룡루는 다른 기루와 다르게 무림인에 의한 패악은 전혀 없었다. 누가 감히 우내사존이 머무는 곳에 쳐들어올 수 있겠는가. 하지만 우내사존이 뭔지도 모르는 일반인은 달랐다. 그래서 화룡루에는 그들을 처리하기 위한 무사들이 꽤 많았다.

하지만 그래 봐야 그 수는 고작 열다섯에 불과하다. 그들만으로는 절대 저기서 몰려오는 자들을 상대할 수 없다. 더구나 지금 이곳으로 오는 자들은 낭인이다. 비록 이류나 삼류에 불과하더라도 무림인인 것이다.

그런 그들의 수가 무려 육십 명이다. 그중에는 간혹 일류에 속하는 고수들도 섞여 있으리라. 이래저래 화룡루는 불리한 입장이다.

그럼에도 예향이 전혀 걱정하지 않는 것은 예향을 비롯한 최고 기녀들이 있기 때문이다. 그녀들은 공식적으로는 화룡루의 기녀지만, 내부적으로는 화룡신검의 첩이자 제자였다.

화룡신검이 주로 쓰는 무공은 양강지공이다. 하지만 그래도 명색이 우내사존이니 그가 양강의 무공만 알고 있는 건 아니었다. 아니, 오히려 여인들이 익히면 효과를 보기 좋은 음한기공에 더 조예가 깊었다. 화룡을 제어하기 위해 음기가 필요하니 그건 어찌 보면 너무나 당연한 일이었다.

그렇게 우내사존인 우원길로부터 사사한 기녀들이 무려 열 명이 넘는다. 그리고 그 기녀들이 알아서 가르친 여인들 또한 수십에 달한다. 그러니 고작 낭인들이 몰려온다고 겁먹을 이유는 전혀 없었다.

"우리야 그렇다지만……."

예향은 걱정스런 눈으로 합비 곳곳을 살폈다. 화룡루에서 확인하기에는 한계가 있었지만 그래도 이곳저곳 살펴보려 노력했다. 화룡루도 중요하지만, 성가장도 중요하다.

'아무래도 힘들겠지.'

움직이는 낭인의 수가 너무나 많다. 그녀가 예상했던 것의 두 배가 넘었다. 정보가 미흡했던 것이다.

걱정스런 눈으로 사방을 둘러보던 예향이 눈을 빛냈다. 드디어 낭인들이 화룡루에 도착한 것이다.

"그럼 나도 슬슬 움직여야겠지?"

예향은 가볍게 몸을 날려 아래로 내려갔다. 이번 일의 대가는 반드시 받아낼 생각이었다. 먼저 무력을 쓴 것은 합비상단연합이다. 그들은 결코 명분을 얻은 화룡신검의 분노를 피하지 못할 것이다.


복면인들 중 몇 무리가 성가장으로 향했다. 그리고 다시 몇 무리는 각각 나뉘어 성가장의 사업체로 향했다. 그들이 오늘 해야 할 일은 성가장과 관계된 건물을 부수고 불태우는 것이었다.

성가장 쪽으로 향한 복면인들의 우두머리, 두경일은 품에 손을 넣어 벽력탄을 조심스럽게 만지작거렸다.

'이런 것까지 준비해 주다니, 정말로 단단히 마음먹었군.'

두경일은 낭인들 사이에서는 꽤 유명한 사람이었다. 무공도 높았고, 또 의뢰에 대한 성공률도 높았다. 그는 이번 합비 상단연합이 끌어들인 낭인들의 책임자이자 이번 일을 총괄하는 자이기도 했다.

"모두 대기!"

두경일의 나직한 명령에 함께 움직이던 자들이 일제히 멈췄다. 그들은 그간 두경일과 항상 손을 맞춰오던 낭인들이었다. 두경일은 마치 군대와 같은 움직임에 믿음직스런 눈으로 그들을 한번 둘러봤다.

"우리의 목적은 살상이 아니라 파괴다. 그 점을 염두에 두도록. 벽력탄 터지는 소리가 신호다. 일제히 들어가 건물만 신속히 부수고 빠져나온다. 기회가 되면 돈이나 값나가는 물건을 챙겨도 좋다."

두경일의 말에 낭인들이 탐욕스런 눈빛으로 성가장을 바라봤다. 성가장은 최근 다시 발전을 시작하는 곳이다. 분명 쓸 만한 물건과 돈이 상당히 많을 것이다.

두경일은 품에 있던 벽력탄 두 개를 꺼냈다. 그리고 그것을 동시에 성가장 안으로 힘껏 던졌다.

꽝! 파르르릉!

벽력탄 두 개가 동시에 터지는 소리가 천둥처럼 울렸다. 두경일을 선두로 모든 낭인들이 그와 동시에 성가장의 담을 넘었다.

두경일은 담을 넘자마자 그 자리에 멈췄다. 그것은 두경일의 뒤를 따라 넘어온 다른 낭인들 역시 마찬가지였다.

"이게 뭐지?"

그들의 눈에 들어온 광경은 높게 서 있는 마치 절벽 같은 벽이었다. 두 개의 벽이 마주 보고 나란히 서 있었다. 다른 곳은 다 막혀 있었다. 길은 오직 그곳 하나뿐이었다.

두경일은 이해할 수가 없었다. 벽력탄이 터졌으면 마땅히 이런 벽도 부서졌어야 옳다. 한데 너무나도 멀쩡히 서 있지 않은가. 보아하니 성가장 내부로 제대로 들어가려면 이 길을 통과해야 하는 듯했다. 하지만 그 길을 따라 움직이자니 뭔가 찜찜했다.

"어쩔 수 없지. 다른 곳으로 들어간다."

두경일은 담을 넘어 밖으로 나갔다. 그리고 담을 따라 쭉 이동한 후, 다시 담을 넘었다. 그러나 성가장 안으로 들어온 두경일은 경악할 수밖에 없었다. 조금 전에 봤던 것과 똑같은 광경이 눈앞에 펼쳐져 있었다.

두경일은 그제야 상황이 심상치 않다는 걸 깨달았다. 그리고 아무리 다른 곳으로 침입해도 똑같은 상황이 반복될 뿐이라는 것도 어렵지 않게 짐작할 수 있었다.

"일단 부숴라."

두경일은 그리 넓지 않은 길로 줄지어 들어갈 생각은 없었다. 그래서 일단 담을 부수기로 했다. 오늘 성가장의 전력은 그리 변변치 않았다. 성가장에서 제대로 힘을 쓸 수 있는 사람들은 대부분 악대웅이 이끄는 상행에 따라나섰기 때문이다. 그러니 조금 소란을 피워 들킨다 하더라도 심각한 문제가 생기지는 않을 것이다.

낭인들은 두경일의 명에 따라 각자의 무기를 휘두르며 벽에 달려들었다.

쩌저정!

수많은 무기들이 벽에 생채기를 냈다. 하지만 그뿐이었다. 대체 뭘로 만들었는지 그 벽은 단단하기 이를 데 없었다. 아무리 때려도 부술 수가 없었다. 결국 두경일은 찜찜한 마음을 안고 길을 따라서 이동할 수밖에 없었다.

두경일의 걱정을 비웃기라도 하듯 길을 따라가는 내내 아무런 일도 벌어지지 않았다. 정말로 길 이상도 이하도 아니었던 것이다. 두경일은 내심 안도하며 서둘렀다.

길이 끝나갈 무렵, 두경일은 멀찍이 서 있는 사람을 발견했다. 놀라울 정도로 아름다운 여인이었다. 그 여인은 길이 끝나는 부분에 서 있었다. 길이 그다지 넓지 않았기에 지나가기 위해선 그 여인을 치우는 수밖에 없었다.

"비켜라!"

두경일은 일단 그렇게 소리쳤다. 하지만 속마음은 정반대였다. 비키지 않았으면 했다. 단숨에 달려들어 사로잡아 마음껏 취하고 싶었다. 그것은 다른 낭인들 역시 마찬가지였다.

길을 막고 서 있던 여인, 담교영은 환하게 웃으며 검을 뽑았다.

스릉.

담교영의 눈부신 웃음에 두경일은 헤벌쭉 웃었다. 다른 낭인들 역시 마찬가지였다. 그들은 담교영의 아름다움에 취해 평소와는 달리 지나칠 정도로 경계심을 잃어버렸다.

낭인 하나가 두경일을 제치고 도를 휘두르며 담교영에게 달려들었다. 그는 담교영의 아름다운 얼굴이 다칠까 봐 극도로 조심했다. 하지만 담교영은 그가 조심해서 상대할 만한 사람이 아니었다.

쩡!

"크악!"

일격에 낭인의 도가 부러졌고, 낭인은 피투성이가 되어 그대로 쓰러졌다. 담교영은 쓰러진 낭인의 옷자락을 검으로 쿡 찔러 뒤로 휙 던졌다.

전혀 예상외의 상황에 두경일이 달려가던 발을 억지로 멈췄다. 낭인들도 대부분 멈췄지만 그렇지 못한 사람이 셋이나 있었다. 그들은 나란히 담교영을 향해 달려들었다.

쩌저정!

세 사람의 도가 박살 났고, 그들 역시 앞의 낭인과 마찬가지 신세가 되어 성가장 내부로 날아서 들어갔다.

두경일은 긴장으로 침을 꿀꺽 삼켰다. 상대방은 진짜 고수였다. 자신과 낭인들이 떼로 덤벼야 어찌 해볼 수 있을 듯했다. 하지만 벽이 문제였다.

두경일과 낭인들이 엉거주춤한 자세로 서 있을 때, 옥구슬이 구르는 듯한 담교영의 목소리가 울렸다.

"여길 지나가려면 방금 전의 그 사람처럼 가야 해요."

담교영의 모습이 왠지 거대해 보였다. 두경일과 낭인들은 이러지도 저러지도 못하고 주춤거렸다.

사실 의뢰의 내용만으로 보면 아무리 대단한 고수가 있어도 상관없었다. 몇몇이 고수를 막는 동안 나머지가 우르르 몰려다니며 불을 지르고 건물을 부수면 그만이었기 때문이다. 하지만 양옆에 세워진 높다란 벽 때문에 그것이 불가능했다.

"저… 소저, 길을 비켜주시고 넓은 곳에서 싸우는 건……."

"당연히 안 되죠. 전 오늘 여기서 여러분들을 막아야 한답니다."

담교영이 상큼하게 웃으며 말하자 낭인 몇몇이 헤벌쭉 웃었다. 아무리 상황이 이렇다지만 담교영의 아름다운 얼굴을 보니 절로 웃음이 났다.

"가장 건설적이고 좋은 방법은……."

담교영이 그렇게 말하며 두경일을 쳐다봤다. 두경일은 침을 꿀꺽 삼키며 그녀의 다음 말을 기다렸다.

"얌전히 혈도를 제압당하고 안으로 들어가는 거예요."

두경일의 표정이 딱딱하게 굳었다. 그건 절대로 안 될 말이었다.

"그건 곤란하오, 소저. 아무래도 우리는 이만 돌아가 봐야 할 듯하오."

두경일이 그렇게 말하자마자 낭인들이 서둘러 뒤로 물러갔다. 성가장을 어쩌지 못하니 다른 곳으로 인원을 더 투입하는 것이 나았다.

담교영은 그들이 물러가는 것을 보면서 빙긋 웃었다. 그리고 잠시 후, 담교영은 다시 그들을 볼 수 있었다. 이번에는 가장 뒤에 서 있던 낭인이 가장 앞에 있었다.

"어때요? 이제 제 말이 좀 구미가 당기시나요?"

낭인들은 절망했다. 그들은 그제야 자신들이 함정에 빠졌다는 걸 깨달았다. 결국 그들이 선택할 수 있는 건 둘 중 하나였다. 담교영에게 덤비든가 아니면 그녀의 말대로 순순히 제압당하든가.


화룡신검 우원길은 심각한 얼굴로 주위를 살폈다. 아무리 둘러봐도 아무것도 없었다. 그저 막막한 어둠뿐이었다. 때문에 그는 함부로 걸음을 옮기지 않았다. 무슨 일이 벌어질지 알 수 없었기 때문이다.

"고약한 진이로군."

우원길은 검을 가볍게 옆으로 그었다. 일순 어둠이 잘려 나갔다. 검에 의해 갈라진 틈으로 밝은 빛이 새 나왔다. 하지만 그뿐이었다. 어둠은 다시 틈을 메웠고, 틈이 사라진 순간 빛도 사라졌다. 벌써 열 번째 시도였다.

"조금만 더 하면 될 것도 같은데……."

얼마나 시간이 지났는지, 또 이곳이 어디인지도 알 수 없었다. 드넓게 펼쳐진 소호의 광경을 잠시 보던 사이에 사방에서 어둠이 몰려왔고, 결국 이렇게 되었다. 따로 손을 쓸 도리가 없었다. 이미 소호를 바라보고 있던 그 순간, 진에 걸려든 것이다.

"내가 진 따위에 걸려들 줄이야."

우내사존쯤 되면 기의 흐름에 민감한 법인데, 진이 설치된 곳은 기의 흐름이 아무래도 비틀려 있기 마련이다. 아무리 은밀하게 설치하더라도 그 흐름이 평범할 수는 없다. 우원길도 설마 자신이 이렇게 보기 좋게 진에 걸려들 거라고는 생각도 못했다.

하지만 우원길도 이번에는 어쩔 수 없었다. 정말로 아무것도 느낄 수 없었기 때문이다. 멀찍이 떨어져 검진을 이루고 있는 자들에게만 신경을 쓰고 있었는데, 갑자기 어둠이 몰려왔다. 그 순간 기의 흐름이 조금 이상하다는 걸 느꼈지만, 그때는 이미 진에 걸려든 후였다.

우원길은 다시 검을 사방으로 그었다. 수십 개의 선이 어둠을 갈랐다. 하지만 그렇게 갈라진 어둠은 순식간에 다시 원래대로 복원되었다.

"후우, 역시 모험을 해보는 수밖에 없나?"

우원길은 검에 기운을 집중했다. 이번에는 크게 갈라 그 안으로 뛰어들 작정이었다. 우원길의 검에 막대한 기운이 몰려들었다. 화룡검은 이름에 걸맞게 활활 타올랐다.

우원길은 신중하게 검을 들어 올렸다. 그의 검에서 뿜어져 나오는 불길이 하늘로 마구 솟구쳤다.

"하아압!"

강렬한 기합과 함께 화룡검이 어둠을 세로로 쭉 갈랐다. 눈부신 빛이 갈라진 어둠 사이에서 뿜어져 나왔다. 상당히 강력하게 잘랐기에 그 틈은 꽤 넓었다. 우원길은 망설이지 않고 그 안으로 뛰어들어 갔다.

"헉!"

우원길은 놀라지 않을 수 없었다. 빛 속으로 뛰어들어 갔는데, 그를 맞이한 건 어둠이었다. 조금 전에 있던 곳과 전혀 다르지 않은 곳이었다.

우원길이 낭패한 얼굴로 고개를 저었다. 하지만 이내 다시 검을 휘둘렀다. 그렇게 만든 틈으로 또 뛰어들었고, 다시 어둠을 맞이했다. 그렇게 십여 회 정도 같은 행동을 반복하다가 결국은 포기하고 말았다.

"이거, 어째야 하는지 도통 모르겠군."

왠지 위기감은 들지 않았다. 우원길은 자신이 왜 이렇게 여유를 잃지 않나 생각하다가 단유강이 떠올랐다. 그는 스스로의 마음에 조금 당황했다. 단유강이 나타나 이 위기 상황을 타개할 거라는 믿음이 마음 한구석에 있었던 것이다.

그가 그렇게 당황해할 때, 어둠 한구석이 찢어지기 시작했다.

찌이익.

마치 천을 찢는 듯한 소리가 울렸다. 우원길은 놀란 눈으로 그 광경을 바라봤다. 어둠이 마치 천처럼 찢어졌다. 이내 새까만 어둠이 너덜너덜해졌고, 그 빈틈으로 세상이 보였다.

쫘아악!

어둠이 거칠게 찢겨져 나갔다. 이제는 세상이 완전히 보였다. 그리고 그 세상 한가운데 서서 어둠을 양손으로 찢어 벌린 단유강의 모습이 눈에 들어왔다.

"거기서 뭐 합니까? 안 나와요?"

우원길이 빙긋 웃으며 성큼 걸음을 옮겼다. 그 한 걸음으로 그는 다시 세상에 나올 수 있었다. 우원길은 뒤돌아 자신이 빠져나온 곳을 확인했다. 그곳에는 아무것도 없었다. 단유강은 허공을 손으로 벌리고 있었다. 만일 자신이 그런 일을 겪지 않았다면 그냥 장난하는 줄 알았을 것이다.

"용케 찾았구나."

"뭘 용케 찾아요. 얼마나 헤맸는지 안 보여요?"

그제야 우원길은 지금이 밤이라는 걸 깨달았다. 그동안 갇혀 있던 곳이 완벽한 어둠 속이었고, 그의 무공이 높아 밤에도 마치 낮처럼 볼 수 있었기에 그 생각은 아예 하지도 못했다.

"내가 꽤 오래 갇혀 있었나 보군."

"이놈들 진법이 생각보다 대단해요. 자칫했으면 포기하고 그냥 갈 뻔했다니까요."

"그런 섬뜩한 말을 아무렇지도 않은 얼굴로 하지 마라. 소름 끼친다."

우원길은 자신의 말을 증명이라도 하려는 듯 몸을 부르르 떨었다. 죽을 때까지 그런 막막한 어둠 속에 갇혀 있는 건 절대 사양이었다.

"차라리 화끈하게 싸우다 죽는 게 낫지."

단유강이 씨익 웃으며 고개를 끄덕였다.

"그건 그렇죠. 자, 이제 돌아가야죠?"

우원길이 사나운 표정을 지었다.

"날 이렇게 만든 놈들을 그냥 두고 가자고?"

"그러니까 그놈들 만나러 가자고요. 더 늦으면 그놈들도 놓치고 소중한 걸 잃게 될지도 몰라요."

단유강의 말에 우원길이 흠칫 놀라더니, 순식간에 몸을 날렸다. 단유강은 눈 깜빡할 사이에 멀어진 우원길을 바라보며 중얼거렸다.

"역시 우내사존."

이내 단유강의 모습도 그곳에서 사라졌다. 두 사람이 사라진 자리에 검은 가루가 흩날렸다. 그것은 진의 잔해였다. 검은 가루는 그렇게 밤의 어둠에 묻혀 소호에 뿌려졌다.

성가장 안에는 수백 명의 낭인들이 혈도가 제압된 채 쓰러져 있었다. 간밤에 성가장과 화룡루를 습격했던 낭인들은 거의 성과를 얻지 못했다. 사업체 몇 군데의 기물이 조금 부서진 것과 화룡루의 정문과 창문 몇 개가 부서진 것을 제외하면 피해라고 할 만한 게 없었다.

반면 낭인들은 낭패를 면치 못했다. 화룡루를 습격했던 낭인들은 대부분 죽거나 크게 다쳤고, 성가장 쪽을 습격한 낭인들은 대부분 혈도를 제압당한 채 포로가 되었다.

그렇게 상황이 종료된 채 서서히 날이 밝았다.

밤에 있었던 소란은 순식간에 합비상단연합의 회주인 매광영의 귀에 들어갔다. 매광영은 설마 계획이 실패할 줄은 몰랐기에 너무나 크게 당황했다.

"실패라니!"

매광영은 하늘이 무너지는 듯한 기분이었다. 하지만 희망을 완전히 버리지 않았다. 자신에게는 뒤를 봐줄 사람들이 있다. 새로 결성될 련의 주인 자리는 포기할 수 있었다. 지금은 일단 살아남아 자신의 것을 지켜야만 한다.

"그분께, 그분께 어서 연락을 해야······!"

매광영은 서둘러 전서구를 찾으려다가 어느새 자신의 등 뒤에 서 있는 백의인을 발견했다. 매광영은 피가 싸늘히 식는 것 같았다.

"어, 언제 오셨습니까."

"내가 언제 오겠다고 꼭 말을 하고 와야 하는 건가?"

"그, 그것은……. 아닙니다."

매광영은 서둘러 물러나 공손한 자세로 섰다. 백의인은 날카로운 눈으로 매광영을 노려봤다.

"무슨 일인지 보고해라."

매광영은 머뭇거리다가 자신이 시도한 일에 대해 자세히 보고를 했다. 조금이라도 과장이나 거짓이 들어가선 안 되기 때문에 단어 하나조차도 신중하게 선택했다.

보고를 모두 들은 백의인은 고개를 끄덕였다.

"화룡신검은?"

"암흑혼천진(暗黑混天陣)에 가뒀다는 연락을 받았습니다."

백의인이 눈에 이채를 띠었다.

"암흑혼천진에 가뒀다고? 화룡신검을?"

매광영이 공손히 고개를 조아렸다.

"예. 암흑혼천진을 미리 펼쳐 놓고 화룡신검을 중심으로 오행검진(五行劍陣)을 펼쳐 그것을 감췄습니다."

"호오, 머리를 썼군."

암흑혼천진은 그 자체로 상당히 은밀한 진법이다. 거기에 오행검진을 가미했다면 화룡신검은 아마 오행검진에 신경을 쓰느라 암흑혼천진을 미처 알아차리지 못했을 것이다. 일단 암흑혼천진에 갇히면 다시 나올 방법이 없다. 그것은 아무리 우내사존이라 해도 마찬가지였다.

"그나저나 암흑혼천진을 움직이려면 혈의단이 있어야 할 텐데?"

"혈의십오호께서 도와주셨습니다."

백의인이 고개를 끄덕이자, 매광영은 보고를 덧붙였다.

"혈의십오호께서 성가장에 머물고 있는 천망단의 대주도 원하셨기에 그 역시 함께 유인했습니다. 아직 자세한 소식은 듣지 못했지만 그자도 암흑혼천진에 갇혔을 거라 예상됩니다."

백의인이 만족스런 표정으로 고개를 크게 끄덕였다.

"좋아, 인정해 주지. 이번 실수는 눈감아주겠다."

"가, 감사합니다!"

매광영은 감격한 얼굴로 연방 고개를 조아렸다. 백의인은 그 모습을 한동안 바라보다가 천천히 입을 열었다.

"일단 합비 지역을 정리해야겠군. 문제가 되는 게 성가장과 화룡루인가?"

"그, 그렇습니다."

"네가 악수를 두는 바람에 향후 합비의 일이 쉽지는 않을 것이다. 알고 있겠지?"

매광영은 침중한 표정으로 고개를 숙였다. 어찌 모르겠는가. 자신이 무력을 사용해 성가장을 쳤으니 합비의 민심이 요동칠 것이다. 그리고 앞으로 자신 역시 비슷한 꼴을 당할 수 있다. 하지만 지금은 달리 방법이 없었다.

"일단 시작했으니 끝을 봐야겠지. 내가 마무리를 할 테니 차츰 정리를 하는 방향으로 가도록."

"그리하겠습니다."

매광영은 백의인의 말을 들으며 련주의 자리가 완전히 날아갔다는 것을 깨달았다. 하지만 그건 이미 각오한 일이기에 충분히 감수할 수 있었다. 그저 합비를 비롯한 안휘 지역만 총괄할 수 있어도 지금으로선 감지덕지였다.

합비의 일도 지금 당장이야 힘들겠지만, 타 지역에서 계속 지원을 해주면 결국은 깨끗이 정리가 될 것이다. 안휘 근방의 성을 모두 장악했으니 어쩌면 시간도 얼마 안 걸릴 것이다.

드디어 매광영의 얼굴에 희망의 빛이 스쳤다. 매광영은 안도의 한숨을 내쉬며 백의인의 말을 기다렸다.

"상단연합을 잘 다독이고 있어라."

백의인은 그 말을 남기고 밖으로 나갔다. 매광영은 황송하다는 듯 고개를 몇 번이나 조아렸다. 그가 다시 고개를 들었을 때, 백의인은 이미 사라지고 없었다.

"휴우, 십 년 감수했군."

여러모로 일이 잘 풀려 나갔다. 백의인이 나서준다면 합비의 일도 순식간에 끝날 것이다. 그리고 자신이 세운 공은 절대 그냥 사라지지 않을 것이다. 우내사존을 잡은 일은 결코 작은 공이 아니었다.

매광영의 눈빛에 희망과 탐욕이 스쳐 지나갔다.

우원길의 눈에서 불길이 일어났다. 아니, 진짜로 불똥이 튀어 나왔다. 우원길은 아주 익숙한 기운을 감지했다. 그것은 처음 자신을 유인했던 자의 기운이었다. 더불어 그 근처에는 검진을 이용해 자신을 진에 가둔 자들의 기척도 함께 느껴졌다.

"이놈들, 아주 잘 걸렸다."

우원길의 신형이 순식간에 앞으로 쭉 나아갔다. 그가 발을 디딘 자리에서 화르륵 불길이 치솟았다가 사라졌다.

"이놈!"

화르르륵!

우원길의 손에서 불길이 쏟아져 나갔다. 흑의에 복면을 쓴 사내 한 명이 불길에 휩싸여 바닥을 데굴데굴 굴렀다. 그의 몸에 붙은 불길은 아무리 몸부림쳐도 꺼지지 않았다. 근처에 물도 없었으니 그는 그저 타 죽는 수밖에 없었다.

한 명을 처리한 우원길은 다시 한 번 몸을 날렸다. 우원길이 있던 자리에 불길이 쭉 치솟았다. 그리고 그 순간, 우원길은 도망치는 자들의 중심에 설 수 있었다.

화르르륵!

화룡검이 불길을 토하며 검집에서 뽑혀 나왔다. 그리고 사방을 휘저었다. 화룡검의 불길에 닿는 것은 모두 새빨간 불에 휩싸였다. 그렇게 또 십여 명이 당했다. 이제 남은 건 처음 우원길을 유인한 자와 흑의인들의 우두머리쯤 되어 보이는 자뿐이었다.

"으하하하! 네놈들이 뛰어봐야 벼룩이지!"

우원길은 그렇게 외치며 그들의 뒤를 쫓았다. 그렇게 반 각을 더 쫓아 흑의인의 우두머리를 불태웠다. 하지만 나머지 한 명은 아무리 쫓아도 잡을 수가 없었다. 놀랍게도 그는 우내사존을 경공으로 따돌리려 하고 있었다.

우원길은 놀라움을 금치 못했지만 조급한 마음을 버렸다. 이건 내공 싸움이었다. 우원길 또한 완전히 뒤처지는 것은 아니니 끈질기게 쫓다 보면 언젠가는 반드시 잡게 되어 있었. 그가 그렇게 마음을 먹는 순간, 누군가 우원길을 제치고 앞으로 쭉 나아갔다. 우원길의 눈이 찢어질 듯 커졌다.

단유강이었다. 단유강은 우원길을 지나치자마자 도망치는 자를 따라잡아 그의 목덜미를 꽉 움켜쥐었다.

"커억!"

단유강이 목을 쥐고 움직임을 멈추자, 그는 달려나가는 힘에 의해 거센 충격을 받아야만 했다. 그것도 대부분의 충격이 목에 집중되어 마치 목이 빠지는 것 같은 고통을 맛봤다.

"그놈, 내게 넘겨라."

우원길이 어느새 다가와 단유강에게 말했다. 우원길의 눈에서는 새파란 불길이 줄기줄기 뿜어져 나오고 있었다.

"사람 다 타겠습니다. 화룡 좀 달래보시죠?"

단유강의 말이 떨어지기 무섭게 우원길의 몸에서 뿜어져 나오던 모든 불길이 사그라졌다. 우원길은 무시무시한 눈으로 단유강에게 잡힌 사내를 노려봤다.

"일단 그놈 좀 넘겨라. 반만 태우고 시작하자."

"알아낼 것부터 알아낸 다음 다 태워 버리세요."

단유강은 그렇게 말하고 사내를 바닥에 휙 던졌다.

털썩!

사내는 어느새 혈도가 제압되어 미동도 할 수 없었다. 그가 할 수 있는 일은 그저 누운 채 단유강과 우원길을 노려보는 것뿐이었다.

"거 봐라, 이놈 반항하는 거. 이런 놈은 일단 반쯤 태우고 나면 고분고분해지는 법이지."

우원길이 그렇게 말하며 손바닥을 펼쳤다. 그의 손에서 불길이 넘실거렸다. 단유강은 그것을 보며 고개를 절레절레 저었다. 그리고 우원길이 그를 태우기 전에 앞으로 나서서 우원길을 가로막았다.

우원길이 인상을 썼지만 단유강은 전혀 아랑곳하지 않았다.

"비문위랑은 무슨 관계냐?"

단유강의 물음에 사내가 흠칫했지만 이내 비웃음을 가득 안고 이죽거렸다.

"크크크, 그딴 거 모른다."

"모르긴. 산이 흔들릴 정도로 움찔해 놓고는."

단유강은 이들이 황산의 그들과 같은 패거리라는 걸 확인했다. 그러면서 내심 감탄했다. 그들의 정체는 완전히 장막에 가려져 있었다. 보일 듯 보일 듯하면서도 결정적인 정보는 완전히 가려져 있었다. 그리고 상상 이상으로 규모가 컸다.

적련, 마인들, 그리고 장사의 무림문파를 장악하려 했고, 사천에서는 강시를 만들려고 했다. 게다가 암혈까지 이용하고 있었으며, 여기 합비에서는 상권을 장악하려 했다.

시도하는 일이 너무나 다양해서 일일이 나열하는 것도 벅찰 지경이었다. 그런데도 아직 그들의 정체에 대해서는 전혀 알아낸 것이 없었다.

"골치 아프구나."

단유강은 그렇게 말하며 걸음을 옮겼다. 바닥에 쓰러진 자에게서는 더 이상 아무것도 얻을 수 없을 것이다. 단유강이 그를 지나쳐 걸어가자 우원길이 섬뜩하게 웃으며 쓰러진 사내에게 다가갔다.

잠시 후, 새하얀 불길이 하늘에 닿을 정도로 치솟아 올랐다.

우원길은 그 불길을 만족스런 표정으로 가만히 지켜봤다.
이제 자신을 물 먹인 자들을 모두 응징했다.
 "뭐 합니까! 가서 마무리해야죠!"
 단유강의 말에 우원길의 얼굴이 일그러졌다. 하지만 단유강의 말이 틀리지도 않으니 따를 수밖에 없었다. 우원길은 멀어져 가는 단유강의 뒤로 순식간에 따라붙었다.
 그렇게 합비연합상단이 벌인 일이 결론으로 치달아갔다.

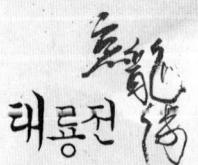

백의칠호는 가벼운 마음으로 합비 거리를 거닐었다. 합비의 상황에 대해서는 대부분 파악했다. 백의칠호는 매광영이 원하는 대로 성가장의 사업체를 박살 내고 화룡루를 접수할 생각이었다. 일단 그 두 가지만 처리하면 더 이상 합비에 신경을 쓸 필요가 없었다.
 "아니지, 섬전창을 잡아와야 하는군."
 혈의십호가 악대웅을 끌어들여 이용했다는 사실은 알지만, 그가 악대웅을 강시로 만들려 했다는 건 아직 모르고 있었다. 그리고 혈의십호가 악대웅에게 교 내부의 일 몇 가지를 흘렸다는 것도 아직 파악하지 못했다.

사실 혈의십호는 일이 그렇게 돌아갈 줄은 꿈에도 생각지 못했다. 또한 자신이 그렇게 허무하게 죽을 줄도 몰랐다. 그의 계획하에서 악대웅은 성가장을 위해 몸부림치다가 결국은 교에 몸을 의탁하게 되어 있었다.

한데 단유강이라는 존재가 나타나 상황을 완전히 어그러뜨렸다. 혈의십호는 죽었고, 암혈은 막혔으며, 합비에서 준비 중이던 상단은 위태롭게 흔들렸다.

하지만 이제 단유강과 우원길을 잡았으니 백의십호는 혼자 나서도 모든 일을 정리할 수 있다고 믿었다. 그 정도 절대고수만 없다면 교의 실체를 조금도 드러내지 않고도 충분히 모든 일을 처리할 수 있었다.

"좋군. 우선 성가장부터 박살을 내볼까?"

"어딜 박살 낸다고?"

백의칠호는 소스라치게 놀라 황급히 뒤로 돌았다. 언제 나타났는지 단유강이 빙글빙글 웃으며 그를 바라보고 있었다.

"다시 한 번 말해보지? 어딜 박살 내시겠다고?"

백의칠호는 뒤로 주춤 물러섰다. 너무 의외의 상황이라 마땅한 대처법이 얼른 떠오르지 않았다.

"암흑혼천진에서 대체 어떻게 빠져나왔지?"

"암흑혼천진이라… 이름 한 번 잘 지었네. 아주 이름에 딱 걸맞은 진이었어. 어떻게 빠져나왔느냐고? 그럴 필요가 없었어. 처음부터 걸려들지 않았거든."

단유강의 말에 백의칠호는 그제야 약간 안심했다. 암흑혼천진의 위력은 굉장하다. 아니, 굉장하다는 말만으로는 부족하다. 백의칠호가 느끼기에 암흑혼천진의 힘은 절대적이었다.

백의칠호가 걱정했던 건 화룡신검이었다. 아무리 백의단의 무공이 뛰어나다고 해도 우내사존을 이길 수는 없었다. 만수평의 직속 무사단 중, 무공이 가장 뛰어난 것은 흑의단이었다. 하지만 흑의단에서 가장 강한 흑의일호도 우내사존을 상대로 싸워 이길 수는 없었다.

그런 상황이니 백의칠호인 그가 화룡신검을 상대한다는 건 어불성설이었다. 단유강의 경우는 교 내부적으로 일단 십대고수 급으로 판단했다.

'그래도 혼자 상대할 수는 없는데…….'

무공이 뛰어난 흑의단이라면 십대고수와도 어떻게든 싸워 볼 수는 있을 것이다. 하지만 백의단이나 혈의단은 조금 모자란다. 그래도 두 명이 힘을 모으면 십대고수 하나 상대하는 건 어렵지 않았다. 그들은 그런 존재였다.

문제는 지금 백의칠호 주변에는 도와줄 사람이 아무도 없다는 점이었다.

'꼭 무공으로만 싸울 필요는 없지.'

백의칠호는 부드러운 표정을 지었다. 일단 상대의 방심을 유도할 생각이었다.

"자네가 뭔가를 오해하고 있는 모양이군."

"글쎄, 내가 오해한 것 같지는 않은데? 난 아직 귀가 먹을 정도로 나이가 많지 않다고."

백의칠호는 과장되게 팔을 양옆으로 번쩍 들어 올리며 말했다.

"내가 대체 무슨 말을 했다고 그러는 건가?"

단유강은 가소롭다는 듯 피식 웃으며 마치 파리를 쫓듯 손을 휘휘 저었다.

"보기보다 음흉하네. 차라리 새까만 옷을 입고 이 짓을 하면 좀 봐줄 수도 있었을 텐데 말이야."

단유강은 그렇게 말하며 휘젓던 손을 멈추고 앞으로 내밀었다. 단유강의 손바닥에는 거무스름한 가루가 있었다. 단유강이 손을 가볍게 털자, 그 가루가 그대로 백의칠호를 향해 날아갔다.

"헛!"

백의칠호는 경호성과 함께 몸을 훌쩍 뒤로 날렸다. 그가 서 있던 자리를 검은 가루들이 한바탕 휩쓸고 지나갔.

"자, 이제 또 무슨 변명을 할 생각이지?"

단유강이 그렇게 말하며 한 발 움직이자 백의칠호는 뒤로 한 발 물러났다. 단유강의 기세에 완전히 밀려서 제대로 된 대응도 하지 못할 것 같았다.

"자자, 이러지 말고 우리, 말로 하지. 굳이 힘을 쓸 이유가 있나?"

단유강이 빙긋 웃으며 고개를 끄덕였다.

"뭐, 좋아. 난 가만히 있지. 하지만 넌 죽는다."

단유강의 말에 백의칠호는 뭔가 심상치 않은 느낌을 받았다. 그는 옆에서 느껴지는 기척에 화들짝 놀라 고개를 돌렸다. 그의 바로 옆에서 누군가가 한심하다는 눈으로 그를 쳐다보고 있었다. 백의칠호는 그가 누구인지 아주 잘 알고 있었다.

"화, 화룡신검……. 어, 어떻게……."

우원길이 섬뜩하게 웃었다.

"날 함정에 빠뜨린 게 네놈이었구나."

"컥!"

우원길은 백의칠호의 목을 움켜쥐고 서서히 위로 들어 올렸다. 백의칠호는 우원길의 손에서 빠져나가려 발버둥 쳤다. 하지만 온몸에 힘이 하나도 들어가지 않았다. 백의칠호의 얼굴에 절망이 어렸다.

"아직 죽이면 안 됩니다."

우원길은 손에 힘을 주려다가 단유강의 말을 듣고는 힘을 풀었다. 하지만 백의칠호의 목을 놓을 생각은 전혀 없었다. 목을 쥐고 있는 동안은 지속적으로 고통을 줄 수 있었다. 우원길은 섬뜩한 표정으로 백의칠호를 노려봤다.

단유강은 백의칠호 앞으로 다가갔다. 그리고 정말로 궁금해 못 참겠다는 얼굴로 물었다.

"대체 너희들 정체가 뭐야?"

백의칠호는 고통스런 와중에도 얼굴에 비웃음을 걸었다.

"큭큭, 커억. 내, 내가 그걸 말해줄 것 같으냐? 큭큭큭."

단유강이 고개를 절레절레 저으며 물었다.

"혹시 혈교냐?"

단유강의 말에 백의칠호의 몸이 마치 벼락에라도 맞은 것처럼 부르르 떨렸다. 단유강은 그것을 보고 확신할 수 있었다. 역시 예상대로였다.

"난 혈교가 뭔지도 모른다. 크윽."

백의칠호가 뒤늦게 사태를 수습하려 했지만 이미 단유강은 마음을 정한 후였다.

"강시가 꼭 혈교의 것 같았거든. 뭐, 나도 말로 듣기만 했지, 실제로 본 건 이번이 처음이었지만."

백의칠호가 멍한 표정을 지었다. 단유강은 그의 표정을 확인하고는 가볍게 손을 흔들어주었다.

"그럼 잘 가라고."

그 순간, 백의칠호의 몸이 새하얀 불길에 휩싸였다. 그는 비명조차 남기지 못하고 절명했다. 새하얀 불길은 그야말로 순식간에 백의칠호를 재로 만들어 버렸다. 실로 무시무시한 양강지력이었다.

우원길은 백의칠호를 태워 버린 후, 단유강을 바라봤다.

"이제 어쩔 생각이냐?"

"어쩌긴요. 이놈을 끌어들인 자들을 응징해야죠."

우원길이 마음에 든다는 듯 이를 드러내고 웃었다. 그는 더 이상 말이 필요없다는 듯 몸을 날렸다. 오늘부로 합비상단연합은 더 이상 존재치 않을 것이다.

단유강은 멀어지는 우원길을 물끄러미 쳐다보다가 이내 발걸음을 돌렸다. 단유강이 향하는 곳은 성가장이었다. 단유강의 뇌리에 성가장에서 홀로 낭인들과 맞서 싸우고 있을 담교영의 모습이 그려졌다. 단유강은 빙긋 미소를 지었다. 그 미소는 너무나도 따뜻해 보였다.

하룻밤 만에 합비의 상계가 발칵 뒤집혔다. 합비에서 가장 잘 나가는 열두 개의 상단이 그대로 몰락해 버렸다. 상단주들이 모두 사라졌고, 그들이 가진 재물도 깨끗이 사라졌다. 그들이 머무는 전각은 부서졌고, 그들의 사업체는 하나둘 다른 상단이나 개인에게 넘어갔다.

그 모든 상황이 정리되고 합비가 다시 조용해진 것은 고작 닷새 만이었다. 마치 미리 준비하고 있다가 일사천리로 일을 진행시키고 해결해 버린 듯했다.

그렇게 난리를 쳤지만, 사실 합비에서 달라진 건 거의 없었다. 그저 열두 개의 상단이 사라졌고, 사업체의 주인이 바뀌었다는 것 외에는 아무것도 변하지 않았다.

"정말로 놀랍군요. 일이 이렇게 간단히 끝나게 될 줄은 전혀 예상치 못했어요."

성수란은 진심으로 감탄했다. 단유강이 해낸 일은 정말로 대단했다. 아직 성가장의 힘은 크게 달라지지 않았지만, 이제부터는 하루가 다르게 성장해 갈 것이다. 물론 성가장과 손을 잡은 단가상단과 화룡루도 마찬가지다. 그들은 지금보다 훨씬 더 거대한 영향력을 행사할 수 있게 될 것이다.

"합비에서 만족하면 안 된다는 거, 잘 알지?"

"물론이에요. 이제 안휘성을 손에 넣어야죠. 안휘를 움직이는 건 우리 성가장과 단가상단, 그리고 화룡루가 될 거예요."

단유강이 만족스런 표정으로 고개를 끄덕였다. 이런 동반자를 만들어두는 것도 꽤 괜찮은 일이다. 향후 어떤 일이 벌어질지 알 수 없는데 서로 도움이 되지 않겠는가. 물론 아직까지는 단가상단이 조금 손해지만, 조만간 대등한 관계가 될 것이다.

"벌써부터 기대가 되는군요. 악 대협께서 돌아오시면 얼마나 놀라실지 말이에요."

단유강은 그 말을 듣고 고개를 끄덕인 후 자리에서 일어났다.

"이만 갈게. 일은 다 해결되었지만, 며칠 더 머무를 생각인데, 괜찮지?"

"물론이에요. 며칠이 아니라 몇 년을 머물러도 괜찮아요. 단 대주님은 언제나 저희 성가장의 최고 손님이에요."

단유강은 빙긋 웃으며 밖으로 나갔다. 그 웃음은 약간 씁쓸했다. 사실 내심은 가족이라고 말해줬으면 하고 바랐다. 하지만 그건 너무나 과한 욕심이었다. 성가장에 도움을 주었다고 하지만 뭔가 바라는 것이 있었기 때문이다. 자신이 진심을 보여주지 않았는데 상대에게만 바라는 건 몹쓸 짓 아닌가.

담교영은 거처로 돌아온 단유강을 반가운 얼굴로 맞이했다.

"일찍 돌아오셨네요."

"뭐, 할 말이 별로 없었거든."

담교영은 아름다운 미소를 머금으며 단유강을 바라봤다. 그러다가 문득 뭔가가 떠올랐는지 입을 열었다.

"그럼 이제 미고현으로 돌아가는 건가요?"

"아직 일이 다 안 끝났잖아."

"예? 전부 끝난 게 아니었나요?"

단유강이 씨익 웃으며 대답했다.

"아직 돈을 못 받았잖아."

담교영이 멍한 얼굴로 단유강을 바라봤다.

"아, 아직도 받을 생각이세요?"

"당연하지. 그것 때문에 여기서 지금까지 고생한 거잖아."

단유강은 웃음기가 가시지 않은 얼굴로 말을 이었다.

"이번 일의 열쇠는 악대웅이야."

"예?"

담교영은 아리송한 얼굴로 고개를 갸웃거렸다. 악대웅이 떠난 지도 벌써 한참이나 지났다. 그는 지금쯤 안휘에서 상당히 멀리 떨어진 곳을 지나고 있을 것이다. 한데 어떻게 그를 이용한단 말인가.

"악대웅한테 미리 얘기를 해뒀거든. 소문 좀 내라고."

"소문이요?"

"안휘를 지나면서 만나는 사람들에게 무용담을 좀 떠들어 주라고 했지. 멋진 무용담 많잖아. 예를 들면 남궁세가를 무릎 꿇린 일이라든지."

담교영이 입을 떡 벌렸다. 이건 일을 크게 만들어 터뜨리겠다는 뜻이다. 아마 남궁세가에서 절대 가만히 있지 않을 것이다.

"남궁세가도 그리 좋은 상황이 아니거든. 아마 어떻게든 타격이 갈 거야."

남궁세가에서도 크게 당황할 것이다. 그들은 단유강이 알아서 섬전창에게 기었다고 소문을 냈다. 지금이야 좀 잠잠한 편이지만 얼마 전까지만 해도 안휘 전체가 그 소문으로 몇 번이나 들썩였다.

한데 섬전창이 직접 나서서 전혀 다른 방향으로 소문을 내고 있으니 남궁세가로서는 봉변을 당한 셈이었다.

"좀 알아보니까 아주 잘하고 있더라고. 마치 섬전창이 혼자서 남궁세가를 굴복시킨 것처럼 소문이 돌고 있어."

악대웅은 지극히 사실에 빗대어 소문을 냈다. 하지만 소문을 실어 나르는 사람들은 그걸 액면 그대로 퍼뜨리지 않았다. 그들의 입에서 과장과 편집이 이루어졌다.

"그런데 그런 소문을 내는 것하고 돈이 무슨 관계가 있죠?"

담교영의 물음에 단유강이 의미심장한 미소를 지었다.

"과연 남궁세가가 어떻게 움직일까? 정말로 기대되는걸?"

단유강의 중얼거림에 담교영은 고개를 절레절레 저었다. 왠지 남궁세가가 불쌍해졌다.

남궁세가의 가주 남궁만천은 분노 가득한 눈으로 서탁을 내려쳤다.

쾅! 우지끈!

서탁이 그대로 쪼개졌다. 남궁만천은 서탁을 부수고도 분노를 다 잠재우지 못하고 주먹을 부르르 떨었다.

"악대웅, 이 버러지 같은 놈!"

악대웅이 퍼뜨린 소문을 듣고 얼마나 황당했는지 모른다. 아니, 얼마나 당황했는지 모른다. 섬전창이 남궁세가를 무릎

꿇렸다니, 남궁세가의 힘이 어느 정도인지 모르는 멍청이들이나 할 법한 말 아닌가.

남궁세가는 오대세가 중에서도 수위를 다툰다. 섬전창이 아무리 십대고수라 하지만 남궁세가의 장로 몇 명만 나서면 충분히 제압하고도 남는다. 그런 남궁세가가 고작 섬전창에게 무릎을 꿇었다는 말도 안 되는 소문이 돌고 있으니 남궁만천으로선 복장이 터질 노릇이었다.

남궁만천이 그렇게 길길이 날뛰고 있을 때, 그의 집무실로 들어서는 사람이 있었다. 이번 일에 가장 큰 관련이 있는 남궁적산이었다.

남궁적산 역시 얼굴이 딱딱하게 굳어 있었는데, 한눈에 보기에도 적잖이 화가 난 듯했다.

"다른 문파들의 반응은 어떠하냐?"

남궁적산의 표정이 살짝 침울해졌다.

"분위기가 좋지 않습니다. 소문을 여과없이 받아들이는 문파는 많지 않은데, 세가의 힘을 의심하는 자들이 늘었습니다. 몇몇은 본으로 삼아 응징을 했습니다만, 분위기가 쉬이 가라앉지 않을 듯합니다."

남궁만천이 무거운 표정으로 고개를 끄덕였다.

"그렇겠지. 내가 그 입장이라도 그리할 것이다. 그래, 이제 어쩌면 좋겠느냐?"

"일단 소문을 가라앉히기 위해선 뭔가 일을 벌여야 할 것 같습니다. 이대로는 소문을 잠재울 수가 없습니다."

"일을 벌인다?"

"가장 확실한 건 섬전창을 잡아와 공개적으로 응징하는 것입니다."

남궁만천이 눈살을 찌푸렸다. 섬전창은 십대고수다. 그를 잡아온다는 것도 만만치 않을뿐더러 공개적으로 응징하는 것도 쉽지 않다. 공개적으로 징치하려면 일대일로 싸워 이겨야 하는데, 그건 너무 위험부담이 컸다.

"세가에 그와 일대일로 대결해 이길 사람이 없는 건 아니지만, 너무 위험하지 않겠느냐?"

"그야 여러 가지 방법을 강구하면 되니 별문제가 아닙니다만, 그를 찾아 잡아오는 것이 가장 문제입니다."

"그가 어디쯤 있는지 파악했느냐?"

"안휘성을 빠져나간 것은 확실합니다. 듣자하니 성가장의 상행을 이끌고 있다 합니다."

"상행?"

"잘 알려지지 않은 사실이지만, 성가장과 꽤 깊은 관계인 모양입니다."

"성가장이라……."

남궁만천도 성가장에 대해서는 몇 번 들은 적이 있었다. 예전에는 꽤 대단했던 상인 가문이었으니 당연했다. 하지만 최근에는 계속해서 몰락하는 바람에 별로 이름을 들어볼 기회가 없었다.

"성가장에 선을 대서 물어보게. 상행의 경로가 어찌 되는지. 그의 정확한 소재를 파악한 후, 제대로 계획을 세워보는 게 좋겠군."

남궁적산이 씁쓸하게 웃었다.

"이미 성가장에 문의했습니다."

"그럼 섬전창이 지금 어디쯤 있는지 알아냈는가?"

남궁적산이 고개를 저었다.

"성가장에서도 잘 모른다고 합니다."

"그게 말이 된다고 생각하나? 그놈들이 감히 우리 세가를 어떻게 여기는지 아주 잘 알겠군."

"그게 아닙니다. 저도 의심스러워 자세히 조사를 했습니다. 한데 성가장의 말이 맞습니다. 이번 상행은 오로지 섬전창의 의지에 따라 모든 것을 정하는 특이한 상행입니다."

"그런 멍청한 상행이 어디 있단 말인가!"

"그만큼 섬전창을 신뢰하고 있다는 뜻이겠지요."

"끄응, 이거 골치가 지끈거리는군."

남궁만천은 관자놀이를 손가락으로 꾹꾹 눌렀다. 다른 방법을 찾아야 했다. 섬전창을 이용하는 게 가장 확실하다. 그 외에 다른 방법은 다시 소문을 조작하는 건데, 지금은 그게 정말로 쉽지 않은 상황이었다. 너무 파다하게 소문이 나서 수습이 거의 불가능했다.

"저……. 가주님."

남궁만천이 머리를 누르다 슬쩍 고개를 들어 남궁적산을 바라봤다. 남궁적산은 한참을 머뭇거리다가 간신히 입을 열었다.

"혹시 예전에 우리 세가에 왔던 천망단의 대주를 기억하십니까?"

남궁만천이 즉시 고개를 끄덕였다.

"천하제일미와 함께 왔던 그 버릇없는 녀석을 말하는 거라면 당연히 기억하고 있네. 돈만 밝히는 쓰레기 같은 자였지."

남궁적산이 어색하게 웃으며 말을 이었다.

"그자에게 연락이 왔었습니다."

남궁만천이 코웃음을 쳤다.

"흥, 안 될 걸 알면서도 계속 찝쩍대는 걸 보니 상당히 끈질긴 자로군. 돈을 달라는 얘기라면 무조건 거절하게."

"그게 아니라, 그자가 정보를 살 생각이 없냐고 하더군요."

"정보? 무슨 정보 말인가?"

"섬전창이 어디 있는지 알고 있답니다."

남궁만천의 얼굴이 순식간에 불쾌함으로 가득 채워졌다.

"그 말을 왜 이제야 하는가? 분명 그의 소재를 알 수 없다고 하지 않았는가!"

남궁적산은 송구스럽다는 듯 고개를 조아렸다. 하지만 남은 방법은 그것뿐이었다. 세가의 정보력으로는 한계가 있었다. 그리고 세가의 정보망은 다른 걸로도 너무나 바빴다. 여력을 낼 여지가 없었다.

"그자가 지금 성가장에 머무는 모양입니다. 그동안 섬전창과 친분을 다졌다고 하더군요."

남궁만천은 잠시 고민하다 결정을 내렸다.

"정보를 사도록 하게."

남궁만천이 허락하자, 남궁적산이 곤혹스런 표정으로 말했다.

"한데 정보료가 터무니없이 비쌉니다."

남궁만천이 눈살을 찌푸렸다.

"돈에 환장한 놈답군. 그래, 얼마를 요구하던가?"

남궁적산은 또 망설였다. 하지만 이내 입을 열었다.

"황금 이천 냥입니다."

남궁만천은 그 액수가 의미하는 게 무엇인지 대번에 알 수 있었다.

"허어, 당돌한 놈이로다."

황금 이천 냥, 결코 적은 돈이 아니었다. 하지만 지금으로선 크게 무리가 가는 금액도 아니었다. 바로 얼마 전까지만 해도 쉽지 않은 돈이었지만, 지금은 그 어려운 시기가 지나갔다. 하지만 그냥 주자니 너무나 아까웠다.

남궁만천은 한참을 고민하다가 입을 열었다.

"한데 그자가 제대로 된 정보를 가졌다는 걸 어찌 믿겠나?"

남궁적산은 아무런 말을 하지 못했다. 하지만 단유강이 그런 일로 거짓을 말할 것 같지 않았다. 또한, 단유강과 함께 있는 담교영은 함부로 거짓을 말하기 어려운 위치에 있었다.
"그러니까 은밀히 잡아들이게."
"예?"
남궁적산이 놀라 눈을 크게 뜨고 반문했다.
"뭘 그렇게 놀라나. 어차피 섬전창과 관계가 있는 자라 하지 않았나. 우리는 아주 정당하게 섬전창을 응징하는 거야. 망설일 필요가 없는 일 아닌가."
남궁적산은 이게 아니라는 생각이 들면서도 명을 받들 수밖에 없었다. 그는 가볍게 고개를 꾸벅 숙인 후, 밖으로 나갔다. 그의 걸음에 불만이 서렸다는 것이 뻔히 보였다.
남궁만천은 그것을 보며 나직이 혀를 찼다.

성수란은 실질적으로 성가장의 모든 일을 관리한다. 그리고 얼마 전 병상에 누워 있는 그녀의 아버지로부터 장주 직을 물려받기로 약속을 했다.
그녀는 그 약속 이후 더 치열하게 일했다. 그렇지 않아도 성가장은 한창 성장하는 중이었기에 할 일이 너무나 많았다. 성수란은 그 많은 일을 지치지도 않고 끊임없이 처리해 나갔다.
오늘도 성수란은 평소와 다름없이 중요한 사안들을 정리

하고 있었다. 그녀가 그 일을 거의 마무리할 무렵, 누군가 헐레벌떡 달려와 그녀의 집무실에 들이닥쳤다.

"아가씨! 크, 큰일 났습니다!"

달려온 사람은 성가장의 정문을 지키는 무사 중 한 명이었다. 무사는 얼굴이 시뻘겋게 달아오를 정도로 다급해 보였다. 하지만 성수란은 평소와 전혀 다름없는 태도였다.

"무슨 일인가요?"

"나, 나, 나, 나, 남궁세가에서 찾아왔습니다!"

성수란이 살짝 아미를 찌푸렸다. 남궁세가는 안휘에서 가장 큰 영향력을 행사하는 가문이다. 무림은 물론이고, 상계에도 상당한 힘을 발휘하는 거대 가문이다. 그런 남궁세가가 성가장에 찾아왔다는 건, 아쉬운 일이 있거나 아니면 성가장이 그들의 기분을 거슬렀다는 의미다.

성수란은 후자는 아닐 거라고 판단했다. 아무리 생각해도 그럴 만한 일은 없었다.

"비호각(飛虎閣)으로 모시세요. 제가 그리로 찾아가죠."

비호각은 성가장에 찾아온 중한 손님들을 맞이하기 위한 곳이다. 그동안은 거의 쓸 일이 없었지만, 이제는 슬슬 이용할 생각이었다.

성수란의 말에 무사가 머뭇거렸다.

"왜 그러시죠? 무슨 문제라도 있나요? 비호각은 이미 쓸 수 있도록 준비된 걸로 아는데, 그렇지 않은가요?"

"그, 그게 아니라… 비호각만으로는 모자랍니다."

성수란이 눈을 동그랗게 떴다. 얼른 그 말을 이해할 수 없었다. 하지만 이어지는 무사의 말에 그녀는 더욱 놀란 표정을 지어야 했다.

"청검단(靑儉團)이 함께 왔습니다."

"청검단!"

청검단이라는 말에 성수란은 경악했다. 청검단은 남궁세가의 무력 부대 중 하나였다. 모두 일백 명으로 이루어져 있으며, 그 실력이 대단해 웬만한 중소 문파는 조금의 피해도 입지 않고 쓸어버릴 수 있을 정도였다.

그런 청검단이 함께 왔다는 건 분명히 성가장에 뭔가 좋지 않은 일로 힘을 쓸 일이 있다는 뜻이다. 자칫하면 성가장 정도는 주춧돌 하나 남아나지 않을 것이다.

"일단 접객당으로 모두 모시세요. 제가 그리로 가죠."

무사가 그제야 고개를 숙인 후 쏜살같이 달려갔다.

"예, 알겠습니다."

성수란은 불안한 얼굴로 잠시 주변을 정리하고 심호흡을 했다. 그리고 몸을 일으켜 접객당으로 향했다.

청검단을 이끌고 있는 사람은 다름 아닌 남궁현민이었다. 남궁현민이 청검단주는 아니었지만, 이번 일을 알아서 마무리 지으라는 의미로 보냈다. 엄밀히 따지면 남궁현민이 모든 일의 시작이 아닌가.

남궁현민도 그 명을 흔쾌히 받아들였다. 그 역시 아직까지 찜찜함이 남아 있었다. 그러다 보니 무공의 진척도 지지부진했고, 다른 일도 별로 재미를 못 봤다. 남궁현민은 이번 일을 계기로 그 모든 것에서 벗어나 새로운 길을 걷겠다고 다짐했다.

'확실히 청검단이로군. 창궁단과는 많이 달라.'

창궁단도 뛰어난 무력 부대인 것은 확실했지만, 청검단과는 분위기가 완전히 달랐다. 청검단은 창궁단보다 훨씬 절제되어 있었고, 기세도 날카롭게 다듬어져 있었다. 이런 부대와 함께한다면 적이 누구라도 두렵지 않을 듯했다.

남궁현민은 성가장의 접객당에 조용히 앉아 이곳의 가주가 오기를 기다렸다. 오늘은 왠지 일이 잘 풀릴 것 같은 예감이 들었다.

그렇게 얼마나 기다렸을까, 접객당에 누군가가 들어섰다. 성수란이었다. 남궁현민은 그녀를 보고는 눈에 이채를 띠었다. 분명히 성가장의 가주가 올 거라 생각했는데, 다른 사람이 온 것이다.

성수란은 남궁현민에게 다가가 공손히 포권을 취했다.

"성수란이라고 합니다."

"남궁현민이오."

남궁현민은 마주 포권을 취하며 의아한 표정을 지었다. 성수란은 그의 의문을 단번에 풀어주었다.

"아버님께서 편찮으셔서 제가 가주 대리를 맡고 있습니다."

남궁현민은 고개를 끄덕이고는 바로 본론으로 들어갔다. 굳이 시간을 끌 이유가 없었다. 이런 일은 빨리 처리할수록 좋다. 남궁세가의 위상이 걸린 문제였기 때문이다.

"이곳에 천망단의 대주가 한 명 있다고 들었습니다. 그를 내주십시오."

성수란은 남궁현민의 말이 조금 의외였는지라 잠시 멈칫했지만 이내 차분하게 물었다.

"이유를 물어도 되겠는지요?"

"세가로 데려가 처리해야 할 일이 있소."

남궁현민은 더 자세히 얘기하지 않았다. 섬전창이 성가장과 무관하지 않다는 걸 대강이나마 알고 있다. 단유강을 데려가는 게 결국 섬전창과 관계된 일이라는 걸 알고서도 성가장이 호의적으로 나올지 장담할 수 없었다.

성수란이 얼른 대답하지 않자 남궁현민이 청검단을 향해 눈짓을 보냈다. 청검단은 우르르 밖으로 몰려가더니 접객당을 완전히 포위했다. 그들의 몸에서 날카로운 기세가 줄기줄기 흘러나왔다.

"이게 무슨 짓인가요?"

"시간이 없어 무례를 저질렀소이다. 이해해 주시길."

말은 이해해 달라고 하면서 표정은 전혀 그런 표정이 아니었다. 남궁현민은 이럴 때 어떤 표정을 지어야 더 효과적일지 잘 알고 있었다. 그의 표정에 권위가 깃들었다.

"협박인가요?"

"난 시간이 없다고 말했을 뿐이오."

성수란은 입술을 지그시 깨물었다. 굴욕이었다. 하지만 힘없는 자가 감수할 수밖에 없는 설움이었다.

"아무래도 좋은 일은 아닌 모양이네요."

성수란의 말에 남궁현민은 가타부타 대답을 하지 않았다. 성수란은 그 모습을 보고 단호히 말했다.

"그분은 우리 성가장의 은인입니다."

성수란의 말에 남궁현민이 눈살을 찌푸렸다. 일이 잘 풀릴 것 같은 예감이 들었는데 첫발부터 완전히 어긋나 버렸으니 기분이 좋을 리 없었다.

"후회하게 될 거요."

성수란도 알고 있었다. 후회하게 될 거란 걸. 하지만 이건 그녀가 그어놓은 마음의 선을 뛰어넘는 일이었다. 절대로 물러설 수 없었다.

남궁현민이 피식 조소를 지었다. 성가장이 협조하지 않아도 상관없다. 당장에라도 찾아낼 힘을 가지고 있으니까. 협조를 구했던 건 예의였다. 이젠 더 이상 예의를 차릴 필요가 없게 되었으니 오히려 더 편했다.

접객당을 포위하고 있는 청검단을 향해 남궁현민이 막 명령을 내리려 할 찰나, 누군가가 접객당 안으로 들어왔다. 남궁현민의 눈썹이 한차례 꿈틀거렸다. 지금 이곳은 청검단이 포위하고 있다. 그런데도 이렇게 당당히 들어왔다는 건, 청검단이 막지 않았거나 몰래 들어왔다는 뜻이다. 남궁현민은 전자라고 생각했다. 그는 청검단주가 아니었으니까.

하지만 들어온 사람을 확인한 남궁현민은 더 이상 다른 생각은 할 수가 없었다.

"시답잖은 협박으로 괜한 사람 곤란하게 만들지 말고, 가자."

단유강의 말에 남궁현민이 입가를 씰룩였다. 기분이 점점 나빠졌다. 사실 단유강을 데려갈 필요는 없었다. 정보만 알아내면 된다. 하지만 제대로 된 정보를 얻으려면 세가로 데려가는 게 확실했다. 여러 가지 방법을 쓸 수 있기 때문이다.

"어째서……."

성수란이 근심 어린 표정으로 단유강을 바라봤다. 단유강은 그런 성수란을 향해 빙긋 웃어주었다. 성수란의 말과 행동은 모두 들었기에 단유강은 내심 감동했다. 가족이 별건가, 이렇게 서로 보호해 주고 아껴주는 게 가족이지. 얼마 전에 있었던 약간의 서운함이 완전히 날아가 버렸다.

"어디, 남궁세가의 밥을 또 축내러 가볼까?"

단유강은 그렇게 말하며 당당히 밖으로 나갔다. 남궁현민은 그 모습을 가만히 노려보다가 이내 뒤를 따랐다.
 접객당 안에는 성수란만이 남아 두 사람이 사라져 간 문을 하염없이 바라보고 있었다.


 남궁현민은 단유강과 나란히 걸어갔다. 그리고 두 사람을 청검단이 포위한 채 이동했다. 남궁현민은 단유강의 여유로운 표정이 계속 신경 쓰였다.
 "꽤 여유가 넘치는군."
 "왜? 벌벌 떨기라도 해야 하는 거야?"
 남궁현민은 눈살을 찌푸렸다. 말로는 당해낼 수가 없었다. 그리고 실력으로도 당해낼 수 없었다.
 '하지만 지금은 청검단이 있지.'
 남궁현민은 이를 악물었다. 가문의 힘도 능력이다. 절대 부끄러워할 필요가 없었다.
 "섬전창과 한패라더군. 처음부터 우리 세가를 물 먹이려고 작정을 한 거야. 그렇지?"
 남궁현민이 추궁하듯 말하자, 단유강이 어깨를 한 번 으쓱했다.
 "좋을 대로 생각해. 어차피 그런 식으로 몰아갈 생각 아니었나? 난 그저 정보료만 받으면 족해."
 단유강의 말에 남궁현민이 이를 갈며 말했다.
 "으드득, 절대 그럴 일은 없을 거야. 내 장담하지."

단유강이 씨익 웃었다. 그 웃음에 어린 지독한 장난기에 남궁현민은 흠칫 놀라 단유강에게서 조금 물러났다.
"장담을 하지 말고 내기를 하는 게 어때?"
"내기?"
남궁현민이 떨떠름한 표정을 지었다.
"그래, 내기. 한… 천 냥 정도면 어떨까? 그 정도 돈은 있겠지?"
천 냥은 큰돈이다. 하지만 남궁현민 정도 되면 어떻게든 마련할 수 있을 정도의 돈이기도 하다. 남궁현민은 잠시 머뭇거렸지만 이내 코웃음을 치며 고개를 끄덕이고 말았다. 싫다고 하면 왠지 기세에서 밀리는 것 같아 기분이 나빴기 때문이다.
"좋아, 하지. 그 약속 꼭 지키도록."
"너야말로."
단유강이 즐거운 표정으로 발걸음을 빨리했다. 단유강의 속도에 맞춰 전체적인 움직임이 자연스럽게 변했다. 그들은 남궁세가를 향해 빠르게 이동했다.

그들은 남궁세가에 도착했다. 단유강은 즉시 남궁세가의 심처로 안내되었다. 사실 남궁현민을 비롯한 청검단 무사들은 자신들이 단유강을 끌고 간다고 생각했다. 물론 단유강은 절대 그렇게 생각하지 않았지만.
단유강은 남궁세가의 중심부에 있는 작은 전각으로 들어

갔다. 그곳은 전각 전체가 하나의 방으로 이루어진 곳이었다. 그 안에는 아무것도 없었다. 침상도 탁자도, 그리고 사소한 장식품조차 없었다.

휑한 방의 한가운데 선 단유강은 주위를 둘러봤다. 어디선가 은은한 피 냄새가 풍기는 것 같았다.

"뭐 하는 곳인지 잘 알겠군."

도구는 없지만 이곳은 취조실이자 고문실임이 분명했다. 분위기가 그렇다고 말해주고 있었다.

단유강은 바닥에 편안하게 주저앉았다. 그렇게 잠시 앉아 있다가 이내 바닥에 등을 깔고 누웠다. 바닥은 먼지 한 톨 없이 깨끗했다.

그렇게 한동안 누워서 휴식을 취한 단유강이 눈을 빛내며 몸을 일으켰다. 쉴 만큼 쉬었으니 이제 슬슬 일을 시작할 생각이었다.

단유강이 방에 들어온 지 반 시진이 지났는데도, 남궁세가 사람들은 아무도 찾아오지 않았다.

"심리적 우위를 차지하기 위해 날 초조하게 만들 생각이었겠지. 이렇게 쓸모없는 짓이 되고 말았지만 말이야."

단유강은 결코 그런 일에 휘둘릴 사람이 아니었다. 만일 남궁세가에서 단유강에 대해 조금만 파악하고 있었더라면 이런 필요도 없는 일은 시도조차 하지 않았을 것이다.

"시간을 만들어주니 나야 고맙긴 하지만."

단유강은 빙긋 웃으며 방 안을 돌아다니며 이곳저곳을 살피고 만졌다. 조만간 이곳으로 사람들이 올 것이다. 단유강이 하려는 일은 아주 단순했다.

방안을 모두 살피고 확인한 단유강은 문으로 향했다. 예상했던 대로 문은 잠겨 있었다. 하지만 단유강에게 그런 건 아무런 문제도 되지 않았다.

단유강은 손가락을 몇 번 움직이는 걸로 간단히 문을 열었다. 상당히 복잡한 기관이 장치된 문이었지만 단유강에게는 그저 장난감에 불과했다. 단유강이 방 안 곳곳을 살핀 것도 이 전각에 설치되어 있을 게 분명한 기관을 파악하기 위함이었다.

"상당히 공을 들인 전각이로군."

규모는 크지 않았지만 설치된 기관의 종류도 많았고, 그것들이 유기적으로 맞물려 돌아가게 되어 있었다. 기관 전문가 중에서도 손가락에 꼽히는 사람이 오랜 시간 공을 들였을 것이다. 물론 돈도 많이 들었을 테고 말이다.

"일단 이자를 좀 받아내 볼까?"

단유강은 짓궂은 미소를 띠며 문에 설치된 기관에 기운을 불어넣었다.

빠지직! 뿌득! 뿌득! 꽈드드득!

뇌전이 흐르는 소리와 뭔가가 부서지고 비틀리는 소음이 연달아 들려왔다. 모든 소리가 멎자 단유강이 만족스런 얼굴로 문에서 떨어졌다.

"아마 고치려면 돈깨나 들겠지. 뭐, 돈이 없거나 귀찮으면 내버려 둘 거고."

단유강은 단순하게 말했지만, 남궁세가에서 이것을 반드시 고칠 거라는 사실을 알고 있었다.

이 전각의 기관은 그 자체로도 대단하지만, 더 중요한 건 남궁세가에 설치된 기관과 진법의 중심이라는 점이었다. 그것이 망가진 채로 남아 있으면 남궁세가의 진과 기관이 심각한 오류를 일으킬 것이다.

"자아, 아직 이자로는 모자라니까 몇 가지만 더 건드려 볼까?"

단유강은 그렇게 중얼거리며 느긋하게 걸음을 옮겼다. 느긋한 그의 태도와는 달리 움직임은 상당히 은밀하면서도 빨랐다. 단유강은 그렇게 전각 밖으로 나가 남궁세가 곳곳을 누비고 다녔다.


남궁적산은 느긋하게 백회각(白悔閣)으로 향했다. 백회각은 남궁세가에서 공개적으로 이루어지기 어려운 대부분의 일을 처리하는 곳이었다. 백회각에 설치된 기관은 그곳을 외부와 완벽하게 격리시킨다. 그 안에서는 여러 가지 일을 처리하지만, 대부분이 고문이나 심문이었다.

현재 그곳에 갇혀 있는 사람은 단유강이었다. 남궁적산은 단유강으로부터 섬전창 악대웅에 대한 정보를 얻기 위해 그곳으로 향하는 중이었다.

"고작 상행의 흔적 따위를 찾지 못해서 이런 일까지 해야 하다니."

남궁적산은 갑자기 쓸쓸해졌다. 이번 흑검방과의 싸움은 남궁세가에게 많은 변화를 강요했다. 무사들이 많이 죽거나 다쳤고, 경제력도 크게 손상되었다. 하지만 그것은 타격이라고 할 수 없었다. 그렇게 피해를 입은 상황에서도 남궁세가는 여전히 안휘성제일의 패자였다.

하지만 정보력이 손실된 것은 정말로 치명적이었다. 남궁세가는 이번 흑검방과의 싸움에서 상당히 많은 정보원을 잃었고, 정보력의 일각이 무너졌다. 안 그랬다면 섬전창이 안휘성을 벗어나기도 전에 그의 존재를 알고 세작을 붙였을 것이다.

남궁적산은 나직이 혀를 차며 걸음을 서둘렀다. 어느새 백회각 앞에 도착한 남궁적산은 기묘하게 생긴 철환(鐵環)을 꺼냈다. 그것은 환(環)이라고 부르기에는 조금 곤란한 모양이었다. 구불구불 기이한 곡선을 이루고 있었기 때문이다.

남궁적산은 그것을 문의 중심부로 가져갔다. 문 한가운데에는 그 철환이 들어갈 만한 홈이 있었다.

철컹!

뭔가가 풀려 나가는 소리와 함께 문이 열렸다. 남궁적산은 문이 열리자 철환을 회수했다. 그리고 백회각 안으로 들어갔다.

 남궁적산은 안으로 들어서자마자 보이는 광경에 눈살을 찌푸렸다. 단유강이 바닥에 편안하게 누워 있었다. 단유강은 남궁적산이 들어오는 모습을 힐끗 쳐다보고도 전혀 일어날 생각을 하지 않았다.

 "일어나는 게 어떤가?"

 단유강은 남궁적산의 말에도 눈 하나 꿈쩍하지 않았다. 그저 느긋하게 팔을 베고 누워 무릎을 꼬고 발을 까딱이며 남궁적산의 속을 긁었다.

 "돈은?"

 단유강의 너무나도 간단하면서도 치부를 찌르는 듯한 말에 남궁적산의 눈이 한차례 꿈틀거렸다.

 "정보가 먼저다."

 남궁적산의 말투가 조금 변했다. 더 이상 존중해 줄 필요를 느끼지 못했다. 어차피 이곳에서 할 일은 그런 존중과는 거리가 아주 멀었지만 말이다.

 단유강은 천천히 몸을 일으켰다. 완전히 몸을 일으킨 단유강은 깊은 눈으로 남궁적산을 쳐다봤다. 남궁적산은 그 눈빛에 움찔 몸을 떨었다.

 "내가 말하면 돈을 주긴 할 건가? 섬전창에 대한 정보만 쏙 빼먹고 나 몰라라 하면 나만 손해잖아?"

 단유강의 말에 남궁적산이 발끈했다.

"감히 남궁세가를 뭘로 보는 것이냐!"

"그럼 그동안 나한테 믿음을 보일 만한 일을 한 적이 있던가?"

단유강의 말에 남궁적산은 입을 다물었다. 할 말이 없었다. 사실 지금도 단유강의 말이 옳다. 정보만 듣고 말 생각이었다.

고작 그런 정보에 황금을 이천 냥씩이나 낭비할 이유가 없었다. 그 정도 돈이라면 화영련에 의뢰를 할 수도 있었다. 화영련은 그 절반만 있어도 충분히 섬전창의 소재를 알려줄 것이다.

"왜? 화영련에 의뢰를 하면 더 쉽게 알 수 있을 것 같아?"

단유강의 말에 남궁적산이 흠칫 놀랐다. 가끔 단유강은 자신의 마음을 훤히 들여다보는 것 같아 섬뜩섬뜩했다.

"정말로 그런가 보군."

단유강은 남궁적산의 태도로 자신의 예상이 모두 맞았음을 확인했다. 남궁적산은 자신답지 않게 단유강에게 끌려가는 것이 상당히 기분 나빴다. 자신에게는 그럴 필요도, 이유도 없었다. 자신은 강자였고, 남궁세가 또한 마찬가지였다.

"더 이상 말로만 할 수는 없겠군. 고통을 즐기지 않는다면 이제 슬슬 할 말을 정리해 놓는 게 좋을 것이다."

남궁적산이 굳은 표정으로 그렇게 말하며 단유강에게 천천히 다가갔다. 단유강은 그런 남궁적산을 가만히 바라보면서 입가에 슬쩍 비웃음을 걸쳤다. 힘으로 해도 전혀 두려울 게 없었지만 그럴 거면 이렇게 여기까지 따라와서 복잡하게 일 처리를 할 필요가 없었다. 단유강은 조금 다른 것을 노리고 있었다.

"확실히 섬전창에 관한 것만으로는 황금 이천 냥이나 내놓긴 무리겠지."

단유강의 말에 남궁적산이 걸음을 멈췄다. 그리고 의아한 눈으로 단유강을 바라봤다. 단유강은 빙긋 웃으며 말을 이었다.

"하지만 황산에서의 일이 포함되면 어떨까?"

단유강의 말에 남궁적산의 눈이 화등잔만 해졌다. 황산에서 있었던 일은 정말로 심상치 않았다. 섬전창이 자신들을 막아선 것도 의아했고, 그가 단순히 돈만 받고 그 치열한 싸움을 그만둔 것도 이상했다. 게다가 남궁현민이 황산에서 찾고자 했던 것들이 계속해서 마음에 걸렸다.

"너는 정말로 황산에서 무슨 일이 벌어졌는지 알고 있는 것인가?"

남궁세가에서는 세간에 드러나지 않은 집단이 있다는 결론을 내렸다. 그들이 뭔가를 꾸미고 있다고 판단했지만, 특별히 어떻게 할 수 있는 방법이 없었다. 한데 그것을 지금 단유강이 알고 있다는 것이다.

"대체 어떻게 알고 있는 거지? 넌 그놈들과 무슨 관계인가?"

"관계는 무슨. 그냥 우연히 황산을 살피다가 발견한 거지."

남궁적산이 강한 호기심으로 눈을 빛내자, 단유강이 씨익 웃으며 손을 내밀었다.

"황금 이천 냥이야. 장담하건대, 화영련에서도 결코 얻을 수 없는 정보일 거야. 거기다가 섬전창에 대한 정보까지 함께 주지. 이 정도면 헐값 아닌가?"

남궁적산은 잠시 고민하며 단유강을 바라봤다. 너무나 기이한 느낌이 들었다. 지금까지 몇 번이나 단유강을 봐왔지만 지금과 같은 기분을 느낀 건 처음이었다. 남궁적산은 단유강에게서 뭔가 특별함을 느꼈다. 이건 그가 지금까지 살아오면서 거의 겪어보지 못했던 생소한 경험이었다. 왠지 단유강이란 사람에 대해 잘 알 것만 같았다. 왜인지는 모르지만 그랬다. 남궁적산은 심각한 얼굴로 미미하게 고개를 끄덕였다. 그리고 몸을 돌렸다.

"조금 후에 다시 보지."

이건 자신 혼자 결정할 수 있는 문제가 아니었다. 남궁적산은 가주와 상의하기 위해 백회각을 나섰다.

쿵!

단유강은 의외라는 듯한 표정으로 백회각의 문이 닫히는 것을 지켜봤다. 마지막에 남궁적산이 지었던 그 표정이 단유강의 마음을 조금 흔들었다.

"기관은 건드리지 말고 그냥 놔둘 걸 그랬나? 뭐, 이미 늦었으니 말해봐야 의미가 없지만."

단유강은 그렇게 중얼거리고는 다시 바닥에 편안하게 누웠다, 조만간 다시 달려올 남궁적산을 기다리면서.


남궁세가는 단유강과 관련된 일에 대해 간단한 결론을 내렸다. 돈을 주고 정보를 사기로 한 것이다. 더불어 비밀을 지키도록 강요했다. 단유강은 흔쾌히 허락했고, 황금 이천 냥에 남궁현민과 했던 내기의 대가로 은자 천 냥까지 챙겨서 남궁세가를 나올 수 있었다.

단유강이 세가를 나설 무렵, 남궁세가주의 집무실에서는 몇몇 사람들이 모여 심각한 표정으로 회의를 하고 있었다.

남궁세가주 남궁만천은 조금 불만스런 표정으로 남궁적산과 남궁현민을 쳐다봤다.

"이런 식이면 아주 곤란하네. 안 그런가?"

남궁적산이 송구스런 표정으로 고개를 숙였다. 단유강을 곱게 보내준 것은 그의 탓이 컸다. 남궁적산은 단유강을 대하면서 뭔가 기이한 느낌을 받았다. 그 느낌은 더 이상 단유강을 건드리지 못하게 했다.

그래서 단유강을 더 이상 핍박하지 말자고 강력히 주장했다. 남궁적산의 위치가 세가 내에서 상당했기에 그의 주장이 먹혀들어 갔고, 결국 세가는 그동안의 일을 헛짓으로 돌리면

서까지 단유강에게 돈을 전해주고 정보를 얻었다.

 남궁만천은 불만스럽긴 했지만, 그래도 남궁적산의 판단을 존중했다. 그렇지 않았다면 벌써 단유강의 몸은 고문으로 너덜너덜해졌을 것이다. 물론 단유강이 그냥 당하고 있었다면 말이다.

 "그나저나 섬전창이 북해로 갔다니, 좀 의외로군."
 "생각해 보면 거리가 멀고 험해서 그렇지, 상단들에게 있어서 북해는 상당히 매력적인 곳입니다."
 "하긴. 하지만 우리의 힘이 미치지 않는 곳이기도 하지. 천상 섬전창이 다시 돌아올 때까지 손 놓고 기다려야겠군."

 하지만 그때쯤 되면 더 이상 섬전창과 얽힐 일이 없을 것이다. 남궁세가는 안휘성 내부의 문파들을 단속하느라 힘을 있는 대로 소진한 후일 것이고, 결국 소문은 힘을 발휘하지 못하게 될 것이다. 그때 가서 섬전창을 응징한다고 해도 무슨 의미가 있겠는가.

 "굳이 섬전창과 드잡이질을 해서 힘을 뺄 필요는 없을 것이고……."

 남궁만천은 그렇게 말하며 남궁적산과 남궁현민을 한 번씩 둘러봤다. 현재 집무실에 있는 사람은 가주인 남궁만천을 제외하면 그 두 사람뿐이었다.

 "문제는 황산의 그놈들일세."
 남궁적산의 표정이 딱딱하게 굳었다. 그는 고개를 끄덕이며 걱정스런 눈으로 가주를 바라봤다. 만일 단유강에게 섬전창의 정보만 들었다면 크게 후회할 뻔했다. 섬전창의 정보는 현재로서는 죽은 정보였다. 하지만 황산에 대한 정보는 정말로 중요했다.

"그놈들이 우리 세가를 노리는 게 정말로 확실하다면 이대로 손 놓고 있을 수는 없네."

"하지만 다른 중소 문파도 다독여야 하는 판에 그들의 실체까지 확인하는 건 너무 어렵습니다."

단유강에게 어느 정도 정보를 듣긴 했지만 그걸 확인하고, 더 깊은 정보를 얻어내는 게 문제였다. 그건 보통 힘든 일이 아닐 것이다. 더구나 그들이 호락호락하지 않은 자들임에야.

"그래도 어쩔 수 없다. 해야지. 일단 우리가 받은 정보가 진짜라는 확신만 있다면 일이 좀 쉬워지겠지만……."

남궁만천의 눈이 섬뜩하게 빛났다. 그는 남궁적산을 바라보며 나직이 물었다.

"창궁단주는 자신이 내린 평가에 대해 책임을 질 수 있는가?"

남궁적산은 가슴이 떨려왔다. 하지만 이내 이를 악물고 고개를 끄덕였다. 오늘 자신이 받은 그 느낌은 진짜였다. 그가 판단한 단유강은 절대 건드려선 안 되는 사람이었다. 또한 함부로 거짓을 말할 사람도 아니었다.

"제가 모든 책임을 지겠습니다."

남궁만천은 놀란 눈으로 남궁적산을 바라봤다. 왠지 잠깐 사이에 남궁적산이 변한 것 같았다.
　"흐음, 자네가 그렇게까지 말한다면야……."
　남궁만천은 왠지 찜찜했다. 남궁적산의 말 한마디에 자신이 정한 방향이 바뀐 듯한 기분이 들었다. 하지만 남궁만천은 남궁세가를 이끌어가는 가주였다. 그는 자잘한 상념과 기분을 과감하게 털어버렸다. 지금은 앞으로의 일을 머릿속에 담는 것만으로도 벅찼다.

# 第七章
다시 미고현으로

단유강은 남궁세가를 나서며 입맛을 다셨다. 남궁적산이 갑자기 변하는 바람에 처음 계획했던 대로 일이 흘러가지 않았다. 물론 이건 이것대로 나쁘지 않았다. 하지만 남궁세가에 좀 더 많은 뭔가를 하겠다는 계획은 그대로 무산되었다.

"한순간에 달라진 것 같단 말이야."

단유강은 당시 남궁적산의 눈빛을 떠올리며 의미심장한 표정으로 고개를 끄덕였다. 분명히 그 이후로 그의 태도가 확연히 바뀌었다. 그리고 그 바뀐 태도로 인해 단유강의 마음도 조금이나마 움직였다.

결과적으로 그 작은 차이가 남궁세가의 앞날을 완전히 바뀌 버렸다. 단유강은 남궁세가를 나서기 전에 그가 해놓은 몇 가지를 은밀히 제거했다. 물론 그것에 대해 알아차린 사람은 아무도 없었다.

"뭐, 백회각인지 뭔지는 다시 손을 좀 봐야겠지만."

백회각은 내공과 뇌기(雷氣)를 이용해 내부 기관을 부쉈기 때문에 다시 고칠 수가 없었다. 그것을 고치기 위해서는 백회각을 완전히 해체한 뒤 하나하나 수리해 나가는 수밖에 없었다. 어쩌면 다시 짓는 게 더 빠를지도 모른다.

사실 단유강은 마음이 조금 찜찜했다. 처음에는 남궁세가에 감정이 안 좋았는데, 나중에 보여준 남궁적산의 태도 때문에 그것이 조금 희석되었다. 그래서 앞으로 남궁세가가 겪을 일을 생각하니 조금 미안한 감정이 들었다.

"그래도 더 심하게 망가질 수도 있었는데 그건 막았으니까."

단유강은 그걸로 위안을 삼았다. 그리고 사실 단유강이 그 정보를 알려주지 않았다면 남궁세가는 더욱 큰 낭패를 겪었을 것이다. 어쩌면 세가가 몰락할 수도 있는 중대한 사안이었다. 그것은 단가상단의 정보망과 월영단의 정보력, 그리고 성가장에 남은 정보 능력을 총동원해 얻어낸 결과물이었다.

단유강은 마음을 훌훌 털어버렸다. 생각해 보니 그렇게 크게 잘못한 게 아니었다. 남궁세가의 영향력이나 세가의 규모는 조금 줄어들 수 있겠지만, 아니, 상당히 줄어들겠지만, 그래도 멸문을 막아주지 않았는가.

"그렇게 생각하면 오히려 은인이라고 할 수 있지."

단유강은 스스로 조금 뻔뻔하다고 생각하며 어색한 미소를 지었다. 그리고 걸음을 서둘렀다. 이제 안휘성에서 해야 할 일은 모두 마쳤다. 남은 건 다시 미고현으로 돌아가는 일뿐이었다.

성수란은 단유강이 갑자기 떠난다고 하니 처음에는 당황하다가 나중에는 너무나 아쉬워 눈물까지 글썽였다.

"이렇게 갑작스럽게……."

단유강은 성수란을 바라보며 빙긋 웃었다. 그녀를 보고 있으니 얼마 전 남궁세가의 청검단 앞에서 자신을 보호하려 애쓰던 모습이 떠올랐다. 그때 느꼈던 따스함이 아직도 가슴에 남아 있었다.

"이제 성가장도 대충 자리를 잡았고, 단가상단하고 손을 잡았으니 앞으로도 가끔 볼 수 있을 거야. 너무 아쉬워하지 말라고."

성수란은 묵묵히 고개를 끄덕였다. 단유강의 말대로 분명히 다시 볼 일이 있을 터였다. 어찌 되었든 성가장과 단가상단은 손을 잡았고, 단유강은 단가상단의 주인이니까.

'그리고 나중에 악 대협이 돌아오시면 함께 찾아뵐 수도 있고. 아니, 꼭 그렇게 해야지.'

지금은 단유강이 합비에 왔지만, 나중에는 자신이 단유강과 담교영이 머문다는 사천 미고현으로 가도 된다. 섬전창 악대웅과 함께 간다면 너무나도 안전한 여행이 될 것이다.
　성수란은 그런 생각으로 아쉬움을 달랬다. 단유강은 그녀가 더 아쉬워하기 전에 성가장을 나섰다. 담교영이 성수란을 향해 부드러운 미소를 띠고 고개를 살짝 꾸벅였다. 성수란도 담교영의 인사에 마주 고개를 숙여 답례를 했다.
　그 인사를 마지막으로 단유강과 담교영은 성가장에서 나가 사천을 향해 나아갔다. 두 사람은 더 이상 뒤돌아보지 않고 앞만 보고 쭉쭉 나아갔다.
　성수란은 두 사람의 뒷모습을 하염없이 바라봤다, 두 사람이 완전히 시야에서 사라질 때까지.

　그렇게 단유강과 담교영이 모든 여정을 마치고 사천 미고현의 천망단으로 향했다.

　"적련이 완전히 무너졌다지?"
　"그렇다더군. 하루아침에 적련의 련주를 비롯한 수뇌부가 몰살당했다더군."
　"누굴까? 단가상단이겠지?"
　"아무래도 그럴 가능성이 높지 않을까? 둘이서 치열하게 싸운 지 꽤 됐으니까 말일세."

단유강은 객잔 한구석에서 밥을 먹다가 상인들이 하는 대화를 듣고는 살짝 굳은 얼굴로 그들을 힐끗 쳐다봤다. 상인들은 다른 사람의 이목에는 신경 쓰지 않고 대화에 열중했다.

"그나저나 결국 적련이 끝장나는군. 천하십대상단 중에서도 다섯 손가락 안에 꼽힐 정도로 대단했는데 이렇게 허무하게 끝나다니, 참 세상은 알다가도 모르겠다니까."

"그러게 말일세. 그나저나 적련이 무너지고 그들이 가진 것들을 대부분 단가상단에서 흡수했으니, 이제 단가상단도 당당히 천하십대상단에 끼는 건가?"

"글쎄, 아직 거기까지는 좀 힘들지 않겠나? 적련도 예전의 적련이 아니었고 말이야. 아직 십대상단에 끼기에는 좀 무리가 있지 않을까?"

"하긴 그렇겠지?"

"그나저나 단가상단도 참 대단하군그래. 그렇게 몰살을 시킬 것까지는 없었는데 말이야. 상계라는 곳이 어찌 보면 무림인들의 세계보다 훨씬 지독하고 치열하다곤 하지만 이번엔 단가상단이 좀 심했던 것 같네. 안 그런가?"

"그건 그렇지. 좀 심했지. 암."

단유강은 거기까지 듣고 자리에서 일어났다. 더 이상 들을 필요가 없었다. 단유강이 일어서자 담교영도 따라 일어섰다. 오늘은 이 객잔에서 묵기로 했기에 미리 준비한 방으로 향했다.

"이상하군."

단유강은 방으로 들어서자마자 고개를 갸웃거렸다. 현재 단가상단을 이끌고 있는 사람은 백설영이다. 하지만 백설영은 절대로 그렇게 상단 수뇌부를 몰살시키는 짓 따위는 하지 않는다.

"저도 이상해요. 절대 그러실 분이 아닌데……."

단유강이 고개를 끄덕였다.

"그렇지. 절대 그럴 사람이 아니지. 게다가 그런 일이 필요하다고 결정했으면, 나한테 먼저 보고를 했을 거야. 그러니 소문은 완전히 잘못된 거지."

"누군가가 일부러 소문을 퍼뜨린 걸까요?"

"그럴 수도 있고, 아니면 자연스럽게 소문이 났을 수도 있지. 정황만 살펴보면 가장 의심스러운 게 사실이니까."

"하지만……."

"대부분의 사람들은 사건의 이면을 보려고 하지 않아. 겉으로 드러난 사실만 보려고 하지. 지금 상황에서는 이렇게 될 수밖에 없어."

담교영은 단유강의 말이 옳다는 걸 알면서도 수긍하기가 싫었다. 그리고 사람들이 단가상단을 그런 식으로 생각하는 것도 싫었다. 그것이 마치 단유강을 욕하는 것 같아 더더욱 그랬다.

"일단 좋게 생각해야지. 그보다 더 중요한 건, 대체 누가 그랬느냐는 거야."

담교영은 그제야 마음을 가라앉혔다. 생각해 보면 그것이 가장 중요했다. 적련의 수뇌부를 그렇게 만든 자는 분명 단가 상단이 이런 소문에 휩싸일 거라는 사실을 예상했을 것이다.

"다른 상단과 관계가 있을 수도 있겠군요."

"아마도 그렇겠지."

담교영이 눈을 반짝 빛냈다.

"그러면 앞으로 두각을 나타내는 상단이 있다면 한 번쯤 의심을 해봐야겠네요."

단유강이 만족스런 표정으로 고개를 끄덕였다.

"그렇지."

두 사람은 한동안 적련과 얼마 전 황산에서 만났던 정체불명의 집단, 그리고 성가장과 화룡루 등을 화제로 대화를 즐겼다.

그렇게 밤이 깊어갔다.


흑마성교의 교주 표자흠은 만족스런 얼굴로 유염천을 바라봤다. 유염천 역시 표자흠과 비슷한 표정이었다. 최근 몇 가지의 일이 기대했던 것보다 훨씬 잘 풀려 이제 본격적으로 흑마성교를 일으킬 기반을 다지는 것도 시간문제였다.

"교주님, 이제 슬슬 우리를 세상에 드러내도 될 듯합니다. 본격적으로 교세를 확장하심이 어떻습니까?"

유염천의 말에 표자흠이 약간 불안한 표정을 지었다.

"세상에 드러나는 순간부터 무림맹과 싸워야할 텐데, 과연 우리가 버틸 수 있을까? 아직은 힘들지 않겠어? 좀 더 내실을 다져서 힘을 키워야지."

표자흠의 말이 옳았지만 유염천은 그게 아니라는 듯 빙긋 웃었다.

"무림맹과 싸우면 당연히 질 수밖에 없습니다. 무림맹의 저력은 상상하는 것보다 훨씬 대단합니다. 현재 우리의 전력은 아무리 잘 처줘봐야 무림맹의 일 할도 안 됩니다."

표자흠이 인상을 썼다. 굳이 그런 사실을 입 밖으로 내서 기분을 상하게 할 필요는 없지 않은가. 유염천은 그런 표자흠의 표정을 확인하고는 말을 이었다.

"하지만 꼭 무림맹과 대등한 힘을 가질 필요는 없습니다. 힘이야 차차 키우면 됩니다. 교세를 확장하다 보면 충분히 빠른 시간 안에 클 수 있습니다. 우리에게는 마공이 있지 않습니까."

"과연 무림맹이 우리가 그렇게 크도록 가만히 놔둘까?"

"가만히 놔두지는 않겠지요. 하지만 전면전을 벌이지도 못합니다. 또한 우리를 완전히 궤멸시키지도 못합니다."

표자흠이 의아한 눈으로 유염천을 바라봤다.

"그 말, 책임질 수 있나?"

"물론입니다. 세상에 드러남과 동시에 사파 무리를 흡수하면 됩니다. 그렇게 되면 우리 흑마성교를 완전히 지우기 위해 무림맹도 극심한 피해를 감수해야 합니다. 하지만 무림맹은 그런 피해를 입어선 안 됩니다."

그제야 표자흠의 안색이 조금 밝아졌다.

"천마신교."

"그렇습니다. 무림맹은 천마신교를 믿지 않고 있습니다. 그렇기에 전력을 낭비할 수 없습니다. 자연히 우리에겐 소극적으로 대처하게 될 것입니다."

표자흠이 고개를 끄덕였다.

"음, 일리가 있어. 하면 이제 우리가 세상에 나가는 게 좋을 거라, 이 말이지?"

"그렇습니다, 교주님."

처음부터 유염천의 계획은 흑마성교를 딱 지금 정도만 키운 후, 세상에 드러내 공개적으로 교세를 확장하는 것이었다. 숨어 있을 때야 안전하긴 하겠지만 성장이 느리다. 일단 교세를 확장하기만 하면 무림맹도 섣불리 건드리지 못할 것이다.

"그나저나 적련 대신 구한 상단은 어때? 좀 쓸 만한가?"

"그럭저럭 괜찮습니다. 조금만 더 지원을 해주면 적련만큼은 아니더라도 충분히 오랫동안 써먹을 수 있을 것 같습니다."

표자흠이 만족스러운 표정으로 고개를 끄덕였다.

"좋아, 모든 것이 만족스럽군. 그럼 이제 세상에 우리 흑마성교의 위세를 떨치는 것만 남은 셈인가?"

"일단 은밀히 사파의 고수나 문파 몇 군데를 모아보겠습니다. 그들도 무림맹의 위세에 가려 숨죽이고 있으니 어렵지는 않을 것입니다."

"크하하하! 좋아! 내 군사만 철석같이 믿지. 우리 한번 흑마성교로 천하를 잡아보자고! 으하하핫!"

표자홈의 웃음소리가 사방에 울렸다. 표자홈은 벌써부터 천하를 가진 듯한 기분이었다. 일이 계속해서 잘 풀리기만 하니 이대로라면 정말로 금세 그렇게 될 것만 같았다.


안휘성 합비에서 천망칠십오대가 있는 사천성 미고현까지는 사천(四千) 리에 달한다. 보통 사람이 걸어서 그곳까지 가려면 엄청난 시간이 필요하겠지만, 단유강과 담교영은 무공을 익힌 무림인이었다. 그것도 고수였다.

두 사람은 하루에 몇 시진씩 경공을 이용해 빠르게 이동했다. 굳이 서두를 필요가 없었기에 그 정도로만 해도 충분했다.

경공을 이용해 두 시진만 달리면 사백 리는 충분히 이동한다. 그것도 설렁설렁 달렸을 경우에 그렇다. 물론 경공을 두 시진 동안 같은 속도를 유지하며 달리는 건 결코 쉬운 일이 아니었다.

단유강은 그 정도로 문제가 될 리 없지만, 담교영은 아니었다. 하지만 그녀는 수련이라고 생각하고 이를 악물고 참았다. 그녀가 정한 목표는 하루 네 시진이었다.

하루에 네 시진을 경공으로 달리면 녹초가 되다 못해 내상까지 입는다. 하지만 담교영은 그렇게 했다. 단유강이 그녀를 돌봐주었기에 가능한 일이었다. 그리고 우문혜에게 배운 휘안공이 정말로 큰 역할을 했다.

담교영은 경공을 펼치며 내상을 입고 치료하는 과정을 반복하며 점점 단전의 크기를 늘려갔다. 사실 이런 식의 수련은 무식하기 짝이 없는 방법이었다. 자칫하면 폐인이 될 수도 있는 위험한 방법이었다. 하지만 담교영에게는 단유강이 있었다.

단유강은 품에 약을 잔뜩 가지고 다녔는데, 담교영이 경공을 펼친 후 쉴 때마다 그 약을 먹였다. 신기하게도 그렇게 약을 먹고 잠시 쉬면 굳이 운기조식을 취하지 않아도 내상이 말끔히 치료되었다.

합비에서 미고현까지는 사천 리 길이다. 아무리 평온한 여행이었다 하더라도 아예 아무 일도 벌어지지 않을 수는 없었다. 물론 사건의 발단은 대부분 담교영이었다.

이제 더 이상 면사를 쓰지 않는 담교영을 보고서 어떻게든 수작을 걸어보려 애쓰는 사내들이 매번 있었고, 또 수작을 넘어서 그녀를 어떻게 해보고, 심지어는 함께 있는 단유강을 죽이려 하는 자들까지 있었다.

물론 그들은 곱게 돌아가지 못했다. 단유강이 나설 것까지도 없었다. 담교영도 훌륭한 무인이었고, 더구나 고수였다. 웬만한 고수로는 결코 담교영을 상대할 수 없었다.

 그렇게 두 사람은 사천성 미고현을 향해 빠르지도, 느리지도 않은 속도로 한 발 한 발 착실히 이동했다.


 "드디어 도착했네요."

 담교영은 만감이 교차하는 표정으로 미고현 입구에 멈춰서서 수많은 집들이 늘어서 있는 커다란 마을을 바라봤다. 아니, 마을이라기엔 이제 지나치게 커버렸다. 도시라고 하는 게 옳았다.

 "얼마 안 된 것 같은데, 여긴 또 변했군요."

 담교영은 감탄했다. 고작 마을의 외곽일 뿐인데, 보이는 광경은 웬만한 마을의 중심부보다 더 번화했다.

 "자, 어서 가자."

 단유강은 그렇게 말하며 미고현으로 발걸음을 옮겼다. 다들 보고 싶었다.

 천망단의 장원은 두 사람이 자리를 비운 그 잠깐 사이 또 크게 변해 있었다. 낡은 부분을 모두 허물고 새로 지은 것이다. 높지도, 낮지도 않은 담장으로 둘러싸인 장원 안에는 일곱 개의 전각이 특별한 진법의 요체에 따라 지어져 있었다.

 단유강은 장원에 들어서며 가볍게 고개를 끄덕였다. 누구의 작품인지 묻지 않아도 알 수 있었다.

"제법 많이 늘었네."

단유강은 그렇게 중얼거리며 빙긋 웃었다. 제갈무군이 진법에 얼마나 목을 매는지 누구보다 잘 알고 있기에 그가 발전해 가는 모습을 보면 왠지 대견하면서도 뿌듯했다.

"대주님!"

단유강은 고개를 돌려 자신을 부르는 사람을 쳐다봤다. 제갈무군이었다.

제갈무군은 자신을 보며 빙긋 웃는 단유강을 향해 맹렬히 달려갔다. 그리고 그 앞에 서서 고개를 꾸벅 숙여 인사를 했다.

"오셨습니까?"

단유강은 제갈무군의 태도가 왠지 평소와 조금 다른 것 같아 눈을 가늘게 뜨고 그를 바라봤다. 제갈무군은 단유강의 눈길을 슬쩍 피하며 고개를 모로 돌렸다.

"왜? 무슨 할 말 있어?"

제갈무군은 잠시 머뭇거리다가 이내 머리를 벅벅 긁었다.

"대주님, 왜 자꾸 사고를 치십니까?"

"응? 사고? 무슨 사고?"

제갈무군이 조금 원망스런 눈으로 단유강을 바라보며 말을 이었다.

"아니, 그 잠깐 사이에 뭔 놈의 일거리를 그렇게 잔뜩 날려

주시냔 말입니다. 성가장에 화룡루에, 거기다가 남궁세가에 대한 일까지. 지금 설영이가 며칠째 잠도 한숨 못자고 얼마나 힘들어 하는지 아십니까?"

단유강의 눈이 더욱 가늘어졌다.

"그러니까……."

단유강의 말투와 표정이 심상치 않다고 느꼈는지 제갈무군이 흠칫 놀라 뒤로 몇 걸음 물러섰다. 하지만 고작 그 정도로 단유강의 손길을 피할 수는 없었다.

"설영이가 힘들어 보여서 그게 안쓰러워서 이러는 거라… 이거지?"

"뭐, 그게 꼭 그렇다기보다는… 에……."

제갈무군이 이리저리 눈치를 살폈다. 그러다가 냅다 한쪽으로 튀었다. 마침 그쪽에서 누군가가 다가오고 있었기에 그 사람을 이용해 도망갈 생각인 듯했다. 하지만 그 누군가는 제갈무군의 마음을 완전히 배신했다.

"또 어딜 그렇게 쥐새끼처럼 도망가는 게냐?"

"크억!"

제갈무군은 뒷덜미를 잡힌 채 공중에 대롱대롱 매달렸다. 제갈무군을 쥐고 있는 사람은 다름 아닌 문노였다.

"공자님, 이제 오셨습니까?"

단유강이 문노를 보며 반갑게 웃었다.

"응, 이번엔 좀 걸렸지? 그냥 쉬엄쉬엄 다녀왔어."

"고생 많으셨습니다. 일단 안으로 들어가서 좀 쉬시지요."
"그럴게."

단유강은 그렇게 말하며 문노에게 다가갔다. 물론 목표는 제갈무군이었다.

쾅!

"크어억!"

제갈무군은 격통이 느껴지는 뒤통수를 마구 문지르며 눈물을 찔끔 쏟았다. 지금까지 맞았던 것 중 가장 아팠다. 문노는 제갈무군을 한쪽으로 휙 던져 버렸다. 제갈무군은 포물선을 그리며 날아가 몸을 웅크린 채로 바닥을 데굴데굴 굴렀다. 그렇게 구르면서도 뒤통수를 문지르는 걸 잊지 않았다.

"할머니는? 왠지 기척이 안 느껴지네?"

단유강의 말에 문노가 어색하게 웃으며 대답했다.

"돌아가셨습니다."

"말 똑바로 안 하면 오해한다."

단유강의 농담 섞인 말에 문노가 헛숨을 들이켰다.

"헉! 그런 불경한 말씀을 하시면 안 됩니다. 어르신께서 오셔서 모시고 돌아가셨습니다."

이번에는 단유강이 흠칫 놀랐다.

"어르신? 설마 할아버지?"

문노가 미미하게 고개를 끄덕였다. 그의 표정은 어색함과 존경, 그리고 끝없는 동경으로 뒤범벅이 되어 있었다. 단유강은 문노의 심정을 충분히 이해했다. 자신의 할아버지를 집안의 사람들이 어떻게 대하는지 너무나 잘 알기 때문이다.

"오셨으면 얼굴이나 보고 가시지. 그래도 하나밖에 없는 손자인데 말이야. 쯥."

단유강이 약간 아쉽다는 듯 중얼거렸다. 우문혜에게는 물어볼 것도 있었는데 이렇게 그냥 가버렸다는 게 조금 당황스럽기도 했다.

"별말씀은 없으셨고?"

"뭐, 일단은… 그렇습니다."

단유강은 문노의 말에 고개를 갸웃거렸다. 일단은 그렇다는 게 대체 무슨 뜻인지 알 수 없었다. 하지만 이내 고개를 저어 다른 생각을 털어버렸다. 어차피 집으로 돌아가면 얼마든지 다시 볼 수 있는 분들이다. 지금은 천망단의 동료들, 그리고 미고현의 친구들을 보고 싶었다.

"다들 어디 있어? 좀 보고 싶은데."

"대부분은 연무장에 있고, 설영이만 저쪽 전각에서 일을 하고 있습니다."

단유강은 문노의 말에 백설영에게 조금 미안한 마음이 들었다. 사실 제갈무군의 말대로 이번에 여행을 하면서 백설영에게 적지 않은 일거리를 넘겨주었다. 아마 그걸 다 처리하려면 몸이 몇 개라도 부족할 것이다.

"뭐, 나중에 내가 좀 도와주면 되겠지. 일단 연무장으로 갈까?"

단유강의 말에 문노가 공손히 허리를 숙인 후, 연무장으로 안내했다. 장원을 완전히 새로 짓다시피 했기 때문에 건물이나 연무장의 위치가 예전과는 완전히 달라졌다.

단유강은 그들의 기척을 벌써부터 느끼고 있었기에 혼자 찾아갈 수도 있었지만, 문노는 굳이 자신이 안내해 주고 싶었다. 그것은 자신이 해야만 하는 일이었다.

단유강과 담교영은 문노의 안내를 받아 연무장으로 향했다. 새로 지은 장원의 연무장은 예전과는 비교도 할 수 없을 정도로 크고 훌륭했다.

"호오."

단유강은 연무장에서 수련하는 사람들을 보며 나직이 감탄했다. 연무장에서 검을 휘두르고 있는 사람은 총 세 명이었다. 그리고 그 세 명은 모두 같은 수련을 하고 있었는데, 그들은 하나같이 내려치기만을 부단히 연습 중이었다.

"쓸 만하긴 한데, 왜 저렇게 저 동작에만 매달리는 거지?"

단유강의 말에 문노가 옆에서 쓴웃음을 지었다.

"봤기 때문이죠."

"뭘?"

"천외천의 검격 말입니다."

"천외천의 검격이라……. 할아버지?"

문노가 고개를 끄덕였다. 그의 표정은 여전히 씁쓸했다.

사실 문노는 몇 번이나 그들을 말리려고 해봤다. 하지만 도무지 말을 듣지 않았다. 문노도 겪어봤던 일이기에 충분히 이해는 하지만, 이런 식으로 왜곡된 수련을 하는 건 별 의미가 없었기에 안타까움 또한 컸다.

"대체 할아버지가 뭘 보여줬기에 쟤들 상태가 저래?"

"나서서 보여주신 건 아무것도 없습니다. 집으로 돌아가실 문을 여신 것뿐이죠."

단유강은 그제야 이해했다는 듯 고개를 끄덕였다.

"하긴, 그런 장면을 봤으니 충격이 좀 크긴 했겠지. 그나저나 철판이랑 설영이는 용케 안 왔네?"

"무군이야 이쪽으로는 원래 포기가 빠르지 않습니까. 설영이야 너무 바빠서 마음만 있을 뿐이죠."

"그나마 다행인 건가? 그러고 보니 철판이 또 어디 간 거야?"

"아마 설영이한테 갔을 겁니다. 요즘 무군이가 설영이 도와주느라 아주 바쁩니다."

단유강이 피식 웃었다.

"훗, 그래서 아까 나한테 그랬군? 어쩐지 좀 이상하다 했어. 자기가 힘들지 않으면 찍소리도 안 할 놈인데 말이야."

단유강은 다시 시선을 연무장으로 돌렸다. 자신이 온 것도 모르고 내려치기만 반복하는 세 사람을 바라보며 저들을 과연 어떻게 해야 할지 잠시 고민했다. 물론 결론은 쉽게 나지 않았다.

"뭐, 일단은 저렇게 두기로 하지. 도움이 아예 안 되는 건 아닐 테니까. 내려치다 보면 나름대로의 깨달음을 얻을 수도 있고 말이야. 효율은 지극히 적겠지만."

단유강의 말에 문노가 슬며시 말을 꺼냈다.

"그러지 마시고 공자님이 한 수 지도해 주시는 건 어떻습니까?"

"내가? 뭘? 설마 삼재검법?"

문노가 대답을 하지 않자 단유강이 고개를 절레절레 저었다.

"나도 아직 제대로 못 익힌 걸 누구한테 가르쳐?"

"그래서 드리는 말씀입니다."

단유강은 입을 다물었다. 생각해 보면 문노의 말도 일리가 있었다. 지금 저들이 겪는 문제 중 가장 큰 것은 너무 거대한 것을 기준으로 삼았다는 점이다. 단유강이 다시 시범을 보여 주면 그 기준이 현저히 낮아질 것이다.

"젠장, 그건 또 그것대로 기분이 나쁜데? 뭐, 일단 그런 건 나중에 생각하자고."

단유강은 그 말을 남기고 돌아섰다. 아직 확인을 하지 않은 마지막 사람을 만나러 갈 차례였다.

"대주님."

단유강은 백설영의 거처로 가는 중에 담교영이 말을 걸자, 고개를 슬쩍 돌려 그녀를 바라봤다. 담교영의 표정에는 호기심과 의아함이 가득했다.

 "아까 삼재검법이라고 하셨잖아요."

 단유강이 고개를 끄덕이자 담교영이 말을 이었다.

 "설마 그 삼재검법에 제가 잘 알고 있는 그건 아니겠죠?"

 "당연히 아니지. 우리 할아버지만의 삼재검법이지. 나도 아직 다 못 익혔어. 비록 초식은 달랑 세 개뿐이지만, 하나만 제대로 익혀도 적수가 없을 정도로 강하니까."

 담교영의 눈이 반짝 빛났다. 그런 대단한 검법을 대원들에게 가르치겠다는 말을 들었으니 관심이 생길 수밖에 없었다.

 "정말로 대단한 검법인가 보네요. 그런데……."

 담교영은 차마 그것을 자신에게도 가르쳐 달라는 말을 꺼낼 수가 없었다. 하지만 그녀의 마음을 대충 읽은 단유강이 가볍게 고개를 끄덕이며 허락해 버렸다.

 "뭐, 원한다면 가르쳐 줄게. 배우기는 쉽지 않겠지만."

 담교영이 양손을 맞잡고 반짝반짝 빛나는 눈으로 단유강을 바라봤다.

 "저, 정말인가요? 감사해요. 정말로!"

 단유강은 그런 담교영의 표정에 조금 웃었다. 아마 진짜 수련을 시작하면 저런 표정을 결코 짓지 못할 것이다.

 그렇게 대화를 나누는 사이 두 사람은 어느새 백설영이 머무가 전각에 도착했다. 전각 입구에는 월영각(月影閣)이라는 현판이 달려 있었다.

"월영각이라……."

전각은 밖에서 보기에도 활기차게 돌아가고 있었다. 일곱 층이나 되는 높고 큰 전각 여기저기에서 사람이 돌아다니는 기척이 느껴졌고, 말소리도 들려왔다.

단유강은 고개를 들어 월영각 칠층을 바라봤다. 그곳에서 백설영의 기척이 느껴졌다. 그리고 그곳은 아주 조용한 듯했다.

"어디, 얼마나 고생하고 있는지 한번 볼까?"

단유강은 빙긋 웃으며 월영각 안으로 들어섰다. 담교영이 조심스럽게 그 뒤를 따랐다.

백설영의 모습은 단유강이 예상했던 것과는 전혀 달랐다. 눈 밑에 시커먼 그늘이 지고, 머리와 피부가 푸석푸석한 상태로 서류 더미에 둘러싸여 비틀거리고 있을 거라고 추측했는데, 막상 확인해보니 서류 더미도 보이지 않았고, 얼굴에는 생기가 돌았다. 피부는 오히려 전보다 더 좋아진 듯했다.

"대주님."

백설영은 단유강을 보자마자 자리에서 일어났다. 그리고 공손히 허리를 숙였다. 그녀의 태도는 예전과 전혀 다르지 않았다. 하지만 그 동작 하나하나에 예전과는 다른 기품이 어려 있었다.
 단유강이 묘한 표정으로 바라보자, 백설영이 부끄러운 듯 살짝 고개를 돌렸다.
 "그분께서 조금 가르침을 주셨어요. 몸가짐에 대해서요."
 단유강은 그제야 고개를 끄덕였다. 백설영의 동작이 왠지 눈에 익다고 생각했는데, 할머니로부터 비롯된 동작이기 때문이었다. 단유강은 속으로 정말로 못 말리겠다고 투덜거렸다. 물론 기분이 나쁘지는 않았다. 자신의 사람들에게 잘해주는 것이 어찌 싫겠는가.
 "잘 지냈지?"
 "대주님 덕분에 눈코 뜰 새가 없답니다."
 단유강은 백설영의 말에 조금 미안한 표정을 지었다. 백설영은 그런 단유강을 향해 미소를 짓고는 고개를 돌려 이번에는 담교영을 바라봤다.
 "오랜만이야, 영 매."
 백설영이 먼저 인사하자 담교영도 서둘러 고개를 꾸벅 숙였다.
 "고생이 많다고 들었어요. 제가 도울 일이 있으면 언제든 말씀해 주세요. 열심히 도울 테니까요."
 백설영이 환하게 웃었다.
 "너무 고마운 말이네. 그럼 기대해. 내가 잔뜩 일거리를 안겨줄 테니까."

담교영이 그런 백설영를 향해 눈부신 미소를 지었다. 백설영은 그 미소에 꽤 감탄했다. 최근까지 우문혜를 자주 봤음에도 이렇게 아름답게 느껴진다는 건 담교영의 미모가 더 발전했다는 뜻이기도 했다.

담교영과 백설영이 잠깐 회포를 푸는 동안 단유강은 진지한 얼굴로 백설영 앞의 탁자에 자리를 잡고 앉았다.

"적련은 어떻게 된 거야?"

백설영이 골치 아픈 표정으로 관자놀이를 꾹 눌렀다.

"안 그래도 지금 그것 때문에 머리가 아플 지경이에요. 대충 수습은 하고 있는데, 적련에 속했던 자들이 흔들리고 있어요. 일단 다독이긴 했지만 조금만 바람이 불어도 다 날아가 버릴 것 같아요."

단유강은 백설영의 말을 들으며 왠지 말투도 예전과 조금 달라진 것 같다는 느낌을 받았다. 예전보다 훨씬 자연스러워졌고, 자신을 대하는 것도 많이 편해졌다. 단유강은 백설영의 이런 변화가 상당히 즐거웠다.

"배후에 대해서는 생각해 봤어?"

"단가상단과 월영단의 이목을 모두 투입했어요. 그래서 세 곳 정도 추려냈는데, 아직 확실치가 않아요."

"세 곳이라… 역시 설영이로군. 벌써 거기까지 일을 진행시키다니. 어쩌면 그 세 곳 모두가 배후에 관계되었을 수도 있겠군."

"그 가능성도 염두에 두고 있어요. 제가 보기에도 그게 가장 유력한 것 같아요."

"황산에 있던 놈들에 대해서는?"

"거긴 아직도 완전히 오리무중이에요. 드러난 게 너무 없어요. 대주님께서 건드린 것들이 드러난 전부예요."

"생각보다 치밀한 놈들이로군."

백설영은 잠시 머뭇거리다가 자신의 의견 하나를 내밀었다.

"제 추측인데, 어쩌면 이번 적련의 일도 결과적으로는 그들과 관계가 있지 않을까 생각하고 있어요. 그리고 적련을 이렇게 만든 범인은 마인일 확률이 높아요."

단유강이 고개를 끄덕였다. 자신 역시 생각했던 바였다. 암중세력이 적련을 움직였고, 또 장사 무림도 움직였다. 문제는 그들이 왜 적련을 처리했느냐 하는 것이다.

"그리고 적련을 그렇게 만든 배후를 찾다가 특이한 일 몇 가지를 잡아냈어요."

"특이한 일?"

"숨어 지내던 사파의 고수들과 몇몇 사파가 은밀히 움직이고 있어요."

"사파?"

"음혼방이 모습을 드러냈어요."

"음혼방이?"

음혼방은 무림맹에 의해 망했다고 알려진 방파였다. 한때 사파 최고의 세력을 과시했지만 무림맹의 끈질긴 추격에 모두 주살되고 음혼사귀만 남아 어딘가로 숨어들었다. 그 음혼사귀마저 단유강에 의해 죽었으니 완전히 사라졌다고 봐야 한다. 한데 그런 음혼방이 나타났다니 이건 정말로 놀라운 일이었다.

"정말로 음혼방이 맞아?"

"그렇다고 하는데, 아직 확인은 안 되고 있어요."

"무림맹이 발칵 뒤집어졌겠군."

"청룡단을 급파했다고 들었어요."

"청룡단이라……."

청룡단이라면 음혼방 정도는 충분히 제압할 수 있을 것이다. 물론 음혼사귀 정도의 고수가 없다는 전제하에 말이다.

"청룡단주가 직접 움직였으니 아마 음혼방도 어쩔 수 없을 거예요."

백설영은 말을 하면서 조금 어두운 얼굴이 되었다. 단유강이 그런 걸 놓칠 리 없다.

"표정이 왜 그래? 뭔가 다른 문제라도 있어?"

"조금 마음이 걸려서요. 음혼방이 왜 갑자기 모습을 드러냈을까요? 무림맹이 나서면 죽는다는 걸 모를 리가 없을 텐데요."

"누군가 무슨 일을 꾸미고 있는 거겠지. 사파의 다른 고수들과 방파 몇 개가 또 움직이고 있다고 했지?"

"네. 그들의 움직임은 꽤 은밀해요. 음혼방과는 정반대로……"

"그럼 음혼방은 미끼일 확률이 높겠군."

백설영이 고개를 끄덕였다.

"저도 그렇게 생각해요. 무림맹의 이목을 일단 한번 돌리려는 수작에 불과한데… 그런데 문제는 대체 무엇을 위한 미끼냐는 거죠. 아직도 그걸 모르겠어요."

"뭐, 조만간 드러나겠지."

단유강이 대수롭지 않다는 듯 말하자, 백설영은 정말로 그 문제가 별다를 일 없다는 기분이 들었다. 그러자 거짓말처럼 마음이 편안해졌다.

"그보다 무림맹에서 강시들에 대한 조사는 제대로 했나?"

백설영이 고개를 저었다.

"그쪽도 역시 오리무중이에요. 무림맹도 지금 여러모로 정신이 없는 상황이라서요."

"응? 또 무슨 일이 있나?"

"마인들의 움직임이 포착된 모양이에요. 주작단이 몽땅 동원될 정도로 난리예요."

단유강은 턱을 쓰다듬으며 생각에 잠겼다. 뭔가 일이 벌어지긴 벌어질 모양인 듯했다. 그리고 아마 그 일이 자신이 꼭 해야만 하는 일과 관계가 있을 것이다. 단유강은 그렇게 믿었다.

 '어쨌든 하나 남은 암혈은 꼭 메워야 하니까. 그나저나 할머니는 이럴 때 돌아가 버리시면 어쩌자는 거야.'

 황산에 있는 암혈도 우문혜가 아니었다면 까맣게 모르고 있었을 것이다. 아니, 암혈이 생겼다는 것 자체를 인지하지 못했을 것이다. 단유강은 두 번째 암혈도 우문혜의 도움을 받아 금방 처리할 수 있을 거라 믿었다.

 백설영은 단유강이 생각을 모두 마칠 때까지 끈기있게 기다렸다. 그리고 단유강의 눈빛이 다시 돌아오자, 서둘러 말을 꺼냈다.

 "대주님, 그분께서 전해달라는 말씀이 있었어요."

 "할머니가?"

 "예."

 단유강이 흥미를 보이자, 백설영은 잠시 미소를 짓고는 말을 이었다.

 "황산에 있는 건 우연히 알아내신 거래요. 그분께서도 나머지 하나는 모르신다고 하더군요."

 단유강의 표정이 살짝 굳었다. 백설영은 그것을 보며 조금 긴장했다. 하지만 아직 우문혜가 전해달라는 말은 끝이 아니었다.

 "황산 근방을 통해서 오셨대요. 그래서 황산에 있는 건 알아냈지만, 나머지 하나는……."

"할아버지라면 아실 수 있으실 텐데."

단유강의 말에 백설영의 눈이 살짝 커졌다. 우문혜는 정확히 그렇게 말했다. 백설영은 고개를 끄덕이며 서둘러 입을 열었다.

"그분의 힘이 개입되면 안 되신다는 말씀을 하셨어요. 무슨 의미인지는 모르겠지만."

단유강은 이해했다는 듯 고개를 끄덕였다.

"역시 그렇군. 그러면 이런 식으로 알아가는 수밖에 없나."

잠시 고민을 더 했지만 뾰족한 방법이 없었다. 단유강은 문득 떠올랐다는 듯 백설영에게 물었다.

"문노도 그 말 들었어?"

백설영이 고개를 끄덕였다.

"예. 그 말씀을 듣고는 얼굴이 새하얗게 질리시던데요."

"그래?"

단유강은 고개를 갸웃거렸다. 문노는 고작 그 정도 일로 당황하거나 두려워할 사람이 아니었다.

"다른 말씀은 없으셨고? 그런 말에 문노가 눈 하나 깜짝할 리가 없을 텐데?"

"그저 기다리시라는 말씀밖에는……."

단유강은 그제야 사태를 이해했다. 무엇을 기다리라는 말인지 꽤 명확했다. 다른 사람은 아마 전혀 모르겠지만 말이다.

"그건 또 그것 나름대로 기대되는군. 아마 재미있는 일이 벌어질지도 모르겠어."

단유강이 빙긋 웃었다. 백설영과 담교영은 단유강의 웃음에 담긴 의미를 몰라 고개를 갸웃거려야 했다.

어쨌든 단유강과 담교영은 다시 사천 미고현의 천망단에 돌아왔다. 새로운 폭풍을 맞이하기 직전에 말이다.

第八章

흑마성교

연백철은 이를 악물었다. 벌써 몇 번째인지 모른다. 수천 번이 넘게 검을 휘둘렀지만 여전히 미몽에서 헤어날 수 없었다. 그렇게 정신없이 검에 몰두하다 보니 어느새 주위가 어둑어둑해졌다.

"하아, 오늘도 안 되는 건가……."

연백철은 그렇게 중얼거리며 고개를 저었다. 옆을 보니 하후량, 하후령 형제도 연백철과 비슷한 표정으로 고개를 절레절레 젓고 있었다.

연백철은 얼마 전 봤던 그 엄청난 광경을 떠올렸다. 그러자 다시금 그의 표정이 몽롱하게 변했다.

그날도 연백철은 연무장에서 검을 휘두르고 있었다. 천망십삼검은 정말로 매력적인 검법이었다. 익히면 익힐수록 마음에 들었고, 손에 검이 쩍쩍 달라붙었다.

그날따라 연무장에는 연백철과 하후량, 하후령 형제 외에도 무슨 바람이 불었는지 제갈무군까지 있었다.

그렇게 한창 수련을 하고 있을 때, 네 사람 모두 동시에 검을 멈췄다. 아니, 그럴 수밖에 없었다. 어마어마한 존재감이 느껴졌기 때문이다. 그 존재감은 그들의 움직임을 허락하지 않았다. 하지만 그것은 아주 잠깐의 일이었다. 순식간에 사라진 존재감 덕에 그들은 모두 허탈한 표정으로 바닥에 털썩털썩 주저앉아야 했다.

"대, 대체 이게 뭐지?"

연백철은 멍한 얼굴로 그렇게 중얼거리고는 억지로 몸을 일으켰다. 그리고 방금 전 존재감이 있었을 것으로 추정되는 곳을 향해 걸음을 옮겼다. 연백철 뒤로 하후량, 하후령 형제와 제갈무군이 터덜터덜 따라갔다.

그들이 도착한 곳은 장원 한가운데에 위치한 공터였다. 장원을 최근에 새로 지으면서 자연스럽게 만들어진 공터였는데, 전각과 전각, 혹은 연무장을 오가다 보면 반드시 그곳을 지나도록 설계되어 있었다.

그들은 그곳에서 백설영을 볼 수 있었다. 백설영을 이렇게

밖에서 보는 건 참으로 드문 일이었지만 그날따라 그녀도 우연히 그곳을 지나고 있었다.

백설영은 한 사내 앞에서 멍하니 서 있었는데, 분위기를 보아하니 방금 전의 그 강렬하면서도 어마어마한 존재감은 아마도 그 사내에게서 나온 듯했다.

고작 스무 살이나 되었을까? 사내의 겉모습은 그 정도로 보였다. 사내는 무표정한 얼굴로 가만히 서서 누군가를 기다리는 듯했다.

"어, 어떻게……."

백설영의 입을 비집고 흘러나온 말이 바로 그것이었다. 연백철을 비롯한 네 사람은 서둘러 백설영 옆으로 몸을 날렸다. 그리고 긴장한 얼굴로 눈앞의 사내를 살폈다. 섣불리 검을 뽑는다거나 하지는 않았다. 적어도 그 정도 존재감을 내보일 수 있는 사람이라면 그들 모두가 덤벼도 승산이 없을 테니까.

"무슨 일이야?"

제갈무군이 나서서 백설영에게 물었다. 백설영은 믿을 수 없다는 표정으로 더듬더듬 말을 이었다.

"허, 허공이 갈라졌어. 그리고 저, 저분이……."

백설영의 말을 얼른 이해하지 못한 제갈무군이 의아한 눈으로 눈앞의 사내를 바라봤다. 그는 여전히 같은 표정, 같은 자세로 서 있었다.

그리고 잠시 후, 누군가가 그들을 향해 다가왔다. 모두의 시선이 단번에 그쪽으로 돌아갔다. 우문혜가 너무나도 환한 얼굴로 다가오고 있었다.

네 명의 사내는 일순 멍한 표정을 지었다. 이런 모습을 보면서 제정신을 유지할 수 있는 사람은 거의 없을 것이다.

정신이 잠깐 나간 그들의 귀에 우문혜의 목소리가 들려왔다.

"오셨군요."

퍼뜩 정신을 차린 연백철의 눈에 고개를 끄덕이는 사내의 모습이 보였다. 연백철은 그것을 보며 지나칠 정도로 과묵한 사람이라고 생각했다.

우문혜가 고개를 돌려 마침 이곳에 모인 천망단원들을 둘러봤다. 어느새 문노까지 나와 극도의 존경을 표하며 허리를 깊이 숙이고 있었다.

"돌아가야 할 것 같아."

우문혜의 말에 모두의 눈이 휘둥그레졌다. 우문혜는 백설영을 향해 몇 마디 말을 건넸다. 단유강이 돌아오면 해줘야 할 말들이었다. 말을 마친 우문혜는 문노를 향해 기다리라는 말을 남기고 다시 사내를 바라봤다. 우문혜의 눈빛이 말할 수 없이 따스하고 사랑스럽게 변했다.

"이왕 여기까지 오셨는데, 이 아이들에게도 뭔가를 좀 보여주세요."

우문혜의 말에 사내가 가볍게 고개를 끄덕였다. 모두의 눈이 사내에게로 향했다. 평생에 다시없을 기연이 찾아왔다고 생각했다. 그들의 눈이 기대감으로 가득 차올랐다.

사내는 검을 뽑았다. 그리고 가볍게 위에서 아래로 내리그었다. 너무나도 단순한 동작이었다. 하지만 그 단순한 동작이 모두의 뇌리에 마치 화인처럼 박혀들었다. 그들은 그 검격을 평생 잊을 수 없을 것 같았다.

검이 지나간 자리가 갈라졌다. 마치 허공을 찢은 듯한 모습이었다. 그제야 연백철을 비롯한 네 사내는 백설영이 아까 했던 말이 무슨 뜻인지 알 수 있었다. 이것을 말한 것이었다.

우문혜는 천망단원들을 향해 마지막으로 환한 미소를 지어주었다. 그 미소 또한 강렬해서 모두의 뇌리에 박혀들었다. 우문혜는 사내의 손을 잡고 갈라진 공간 안으로 들어섰다.

두 사람이 들어서자 찢어진 허공이 다시 붙었다, 마치 아무 일도 없었던 것처럼.

문노를 제외한 천망단원들은 한동안 멍한 표정을 지은 채 그곳에 서서 방금 전까지 갈라졌던 허공을 바라봤다.

문노는 그런 그들의 반응을 보며 쓴웃음을 지었다. 문노의 표정에 불안감이 떠오른 것은 얼마 지나지 않아서였다. 우문혜의 마지막 말이 그의 마음을 사정없이 짓눌렀다.


연백철은 고개를 휘휘 저었다. 당시의 일은 떠올릴 때마다 말도 안 된다는 생각이 먼저 들었다. 하지만 그때 보았던 그

검격은 진짜였다. 연백철의 눈에 결연한 표정이 떠올랐다. 어떻게든 그 내려치기를 완성하겠다는 의지가 눈에서 뿜어져 나왔다.

연백철이 다시 내려치기를 시작했다. 그리고 그와 거의 동시에 상념에서 벗어난 하후량, 하후령 형제도 연백철과 마찬가지로 검을 휘두르기 시작했다.

연무장의 밤이 깊어갈수록 검을 휘두를 때마다 흘러나오는 바람소리도 짙어졌다.


백설영은 다급히 달렸다. 그녀가 달려가는 곳은 단유강의 거처였다. 월영각에서 단유강의 거처까지 한달음에 달려간 그녀는 문을 벌컥 열었다.

단유강이 살짝 놀란 눈으로 그녀를 바라봤다. 단유강은 침대에 누워 평소의 자세로 발을 까딱이고 있다가 백설영의 기척이 느껴져 고개를 돌렸는데, 갑자기 문이 열려서 조금 놀란 것이다.

"무슨 일이야?"

단유강은 백설영의 표정을 보고는 심상치 않은 일이 벌어졌다는 것을 눈치챘다. 그리고 단유강의 생각대로 굉장한 일이 벌어졌다.

"흑마성교가 나타났어요."

"흑마성교?"

"마인들이 모여 만든 집단인데, 천마신교와는 궤를 달리하는 곳이에요."

단유강이 몸을 일으켰다.

"자세히 설명해 봐."

백설영은 방안으로 들어와 단유강 옆에 서서 차분히 설명을 풀어나갔다.

"얼마 전에 사파들의 이동이 있다고 했죠? 그리고 마인들이 움직이고 있다고 했고요."

단유강이 고개를 끄덕이자 백설영이 말을 이었다.

"그게 사실은 한 가지를 위한 움직임이었어요. 음혼방을 미끼로 청룡단을 끌어낸 다음, 사파를 모으고 그동안 숨어 있던 마인들을 집결시켜 거대한 방파를 만들었어요. 자기들 말로는 교(敎)라고 하지만, 아무도 그 말을 믿지 않고 있어요."

백설영의 설명에 단유강이 고개를 끄덕였다. 이제야 그들의 행보가 대강 이해가 갔다. 사실 이렇게 되지 않을까 어렴풋이 예상은 했다. 물론 백설영도 그랬을 것이다. 하지만 막상 진짜로 이런 일이 벌어지니 당황스러웠다.

"그럼 상단은?"

"흑마성교가 나타나니까 움직임이 확실해졌어요. 그들 셋 모두 흑마성교와 연결되어 있어요."

단유강이 고개를 끄덕였다. 적련의 수뇌부를 몰살시킨 것은 흑마성교였다.

"상대가 마인이니 앞으로 단가상단도 조심해야겠군. 어떻게 될지 알 수 없는 놈들이니까."

"아마 쉽게 건드리지는 않을 거예요. 단가상단 뒤에 흑월검마가 있다고 소문이 파다하거든요."

단유강이 피식 웃었다. 문노의 정체가 밝혀지고 나니 이런 점이 편했다. 아마 미고현을 건드리려는 놈도 거의 없을 것이다. 굳이 가만히 있는 호랑이의 수염을 뽑을 필요는 없을 테니까.

"그나저나 무림맹의 반응은 어때?"

"아직 확인하지 못했어요. 하지만 충분히 예상은 할 수 있죠. 이러지도 저러지도 못할 거예요."


무림맹주의 집무실. 맹주인 혁무길이 붉게 달아오른 얼굴로 좌중을 노려보듯 둘러봤다.

"어찌 마인들이 코앞에 다가올 때까지 아무도 몰랐단 말이오!"

사실 코앞이라기에는 좀 멀었다. 흑마성교가 위치한 곳은 섬서(陝西) 서안(西安)이었다. 무림맹이 있는 호북 무한과는 꽤 멀리 떨어져 있었다.

그들은 감숙을 통해 신강과 청해의 마인들을 섬서로 끌어들였다. 사천에는 무림맹의 천망단 외에도 당가를 비롯해 단가상단까지 있었기에 은밀히 마인들을 실어 나르기가 상당히 곤란했다. 결국 그들은 그나마 나은 감숙을 통해 마인을 날랐고, 섬서에 자리를 잡았다.

"대책을 말해보시오, 그들을 어떻게 섬멸할 것인지."

맹주의 말에 장로들은 꿀 먹은 벙어리가 되었다. 흑마성교가 나타났다는 말을 들은 게 바로 오늘 아침이었다. 그러니 그런 걸 생각할 틈도 없었다. 아니, 사실 흑마성교에 대해 자세히 들은 얘기도 없었다. 판단할 근거가 너무나 모자랐다.

사마자문은 이런 일련의 상황을 명확히 알고 있었다. 일정 부분은 그가 조장한 부분도 없지 않아 있었다. 그는 더 늦으면 안 되겠다고 판단해 앞으로 나섰다.

"일단 흑마성교에 대해 알아낸 것을 말씀드리겠습니다."

사마자문의 말에 장로들이 눈을 빛냈다. 그들 역시 흑마성교의 정체가 너무나 궁금했다. 이름 그대로 마인들의 모임인 것은 확실했는데, 과연 그들이 천마신교와 관계가 있는지가 가장 중요했다. 만일 그렇다면 천하는 전쟁으로 신음하게 될 것이다.

"일단 그들은 마인이 모여 만든 집단입니다. 겉으로 보기에는 천마신교와 관계가 있을 듯 하지만 실제로는 아닌 걸로 판단됩니다. 일전에 천마신교와 손을 잡고 사천으로 넘어온 마인들을 주살한 적이 있는데, 아무래도 주살된 마인들과 관계가 있는 듯합니다."

"크흠."

장로들이 나직이 침음성을 흘렸다. 당시 철저히 모든 마인을 색출해 척살했다고 생각했는데, 실제로 잔당이 남은 모양이었다. 이때까지만 해도 장로들은 상황을 그리 심각하게 여기지 않았다.

당시 오백 마인이 사천으로 넘어왔고, 그들을 모두 주살했다고 믿었다. 그들의 잔당이라면 숫자는 별로 많지 않을 것이 분명했기 때문이다. 하지만 상황은 그들의 예상과는 전혀 다른 방향으로 흘러갔다.

"현재 흑마성교에 모인 마인의 수는 천오백에 달합니다."

장로들의 눈이 화등잔만 해졌다. 하지만 거기서 끝이 아니었다.

"또한 그들이 은밀히 포섭하고 끌어들인 사파의 수도 만만치 않습니다."

장로들의 안색이 안 좋아졌다. 별것 아닌 줄 알았는데, 그게 아니었다. 마인이 무려 천오백이다. 이런 거대 집단과 싸우려면 막대한 피해를 입게 된다. 아무리 무림맹이 강하고 보유 무사가 많다 해도 그들과 싸우면 많은 것을 잃게 될 것이다.

사마자문은 장로들과 맹주의 눈치를 살폈다. 그리고 조심스럽게 의견 하나를 내놓았다.

"천마신교와 손을 한 번 더 잡아보는 것은 어떻습니까?"

사마자문의 말에 모두의 눈이 경악으로 커졌다. 하지만 사마자문은 일단 그것에 신경 쓰지 않고 계속해서 말을 이어갔다.

"아마 천마신교도 다른 마인들이 이곳으로 넘어왔다는 사실을 달갑지 않게 여길 것입니다. 요청만 한다면 충분히 가능성이 있다고 판단합니다."

사마자문의 말에 장로들 몇이 눈살을 크게 찌푸렸다.

"우리 무림맹의 일을 또 천마신교에 떠넘기자는 말이오?"

"맞소. 게다가 섬서의 마인들이 천마신교 소속이 아니라고 어떻게 믿을 수 있겠소? 어쩌면 천마신교는 우리를 기다리고 있을지도 모르오. 우리가 도움을 요청하면 대규모 무사들이 몰려올 것이오. 한데 그 수많은 무사들과 흑마성교가 같은 집단에 속해 있다면 우리는 완전히 뒤통수를 맞는 셈이 되오. 안 그렇소?"

사마자문도 그런 생각은 안 해본 건 아니었다. 하지만 예전에 찾아왔던 천마신교의 마인, 곽진웅을 생각하면 뒤통수를 맞을 일은 없을 것 같았다.

더 중요한 건, 흑마성교와의 싸움에서 무림맹의 피해가 커지면 곤란하다는 점이었다.

"하지만 그렇지 않으면 흑마성교를 상대하기가 상당히 곤혹스러워집니다."

"그게 무슨 말이오! 우리 무림맹이 고작 마인 집단 하나 어쩌지 못한다는 것이오?"

"그들과 싸워 이길 수는 있습니다. 하지만 아무런 피해도 없이 승리할 수는 없습니다. 그들은 마인입니다."

마인들은 피에 미쳐 있다. 대규모로 싸우다 보면 사방에 피가 널리게 되고, 마인들은 더욱 흥분해서 날뛴다. 만일 대규모 군대와 군대가 맞붙는 거라면 이런 성향은 치명적이지만, 무림인들 간의 싸움에서는 그렇지 않았다.

"그렇게 피해를 입은 상태에서 습격이라도 받으면 그 타격은 이루 말할 수 없을 것입니다."

장로들이 슬며시 고개를 돌렸다. 사마자문의 말이 옳기 때문이다. 현재 무림맹의 적은 흑마성교 하나만이 아니었다. 강시를 제조하던 암중 집단이 있다. 만일 그들이 천하를 집어삼킬 계획이라면 이번 기회를 절대 놓치지 않을 것이다.

"그럼 어쩌자는 것이오? 정말로 천마신교와 손을 잡겠다는 뜻이오? 정녕 그게 군사와 맹주님의 뜻이오?"

장로 중 하나가 사마자문과 혁무길을 번갈아 쳐다보며 말했다. 사마자문은 난감했다. 실로 이러지도 저러지도 못하는 상황이었다. 그때, 맹주가 나섰다.

혁무길은 한 손을 들어 올려 일단 모든 사람의 입을 막았다. 그리고는 형형하게 빛나는 눈으로 좌중을 둘러보았다.

"일단 상황을 좀 더 지켜봅시다."

맹주의 말에 다들 고개를 주억거렸다. 일단 적에 대해 아는 것이 아무것도 없으니, 그것을 파악할 때까지는 조용히 기다리는 게 나았다.

맹주가 손을 휘저어 해산을 명하자, 장로들이 우르르 빠져나갔다. 집무실에 남은 건 사마자문뿐이었다. 혁무길은 사마자문을 보며 씁쓸한 표정을 지었다.

"정녕 방법이 그것밖에 없나?"

사마자문은 잠시 머뭇거리다가 입을 열었다.

"다른 곳에 도움을 청하는 방법도 있습니다. 하지만 그가 과연 요청을 받아들일지는……."

혁무길은 사마자문의 말에 몇 사람이 떠올랐다. 그리고는 쓴웃음을 지었다.

"우내사존을 말하는 건가?"

"그렇습니다. 그리고 흑월검마도 있습니다."

"아무리 우내사존이라지만 그들만으로 흑마성교를 친다는 건 쉽지 않은 일일세."

물론 그들이 무림맹의 요청을 허락한다는 전제하의 말이었다.

"그나저나 우내사존의 위치는 전혀 알려져 있지 않은데, 그들에게 연락을 할 방법은 있나?"

"확실한 분이 한 분 계시지 않습니까."

사마자문의 말이 뜻하는 사람은 화룡신검이었다. 사마자문은 혁무길의 반응을 잠깐 확인하고는 말을 이었다.

"무림맹에서 손꼽히는 고수들을 함께 보내면 그들을 궤멸시키지는 못하더라도 막대한 피해를 입힐 수 있을 것입니다.

일단 그렇게만 된다면 더 이상 그들을 걱정할 필요가 없어집니다."

혁무길이 고개를 끄덕였다. 그렇게만 된다면 더 바랄 것이 없었다. 다만 문제는 과연 화룡신검이나 흑월검마가 무림맹의 요청을 받아들일까 하는 점이었다. 둘 모두 지극히 개인적인 성향을 가졌다고 알려져 있었다. 세력 간의 싸움에 끼어드는 걸 상당히 꺼렸기 때문에 사실 무림맹의 요청을 받아들일 가능성이 적었다.

"아무리 생각해 봐도 무리이긴 하지만, 적당한 조건을 제시해서 한번 얘기나 꺼내보게."

사마자문이 고개를 숙였다.

"그리하겠습니다."

"어떻게든 그들을 몰아내야만 하네. 천마신교를 등 뒤에 두고 그들까지 안으로 들일 수는 없네. 아무리 무림맹이 공고한 힘을 가지고 있다 하더라도 그렇게 되면 언젠가는 금이 가고 무너지게 될 걸세."

사마자문은 혁무길의 말에 깊이 수긍했다. 그 역시 그들을 그냥 놔둘 생각은 전혀 없었다. 무슨 수를 써서든 몰아낼 생각이었다.

'흑마성교라······.'

새로운 마인 집단의 등장은 수많은 사람들의 눈에 근심을 채워 넣었다. 그리고 그들의 마음 깊은 곳에 두려움과 조급함을 심었다. 사마자문은 그 감정들에 먹히지 않으려 무던히 애쓰며 맹주의 집무실을 빠져나갔다.


"으하하핫! 역시 생각대로군!"

"이제 세력을 공고히 다지는 일만 남았습니다."

흑마성교의 교주 표자흠은 하늘을 날 것만 같았다. 흑마성교를 세상에 드러내는 순간까지도 걱정과 근심에 싸여 있었다. 하지만 지금은 그 모든 것이 싹 사라져 버렸다.

"슬슬 사파들의 움직임이 있을 텐데, 어떤가?"

"처음 모았던 사파의 방파들과 고수들 외에도 속속 우리 교로 합류하는 자들이 늘고 있습니다. 그들 역시 구심점이 필요했을 테니 아주 적당한 기회가 되었을 것입니다."

표자흠이 만족스런 표정으로 크게 고개를 끄덕였다.

"아주 좋군! 마인들의 수급은 어떻게 되고 있나?"

"세 상단이 알아서 조달해 주고 있습니다. 아무래도 여기까지 이동하는 건 쉽지 않은 일이라 만족스럽지는 않습니다만, 그래도 꾸준히 유입하면 언젠가는 천마신교를 넘어설 수도 있을 것입니다."

천마신교를 넘어선다는 말에 표자흠의 얼굴이 흥분으로 달아올랐다. 표자흠이 생각하는 천마신교는 무림맹보다도 훨씬 강력했다. 그리고 천마신교의 교주는 인간을 초월한 무력을 가지고 있다. 그런 천마신교를 넘어선다는 건, 자신 역시 인간을 초월한다는 뜻이기도 했다.

"좋아, 그렇게 만들지. 못할 건 없지 않나."

"충분히 가능합니다."

유염천이 깊이 허리까지 조아리며 그렇게 말하자 표자흠은 입이 찢어져라 웃었다.

"크하하하하핫!"

한참을 웃던 표자흠은 신중한 표정으로 돌아와 유염천에게 조용히 물었다.

"그들에게서는 연락이 없었나?"

"얼마 전에 서찰 하나를 받은 게 전부입니다."

"서찰?"

유염천은 품에서 조심스럽게 서찰 하나를 꺼내 표자흠에게 내밀었다. 표자흠은 그것을 받아 단숨에 읽었다. 내용이 많지 않아 읽는 데 시간이 오래 걸리지는 않았다. 서찰을 모두 읽은 표자흠의 얼굴이 살짝 굳었다.

"흐음, 이런 식으로 우릴 이용하려 하는군."

"하지만 어차피 이 정도는 해줘야 하지 않겠습니까. 천하가 혼란스러우면 혼란스러울수록 우리에겐 더 유리합니다."

표자흠이 고개를 끄덕였다. 결정을 내렸다는 뜻이다.

"그들이 원하는 대로 해주도록. 그리고 일반 교도를 받아들여라. 교리는 네가 대충 알아서 만들고."

유염천은 일단 고개를 끄덕였지만 골치가 아파왔다. 다른 건 몰라도 교리를 새로 만든다는 건 결코 쉽지 않은 일이었다. 그런 유염천의 마음을 읽었는지 표자홈이 말했다.

"뭘 그리 고민해? 천마신교 것을 참고로 만들면 되지."

"그래도 되겠습니까?"

"우린 결국 교(敎)라는 이름을 버릴 거야. 교리 따위는 사람을 모을 때나 잠깐 쓰면 돼. 나중에는 모든 걸 힘으로 해결하게 될 테니까."

유염천은 그 말에 걱정부터 들었지만 이내 고개를 끄덕여야 했다. 어찌 되었든 표자홈은 교주였고, 자신은 군사였다. 군사는 말도 안 되는 명령을 어떻게든 가능하게 만들 수 있어야 한다.

"명을 이행하겠습니다."

유염천이 그렇게 말하고는 밖으로 나갔다. 표자홈은 유염천이 완전히 사라지자 다시 입을 찢었다. 그날 이후로 며칠 동안이나 표자홈의 입가에서 미소가 지워지지 않았다.

만수평은 백의오호로부터 흑마성교에 대한 보고를 받고 있었다. 백의오호는 모든 보고를 마친 후 만수평의 명령을 기다렸다.

"최근 되는 일이 하나도 없어 걱정을 했는데, 다행이로구나. 앞으로 아주 은밀히 흑마성교를 돕도록 해라. 절대 우리가 드러나선 안 된다는 걸 명심하고."

"존명."

백의오호는 만수평이 손을 휘젓자, 안개처럼 흩어졌다.

만수평은 백의오호가 사라지자 손가락 하나를 까딱였다. 어느새 백의를 입은 사내 한 명이 다시 만수평 앞에 부복했다. 그는 백의육호였다.

"지시한 일은?"

"제가 할 수 있는 범위 내에서는 끝났습니다."

백의육호는 그렇게 말하며 얇은 책자 하나를 만수평에게 공손히 바쳤다. 만수평은 그것을 받아 쓱 훑어보고는 고개를 끄덕였다.

"흑월검마는 미고현에 몸을 의탁하기 전의 수십 년이 통째로 사라진 듯하구나."

만수평이 백의육호에게 명령한 것은 단가상단과 미고현의 천망단에 대해 최대한 자세히 조사해 오라는 것이었다. 또한 흑월검마에 대해서도 충분한 조사를 하도록 명했다.

"그사이의 행적은 도저히 알 수 없었습니다. 마치 하늘로 날아가거나 땅으로 꺼져 버린 듯한 느낌입니다."

"미고현에 등장한 지 오 년이라……."

오 년 동안 별다른 일이 없었다면 무림의 일에 끼어들 생각이 없다는 것과 같았다. 만수평은 책자의 다음 내용도 쭉 읽어 내려갔다.

"단유강이라… 이놈에 대한 조사는 너무 부족하군."

만수평은 왠지 모르게 불길한 느낌을 받았다. 겉으로 드러난 것은 흑월검마인데, 단유강이라는 천망단 대주에게 더 눈이 갔다.

"흐음, 이상하군."

만수평은 고개를 한 번 갸웃거린 후, 백의육호에게 다시 명을 내렸다.

"비문위에게 연락해서 철강시를 흑마성교에 보내도록 지시해. 혈강시도 몇 구 있으면 함께 보내라고 해."

"존명."

백의육호도 그렇게 대답한 후, 안개처럼 흩어졌다.

"드디어 대계(大計)가 시작되는가."

만수평은 그렇게 중얼거리며 섬뜩한 미소를 지었다. 그의 날카로운 눈빛이 방금 전까지 백의육호가 있던 자리에 쏟아져 내렸다.

第九章
철강시

태룡전

단유강은 흑마성교에 대해 좀 더 자세한 정보가 필요했다. 더 정확히는 그들의 배후에 누가 있는지, 또 그들이 무슨 일을 어디서 꾸미는지가 궁금했다.

 흑마성교는 섬서 서안에 자리를 잡았다. 그들은 현재 무서운 기세로 사파 무림인들을 끌어모으고 있었다. 그동안 무림맹의 위세에 숨죽이던 사파 무림인들은 반색을 하며 흑마성교 아래로 모여들었다.

 흑마성교는 그 많은 무인들을 모조리 포용하고도 여력이 남는지 그들이 자리 잡은 서안 인근의 파락호들까지 끌어 모았다. 그들을 이용해 무슨 짓을 하려는지 몰라도 결코 좋은 일은 아닐 것이다. 하지만 파락호들은 흑마성교가 보여주는 힘에 취해 부나방처럼 날아들었다.

"고작 그 정도로 무림맹을 상대할 순 없을 텐데……."

단유강은 그렇게 중얼거리며 턱을 쓰다듬었다. 흑마성교는 처음 세상에 모습을 드러내며 무림맹과 싸우겠다고 천명을 했다. 사파고수들 중 상당수가 무림맹과 원한이 있었기에 그 말을 믿고 흑마성교에 힘을 보탰다.

하지만 고작 그 정도로 무림맹을 상대할 순 없었다. 무림맹의 힘은 대단했다. 무림맹이 맹호(猛虎)라면 흑마성교는 이제 갓 태어난 늑대에 불과했다. 처음부터 싸움이 될 수 없었다.

"뭔가 믿는 구석이 있단 말인데……."

단유강은 그것이 궁금했다. 그들이 믿는 구석이 과연 무엇인지가 말이다. 그리고 그것은 분명히 단유강이 앞으로 해결해야 할 문제와 직결되어 있을 것이다.

단유강이 한창 고민하고 있을 때, 방으로 담교영이 들어왔다. 담교영의 얼굴은 여전히 빛났지만, 눈 밑에 그늘이 지기 시작했다. 만일 휘안공이 아니었다면 얼굴이 상당히 초췌해 보였을 것이다.

"고생이 심한가 보네. 할 일이 많지?"

담교영은 힘없이 고개를 끄덕였다. 백설영은 그녀를 무섭게 몰아쳤다. 사실 백설영도 한계에 다다랐다. 만일 단유강이 적절한 시기에 돌아와 일의 상당 부분을 처리해 주지 않았다면 폭발했을지도 모른다.

일단 단유강 덕분에 급한 불은 껐지만, 앞으로도 수많은 일거리가 쌓여갈 것이 불을 보듯 훤했다. 그 와중에 그녀를 돕겠다고 나선 것이 바로 담교영이었다.

담교영은 자신의 결정을 후회할 틈조차 없었다. 그 정도로 바빴다. 지금도 짬을 내서 단유강에게 온 게 아니라 일 때문에 온 거였다. 담교영은 품에서 서류 몇 장을 꺼내 단유강에게 내밀었다.

"말씀하셨던 것들이에요."

단유강은 눈을 빛내며 서류를 훑어봤다. 그것은 흑마성교와 관계된 세 상단에 대한 정보였다. 그들의 역사에서부터 시작해, 주력 업종과 어떤 방식으로 성장했는지까지 망라되어 있었다.

"흑마성교가 제대로 개입됐군."

단유강은 그렇게 중얼거린 후, 마지막 서류를 펼쳤다. 그곳에는 앞으로 그들을 어떤 방식으로 무너뜨릴 것인지에 대한 계획이 나와 있었다. 단유강은 그것을 모두 읽고 만족스런 얼굴로 고개를 끄덕였다.

"좋아, 이렇게 하라고 전해."

"예."

담교영은 가볍게 대답을 하고 다시 단유강의 방을 빠져나갔다. 단유강은 그 모습을 가만히 바라보며 생각을 정리했다.

"역시 싸울 생각이 없는 거로군. 당분간은 말이야."

상단들의 정보를 살펴보면 알 수 있다. 그들은 장기적인 전략 아래 움직이고 있었다. 만일 당장 싸우고자 한다면 이렇게 소극적인 행보를 할 리 없었다. 물론 그런 움직임도 있었다. 하지만 그건 눈속임에 불과했다. 단유강은 물론이고, 백설영도 그쯤은 충분히 파악할 수 있었다.

"결국 무림맹도 함부로 건드리지 못하게 하고 나름대로의 힘을 키워서 나중에 한 방에 승부를 보겠다는 건가?"

단유강은 비교적 정확하게 흑마성교의 계획을 짐작해 냈다. 그것은 그가 미리 준비했기에 알 수 있는 것들이었다. 그리고 적련과 싸웠기에 알 수 있는 것들이기도 했다.

"무림맹은…… 아마 아직 모르겠지?"

당연히 모를 것이다. 하지만 언젠가는 알게 될 것이다. 하지만 알게 되었을 때는 상당히 늦은 후일 가능성이 컸다.

"흑마성교라……. 이놈들, 생각보다 머리 좀 쓰는데?"

단유강의 입가에 짓궂은 미소가 머물렀다. 흑마성교가 나름대로 머리를 굴리긴 했지만 그들에게는 운이 없었다. 만일 운이 조금이라도 남아 있었다면 단유강과 적련이 얽히는 일도 없었을 것이고, 또 이렇게 단유강이 그들의 돈줄을 움켜쥔 상단에 대해 낱낱이 파악할 일도 없었을 테니까.

흑마성교가 자리한 곳은 서안이었다. 서안은 섬서성의 성도였다. 섬서성에는 검으로 이름 높은 문파가 있다. 바로 화산파(華山派)와 종남파(終南派)였다.

화산파와 종남파는 구대문파에 속할 정도로 대단한 힘을 가졌고, 또 그에 걸맞은 성세를 누리고 있었다. 그런 두 문파가 근처에 마인과 사파가 모여 만든 집단이 생기는 걸 달가워할 리가 없었다.

특히 흑마성교가 자리 잡은 서안은 섬서의 성도이기도 하지만, 막대한 돈이 모이는 곳이기도 했다. 당연히 화산파와 종남파도 서안에 영향력을 행사하기 위해 지부를 두었고, 그 지부를 통해 몇몇 사업체를 운영하고 있었다.

그런 알토란 같은 곳에서 흑마성교가 설치도록 놔둘 수는 없었기에 무림맹에 있는 장로를 통해 지속적으로 흑마성교를 토벌하자는 압박을 넣고 있었다. 그리고 다른 한편으로는 문파 자체적으로 나서서 그들을 토벌하려는 시도 또한 은밀히 진행 중이었다. 물론 화산파와 종남파는 흑마성교를 상대하기 위해 손을 잡았다.

흑마성교는 천오백에 달하는 마인들과 천 명이 넘는 사파 무인들로 이루어져 있었다. 사파무인들이야 그렇다 쳐도 마인이 천오백이라는 건 상당한 수였다.

일반적으로 마인과 싸우다 보면 그들이 뿜어내는 마기 때문에 어느 정도 수준에 이른 고수가 아니라면 곤란함을 겪기 마련이다. 즉, 고수들이 나서서 싸워야 한다는 뜻이다.

아무리 화산파와 종남파가 구대문파에 속하는 강자라 하더라도, 그 정도로 많은 마인들을 상대하려면 극심한 피해를 감수해야 한다. 아니, 승리를 점치기도 어려웠다.

그래서 두 문파는 섬서에 있는 다른 중소 문파까지 끌어들이기 시작했다. 물론 움직임은 지극히 은밀했다.

금연방(金燕幇)은 섬서 삼원에 위치한 방파로, 경공과 보법이 특별한 곳이었다. 금연방의 방주 낙근청은 삼원의 물자 흐름을 조절할 정도로 이재에 밝아, 방주가 된 지 십여 년 만에 금연방을 삼원 최고의 방파로 키워냈다.

삼원에는 금연방 외에도 두 개의 문파가 더 있었는데, 그들은 금연방이 승승장구하는 동안 차츰 몰락해 영향력은 물론이고, 이름마저 잊힐 지경에 처해 있었다.

이런 상황이니 당연히 금연방에 화산파와 종남파의 손길이 미치지 않을 수 없었다. 금연방 또한 흑마성교가 서안에 자리를 잡은 것에 불안을 느꼈는지라 반색을 하며 그들의 손을 굳게 잡았다.

금연방의 방주 낙근청은 밤늦은 시간 침상에 누워 잠을 청하다가 문득 미약하게 들리는 파공성에 눈을 떴다. 낙근청의 무공 화후는 상당히 깊어 화산파나 종남파의 장로들에 버금갈 정도로 강했다.

낙근청은 침상에서 일어나 머리맡에 항상 두는 그의 도(刀)

를 쥐었다. 낙근청이 펼쳐 내는 광풍도(狂風刀)는 섬서일절이라 일컬어질 정도로 대단했다.

낙근청은 감각을 집중해 방금 파공성이 들려왔던 곳을 향해 천천히 나아갔다. 점차 파공성이 커졌고, 이내 수많은 기척이 느껴졌다. 낙근청의 표정이 딱딱하게 굳었다. 뭔가 심상치 않은 일이 벌어진 듯했다.

더 이상 머뭇거려선 안 된다는 걸 깨달은 낙근청은 서둘러 몸을 날렸다. 그리고 얼마 지나지 않아 바람 소리조차 거의 남기지 않고 담장을 넘어 들어오는 수많은 흑의인들을 보며 경악했다.

"웬 놈들이냐!"

낙근청은 내력을 가득 담아 외쳤다. 금연방이 쩌렁쩌렁 울렸다. 혹시 잠들었을지도 모르는 자들을 깨움과 동시에, 적을 맞아 싸울 준비를 하라는 뜻이었다.

커다란 외침을 들은 흑의인들이 일제히 낙근청을 향해 고개를 돌렸다. 더 이상 담을 넘는 자들은 없었지만, 얼핏 눈에 보이는 숫자만 해도 수십 명은 되는 듯했다. 보이지 않는 곳에 있는 수까지 다 합하면 백 명은 훌쩍 넘을 정도의 수였다.

하지만 고작 그 정도로 금연방을 어찌할 수는 없을 것이다. 금연방이 보유한 무사의 수는 천 명에 달한다. 그중 외부에 나가 있지 않은 무사의 수만 해도 오백이 훌쩍 넘는다. 고작 백여 명으로 상대할 수 있는 곳이 절대 아니었다.

낙근청은 침착하게 상황을 파악하려 애썼다. 섣불리 덤벼들 생각은 없었다. 적의 수는 많고 자신은 혼자다. 싸움은 금연방 무사들이 어느 정도 모인 후에 해도 늦지 않다. 적들이 기다려 주기만 한다면 말이다.

낙근청의 기대대로 흑의인들은 움직이지 않았다. 그리고 이내 금연방 무사들이 각자의 무기를 들고 우르르 몰려왔다. 그들은 금연방이라는 이름에 걸맞게 날렵하기 그지없었다.

"네놈들의 정체를 밝혀라! 감히 여기가 어딘 줄 알고 담을 넘은 것이냐!"

낙근청의 외침에도 흑의인들은 아무도 대꾸할 생각을 하지 않았다. 그들은 마치 인형처럼 가만히 서 있다가 갑자기 눈을 빛냈다.

복면을 쓰고 눈만 드러내 놓았는데, 그 눈에서 혈광이 쭉 뿜어져 나오는 모습은 기괴하기 이를 데 없었다. 모든 사람들이 그 모습에 흠칫 놀랐고, 그것을 신호로 흑의인들이 움직이기 시작했다.

흑의인들의 움직임은 정말로 놀라웠다. 금연방 무사들보다 훨씬 날래고 빠른 몸놀림으로 여기저기 번득이며 검을 휘둘러 댔다. 금연방 무사들은 수가 훨씬 많았음에도 금세 수세에 몰렸다.

낙근청이 그것을 그냥 두고 볼 리 없었다.

"이놈들!"

낙근청은 눈부신 속도로 흑의인들의 틈을 파고들었다. 그리고 그를 중심으로 광풍이 몰아쳤다.

쩌저저저저저정!

날카로운 도풍(刀風)이 사방을 휘저었다. 흑의인들의 옷이 도풍에 찢어져 미친 듯이 휘날렸다. 하지만 낙근청의 도풍은 흑의인들의 몸에 작은 상처 하나 남기지 못했다.

낙근청은 크게 놀랐지만 이를 악물고 다시 도를 휘둘렀다. 흑의인들의 거무튀튀한 몸이 왠지 심상치 않아 보였다. 낙근청의 도에서 도강(刀罡)이 쭉 솟아올랐다.

콰콰콰콰콰!

도강이 섞인 광풍이 몰아쳤다. 흑의인들의 팔다리가 사방으로 비산했다. 흑의인들은 몸이 잘려 나갔는데도 아랑곳하지 않고 낙근청에게 달려들었다. 낙근청은 경악했다. 흑의인들의 몸에서는 피조차 흘러나오지 않았다. 목이 잘린 자들만 간간이 바닥에 쓰러질 뿐, 나머지는 마치 멀쩡한 몸을 가진 것처럼 아무렇지도 않게 달려들었다.

"크아아압!"

낙근청의 단전에서 내력이 휘몰아쳤다. 그의 도에서 솟아난 도강이 더욱 길어졌다. 다시 광풍이 몰아쳤다. 수십의 흑의인이 쓰러졌지만, 결국 낙근청의 몸에 검 하나가 박혔다.

"커억!"

낙근청은 내력이 가닥가닥 끊어지는 걸 느끼며 비틀거렸

다. 검에 무슨 짓을 해놓았는지 제대로 몸을 가눌 수조차 없었다.

비틀거리는 낙근청의 눈에 담장 위에 오연히 서서 장내의 상황을 즐기듯 바라보는 사람들이 보였다. 낙근청은 그들의 얼굴을 확인하고는 눈을 크게 떴다.

"네, 네놈들이……."

그들은 금연방에 의해 몰락하다시피 무너져 가고 있는 두 방파, 쌍응보(雙鷹堡)와 천도원(千刀院)의 수장들이었다.

결국 낙근청은 그들을 원망과 독기가 가득한 눈으로 노려보며 숨을 거두었다.

"우리는 지옥에 갈 거요."

"지옥이 있다면 그렇겠지요. 하지만 난 그런 곳이 있다고는 믿지 않소. 지옥이 있다면 지금 살아가는 세상이 바로 그곳이오. 우리는 태어나면서부터 이미 지옥 한가운데 서 있는 거요."

두 사람은 한동안 말이 없었다. 그들의 눈에 무참히 죽어가는 금연방의 무사들이 보였다. 흑의인의 수는 고작 백에 불과했지만 그들이 보여주는 신위는 가공했다.

"그리고 보면 낙근청이 대단하긴 대단하군. 혼자서 무려 스물이 넘는 철강시를 처리했으니."

담장에 선 두 사람은 철강시라는 말을 속으로 되뇌며 더 이상 처음으로는 되돌아갈 수 없다는 사실을 다시 한 번 깨달았다. 철강시까지 사용한 자신들이 흑마성교의 휘하에서 벗어나면 결코 살아남을 수 없을 것이다. 쌍웅보도, 그리고 천도원도 말이다.

두 사람의 눈빛이 점점 깊어갔고, 피비린내 짙은 밤도 깊어갔다.

화산파와 종남파가 발칵 뒤집혔다. 그들은 밤사이 벌어진 일에 분노를 금치 못했다. 그들과 손잡은 중소 문파 중 다섯 곳이 완전히 몰살당한 것이다.

범인이 누군지는 너무나 뻔했다. 하지만 증거가 하나도 남아 있지 않았다. 겉으로 드러난 정황은 그들과 원한 관계에 있던 문파들의 습격이었다. 하지만 그건 불가능에 가까웠다.

지난밤에 몰살당한 문파들과 원한을 맺은 타 문파들의 경우, 거의 몰락 직전에 있었다. 그런 문파들이 아무리 많이 모여도 그들과 손잡은 문파 하나를 당해내지 못할 것이다.

그런데도 완전히 몰살당했다. 그것도 공격을 했다는 문파들은 조금도 피해를 입지 않고 말이다.

더 중요한 건, 그렇게 습격에 나섰던 문파들이 모두 흑마성교 아래로 들어가 버렸다는 점이었다.

일단 일이 그렇게 흐르자 몇몇 문파들이 눈치를 보기 시작했다. 차라리 흑마성교의 아래에 들어가는 것이 나을지도 모른다는 의견이 나오기 시작한 것이다.

화산파와 종남파는 당황했다. 그래서 서둘러 현재 손잡은 문파들을 결집시켰다. 일단 죽이 되든 밥이 되든 흑마성교와 한번 싸워야만 했다.

그리고 그것은 화산파나 종남파와 손잡은 문파들 역시 마찬가지였다. 그들은 다섯 개나 되는 문파가 하루아침에 몰살당하는 걸 보고는 자칫하면 그것이 자신들의 미래가 될 수 있다고 판단했다.

상황이 이렇게 되자, 섬서성 전체가 시끌시끌했다. 조금이라도 무림에 발을 들인 자들은 불안함에 떨어야 했다. 아니, 꼭 무림과 관계가 없다 하더라도 모든 사람이 불안에 떨었다. 흑마성교는 마인들의 집단이다. 마인들이 무림인이나 일반인을 가려서 죽이는 건 아니지 않은가.

자칫하면 섬서성 전체가 흑마성교의 손아귀에 들어갈 수도 있는 상황이 되자, 무림맹도 당황할 수밖에 없었다. 지금까지 소극적으로 대처하던 무림맹도 이번에는 그냥 손 놓고 있을 수가 없었다.

"그래, 이제 어떻게 하면 좋겠소?"

맹주의 말에 좌중이 쥐 죽은 듯 조용해졌다. 딱히 수가 없었다. 흑마성교가 섬서를 완전히 장악해 버리면 무림맹으로서도 상당히 곤란해진다. 특히 그곳에 있는 화산파와 종남파를 버릴 수는 없었다.

침묵을 깬 것은 화산파 출신의 장로였다.

"일단 그들은 마인이오. 마인들이 섬서까지 넘어왔다는 건 협약에도 어긋나는 일 아니겠소? 이번 기회에 제대로 징치하지 않으면 차후 비슷한 일이 또 발생할 수도 있소이다."

종남파 출신 장로도 그 말에 힘을 보탰다.

"그들이 섬서에서 자행한 혈겁은 그냥 넘어갈 수준이 아니오. 무려 다섯 개나 되는 문파를 완전히 몰살시켰소. 그들을 그냥 둔다면 무림맹의 존재 의의가 사라지는 것 아니겠소?"

일리가 있는 말이었다. 장로들이 저마다 미미하게 고개를 끄덕였다. 맹주인 혁무길도 마찬가지였다. 고개를 끄덕이지 않는 사람은 군사인 사마자문밖에 없었다.

"하지만 그들은 섬서의 천망단은 조금도 건드리지 않았습니다. 그리고 화산파와 종남파의 지부나, 그 두 문파와 관계된 사업체에도 일절 손을 대지 않았습니다. 속가제자들이 일으킨 방파도 마찬가지입니다. 게다가 그들이 마인이긴 하지만 우리가 협약을 맺은 대상은 천마신교이지, 흑마성교가 아닙니다."

"그건 그저 눈속임일 뿐이오! 세상에 천마신교가 아니라면 어느 누가 그런 거대한 방파를 단숨에 만들 수 있겠소!"

사마자문이 고개를 저었다.

"천마신교는 지금까지 수백 년 동안이나 약속을 지켜왔습니다. 한데 확인해 보지도 않고 그들의 신의를 의심할 수는 없습니다."

그것도 틀린 말은 아니었지만 장로들은 그 말이 마음에 들지 않았다. 천마신교는 마교다. 마교에 무슨 신의 따위가 있단 말인가.

다시 장로들 몇이 사마자문의 의견에 반대를 표했고, 사마자문이 그것을 반박했다. 그렇게 몇 번 의견이 오가며 언성이 점점 높아졌다. 그리고 그 순간, 맹주인 혁무길이 나서서 대화를 끊었다.

"그만!"

내력이 깃든 나직한 목소리에 다시 좌중이 조용해졌다. 모두의 시선이 맹주에게로 향했다.

"논쟁은 나중에 하고, 지금은 당면한 문제부터 해결합시다. 일단 조금 더 두고 보면서 준비를 하는 게 좋겠소."

"맹주님! 더 이상 두고 보시면 안 됩니다! 그들은……!"

혁무길은 손을 들어서 장로의 말을 막았다.

"문파가 몰락한 것은 맞지만 그들이라는 증거는 아직 없소. 그리고 어떻게 싸웠는지도 확실치 않소. 일단 사실 파악이 필요하오. 그리고 그들이 일반인을 건드렸는지, 어떤 패악을 저질렀는지도 알아내야 하오."

"그거야 너무 당연한……."

혁무길은 다시 손을 들어 그 말을 막았다.

"당연하지만 반드시 필요한 절차요. 그들은 마인이오. 당연히 나쁜 짓을 저지르겠지. 하지만 정말로 그런지 아무도 확인하지 않았소. 일단 확인이 먼저요. 그리고 확인이 되는 즉시 일을 처리할 수 있도록 청룡단과 백호단을 준비하시오."

맹주의 말에 그제야 장로들의 안색이 조금 가라앉았다. 청룡단과 백호단을 준비시킨다는 건 흑마성교와 싸우겠다는 뜻이었다. 일단은 그것만으로 충분했다.

"주작단을 총동원해 그들에 대해 낱낱이 조사하도록 하시오."

장로들은 심각한 얼굴로 고개를 끄덕였다. 그동안의 긴 평화가 끝이 났다. 앞으로는 마인들과 다시 전쟁을 치러야 한다. 흑마성교와 싸우는 동안 혹시 있을지 모르는, 아니, 거의 있을 거라 확신하는 천마신교의 도발까지 막아야 한다.

장로들이 모두 돌아가자 집무실에는 사마자문만이 남았다. 혁무길은 사마자문을 바라보며 걱정스런 표정을 지었다.

"천마신교의 힘을 다들 너무 경시하는 것 같아 걱정일세."

"저도 걱정입니다. 천마신교는 수백 년 동안이나 힘을 축적했습니다. 그것이 한 번에 터져 나오면 천하가 피에 잠길 것입니다. 우리도 힘을 키워왔지만, 아무래도 천마신교에는 비할 수 없을 것입니다."

"그래도 우리에게는 저력이 있네. 정협(正俠)을 받드는 수많은 은거기인들도 있고."

"그렇습니다. 만일 진짜 전쟁을 한다면 쉽게 밀리지는 않을 것입니다. 아니, 결국에는 승리를 쟁취하겠지요. 하지만 그들이 절묘한 시기를 틈타 쳐들어올까 봐 걱정이 됩니다."

혁무길이 무거운 표정으로 고개를 끄덕였다.

"나도 그것이 걱정일세."

혁무길은 잠시 그렇게 침묵을 지키다가 문득 입을 열었다.

"지난번에 말했던 우내사존과 흑월검마는 어떻게 되었나?"

"일단 사람을 보냈습니다만, 시간이 좀 걸릴 것 같습니다. 그런 자들을 설득하는 것이 쉬운 일은 아니니까요."

"후우, 잘되었으면 좋겠군."

혁무길의 근심 어린 한숨에 사마자문은 딸의 모습을 떠올렸다. 이번에 흑월검마를 설득하러 간 것이 바로 그의 딸인 사마자혜였다.

그동안 사마자혜는 임무를 충실히 수행해 왔다. 비조각의 일은 말할 것도 없고, 그 외에 다른 자잘한 임무들도 계속해서 수행하며 무림맹 내에서 입지를 공고히 다졌다.

'이번에도 부탁한다.'

사마자문은 속으로 간절히 빌었다.


사마자혜는 들뜬 마음으로 미고현에 들어섰다. 벌써 몇 번째 오는지 모를 정도로 자주 왔지만, 올 때마다 가슴이 설레

인다.

"또 변했네. 정말 여기가 천하에서 제일 변화가 극심한 곳이로구나."

사마자혜는 그렇게 중얼거리며 미고현 안으로 깊이 들어갔다. 그녀가 향하는 곳은 천망단의 장원이었다.

"훗, 이번에는 완벽하게 준비를 했지."

사마자혜는 신분패와 무림맹에서 발급받은 명령서를 확인했다. 게다가 공문까지 미리 보냈다. 그동안 하도 당하다 보니까 저절로 하게 된 일이었다.

어느새 그녀는 천망단의 장원에 도착했다. 그리고 다시 한 번 놀라야 했다.

"뭐지, 이 엄청난 장원은?"

규모가 큰 것은 아니었지만, 겉으로 보이는 모습은 정말로 대단하다는 말로밖에 표현할 수가 없었다. 그녀는 조심스럽게 문을 밀었다. 기름칠을 한 듯 소리도 없이 문이 열렸다. 열린 문 안으로 드러난 광경은 더욱 놀라웠다.

"이건 굉장한 부호의 장원에 온 것 같잖아."

사마자혜는 조심스럽게 안으로 들어섰다.

예전에 왔을 때와 완전히 달라져서 어디로 가야 할지 알 수가 없었다. 일단 천망칠십오대의 대주인 단유강을 만나야 하기에 그를 찾아 무작정 걸음을 옮겼다.

그렇게 얼마 걷지 않아 장원 한가운데 있는 공터에 도착했고, 그곳에서 가장 가까운 전각으로 향했다. 그녀가 전각 앞에 도착했을 때, 전각 안에서 소리가 들려왔다.

"들어와."

사마자혜는 반색을 했다. 단유강의 목소리였기 때문이다. 그녀는 서둘러 문을 열고 안으로 들어섰다. 방 안의 풍경은 바깥과는 달리 예전과 별로 달라지지 않았다. 단유강은 여전한 자세로 침상에 누워 발을 까딱이고 있었으며, 표정은 나른하기 그지없었다.

"여기엔 웬일이야? 설마 아직도 백철이를 노리고 있는 거야?"

사마자혜의 얼굴이 살짝 붉어졌다.

"그, 그런 거 아니거든요!"

"아닌데 얼굴은 왜 빨개져? 설마 음흉한 마음을 먹고 있는 건 아니겠지?"

"무, 무, 무슨 말도 안 되는 말씀이세요!"

사마자혜가 당황하는 모습을 짓궂게 바라보던 단유강이 다시 물었다.

"그나저나 정말로 왜 왔어? 흑마성교 때문에?"

사마자혜의 얼굴이 딱딱하게 굳었다.

'정말로 이 사람은 마음을 꿰뚫는 재주가 있어.'

"맞군. 그럼 볼일은 나나 백철이가 아니라 문노한테 있었군."

사마자혜는 문노가 흑월검마라는 사실을 알고 있기에 고개를 끄덕였다.

"맞아요. 그분의 힘을 빌리고 싶어요."

단유강은 침상에서 몸을 일으켰다. 사마자혜는 갑자기 단유강이 몸을 움직이자 움찔 놀라 뒤로 물러났다.

"좋아, 그렇게 하지."

"예?"

사마자혜는 깜짝 놀라 반문했다. 설마 이렇게 간단히 허락을 받을 수 있을 줄은 몰랐다.

"대신 조건이 있어."

"조, 조건이라고요? 무, 무슨 조건이죠? 제가 할 수 있는 거라면……."

단유강이 피식 웃었다. 사마자혜의 얄팍한 생각이 눈에 훤히 보였기 때문이다. 조건의 대상을 자신으로 한정하려 애쓰는 모습이 왠지 안쓰러우면서도 한편으로는 대견해 보였다.

"당연히 네가 할 수 있는 거지. 너도 천망단에 들어와."

"예, 그거야……. 뭐, 에? 에에에?"

사마자혜는 놀라다 못해 경악했다. 그녀는 자신도 모르게 뒤로 한 발 물러나 화등잔만 해진 눈으로 단유강을 바라봤다.

단유강은 그런 사마자혜의 눈길을 내심 기분 좋게 즐기며 말을 이었다.

"백철이가 좀 불쌍해 보여서 말이야. 옆에서 힘이 되어줄 사람이 좀 필요하거든. 뭐, 싫으면 관두고. 요즘 눈에 띄는 여자도 하나 있긴 하니까. 난 너한테 먼저 기회를 주는 것뿐이야."

단유강의 말에 사마자혜는 잠시 정신을 추슬렀다. 그리고 단유강이 한 말이 무엇을 의미하는지 깨닫고 입술을 지그시 깨물었다. 그리고 결연하게 외쳤다.

"좋아요! 하겠어요!"

단유강이 씨익 웃었다. 누가 봐도 장난기 가득한 악동의 웃음이었다. 사마자혜는 그 웃음을 보자마자 가슴이 철렁 내려앉았다. 하지만 이미 엎질러진 물, 꺼낸 말을 돌이킬 순 없었다.

"탁월한 선택이야."

단유강은 그렇게 말하며 사마자혜의 손을 잡고 몇 번 흔들었다. 사마자혜는 혼란스런 눈으로 단유강을 바라보다가 이내 방에서 나갔다. 꼭 뭔가에 홀린 기분이었다.

밖으로 나간 그녀는 잠시 멍하게 서 있다가 이내 입가에 미소를 그렸다. 상황이 어떻게 흘러갔든 간에 임무를 완수했다. 그리고 앞으로 오랫동안 이곳에 있을 수 있는 핑계까지 얻어 냈다. 어찌 생각하면 이보다 더 좋을 수 없었다.

사마자혜는 환하게 미소 지으며 연백철을 찾아 장원 안을 이리저리 헤매고 돌아다녔다.

사마자혜가 나간 방에 누군가가 뚝 떨어져 내렸다. 문노였다.
 "공자님, 제 의견은 들어보지도 않고 그렇게 함부로 일을 결정하십니까."
 "문노가 하기 싫으면 내가 하지, 뭐. 문노는 여기서 편히 쉬어도 돼. 하긴, 나이도 있으니 이제 이런 험한 일을 하기에는 좀 무리인가?"
 "허허허, 왜 그러십니까, 공자님. 저 아직 안 늙었습니다. 나이도 이제 고작 백오십하고도……. 에에, 하여간 그것밖에 안 됐습니다. 이렇게 창창한 사람에게 늙었다니요."
 "그럼 안 늙었다고 해주지. 난 왠지 문노가 하기 싫다는 것 같아서 말이야."
 "그럴 리가 있겠습니까. 요즘 그렇지 않아도 몸이 근질근질해서 한번 화끈하게 풀고 싶었습니다."
 아닌 게 아니라 정말로 그랬다. 최근 문노는 우문혜가 남긴 마지막 말 때문에 한동안 맘고생을 해서 쌓인 게 많았다. 사실 단유강이 문노에게 일을 권한 것도 그 때문이었다. 이번 기회에 맘껏 풀어보라고 말이다.
 "한데 굳이 이번 일을 맡으신 게 설마 백철이 때문은 아니겠지요?"
 "뭐, 겸사겸사."
 문노의 눈이 날카롭게 빛났다.

"그쪽에서 철강시가 돌아다닌 모양이야."

"또 강시로군요. 확실히 미친놈들이 뒤에 있는 게 분명합니다."

"일단 강시들부터 박살을 내고 흑마성교를 서서히 말려 버려야 뒤에 있는 놈들이 조금이라도 동요를 할 것 같아. 참, 왜 그놈들을 찾아야 하는지는 알아?"

"예?"

문노는 뜬금없는 단유강의 말에 의아한 눈으로 바라봤다.

"황산에 갔더니 암혈이 뚫렸더라고. 거기서 독각철괴하고 괴목을 봤어."

문노의 눈이 화등잔만 해졌다.

"그, 그러고 보니 그 생각을 아예 못했군요."

"뭐, 나야 경험이 없으니 그렇다 치고, 문노까지 그런 걸 잊으면 어떻게 해?"

"그, 그러게 말입니다. 어허허허허."

문노는 어색하게 웃으며 고개를 슬며시 옆으로 돌렸다. 문노는 예전에도 한 번 도망친 전력이 있었다. 그때 생겼던 암혈은 나중에 문노의 사부가 와서 막았다. 만일 안 그랬으면 상당한 문제가 생겼을 것이다.

"그래도 그때 제 덕분에 천망단에도 그럴듯한 검법이 생기지 않았습니까."

"쯧쯧, 아무튼 아직 하나 남았으니까 그렇게 알고 있어."

"그럼 흑마성교의 뒤에 도사린 놈들이 혹시······."

단유강이 고개를 끄덕였다.

"그놈들이 암혈을 틀어쥐고 그걸 이용하려는 모양이야."

"허허허, 그거 정말 제대로 미친놈들이로군요."

"미쳤지. 그래서 위험해. 미친놈들은 어디로 어떻게 튈지 예측이 힘들거든. 나중에 다 죽자고 괴물들을 우르르 풀어버릴 수도 있고 말이야."

그 말에 문노가 몸을 부르르 떨었다. 그렇게 되었을 때 어떤 일이 벌어질지를 떠올리기만 해도 치가 떨렸다. 독각철괴나 괴목 같은 괴물만 나와도 큰 문제가 될 것이다. 하지만 그보다 더한 괴물들이 나오면 그때는 정말로 세상 자체가 무너질 수도 있었다. 물론 단유강과 자신이 그냥 두고 보지는 않겠지만 말이다.

"제가 어떻게 하면 좋겠습니까?"

"일단 철강시를 부숴야지. 너무 압도적이면 곤란해. 적당히 부수고 적당히 당해줘. 가끔 수가 너무 많으면 도망가기도 하고 말이야."

문노가 씨익 웃었다.

"그냥 들쑤시기만 하면 되는군요."

"맞아. 가끔 피 냄새가 너무 짙은 마인이 보이면 살려두지 말고."

"그런데 제가 나서면 그놈들이 단가상단을 건드리지 않겠습니까? 지금 단가상단 뒤에 제가 있다는 소문이 너무 파다해서……."

"뭐가 걱정이야. 상단 지킬 사람이 얼마나 많은데. 백철이랑 쌍칼이랑 철판 됐다가 뭐 해? 그런 데나 써먹어야지."

"뭐, 그 아이들이라면 별문제 없긴 합니다만……."

그래도 그들은 천망단이다. 무림맹의 공식적인 명령을 듣는 무사들이었다. 그들이 별로 하는 일 없어 보이는 건 유능하기 때문이다. 또한 월영단이 있기 때문이다. 무림맹이 천망단에 꾸준히 원하는 건 정보였다. 그런 건 백설영 선에서 알아서 처리하고 있으니 신경을 쓸 필요가 없었다.

하지만 만일 무림맹에서 공적으로 천망단을 움직이면 그들이 반드시 있어야 한다. 예를 들어 천면색귀 포획 작전 같은 것 말이다.

"훗, 무림맹에서 우리한테 그런 걸 시킬 것 같아? 흑월검마를 움직였는데?"

문노가 쓴웃음을 지으며 고개를 끄덕였다.

"하긴 그렇겠군요. 다들 천망칠십오대를 제 부하들처럼 여기니……."

"그러니까 여긴 걱정하지 말고 가서 철강시나 적당히 처리하고 와. 혹시 혈강시가 보이면 그건 반드시 부숴야 돼."

문노가 눈을 빛냈다.

"설마 혈강시가 있겠습니까?"

"혹시 있으면 말이야, 혹시."

"공자님께서 뭔가 알고 계시는 게 있는 겁니까?"

"알긴 뭘 알아. 그냥 혹시나 해서 하는 말이지. 철강시가 나왔으니 혈강시가 안 나온다는 보장 있어?"

"하지만 혈강시는……. 지금까지 혈강시를 쓰는 자들은 딱 두 가지밖에 없었습니다. 한 가지나 다름없긴 합니다만."

"그 한 가지일 확률이 좀 있어서 그래. 일단 그렇게 알아만 두라고. 그런데 혈강시 나타나면 부술 수는 있는 거야?"

문노가 정색을 하며 눈을 부릅떴다.

"그 무슨 섭섭한 말씀이십니까! 저 문노입니다, 문노! 그 무시무시한 곳에서 문을 지키는 문노입니다! 세간에 도는 소문으로 우내사존이 아니라 우내오존이 되어야 하고, 그 안에 포함되어야 한다는 흑월검마, 문노입니다!"

"그래그래, 알았어. 고작 그런 걸로 난리를 피우긴."

"어허허, 이렇게 억울할 데가."

"알았다니까. 혈강시가 떼거리로 나오면 아무래도 기력이 좀 모자랄까 봐 걱정이 돼서 그래. 약이라도 하나 지어줄까 했는데, 뭐, 보아하니 필요 없는 것 같네."

"어이쿠, 허리가! 나이를 먹으니 기력이 딸리네. 에구구."

문노가 몸을 구부정하게 숙이며 손으로 허리를 툭툭, 쳤다. 그의 얼굴에 순식간에 주름살이 천 개는 늘어난 것 같은 착각이 일었다.

단유강은 그 모습을 보며 피식 웃었다. 그리고 품에서 작은 목곽 하나를 꺼내 문노에게 던졌다.

문노는 화색이 도는 얼굴로 그것을 잡았다. 그리고 아주 조심스러운 손길로 목곽을 품에 넣었다. 나중에 조용한 곳에서 복용할 생각이었다. 목곽에 넣은 걸 보면 그동안 먹었던 것들과는 차원이 다를 듯했다.

"그거 만드느라 아주 힘들었어. 알고나 먹어."

"어허허허! 여부가 있겠습니까. 허허허, 이번 일은 저만 믿고 걱정 꽉 붙들어 매십시오. 허허허허."

문노는 그렇게 허허로운 웃음만 남기고 문밖으로 사라졌다.

단유강은 그런 문노를 바라보며 아주 따뜻한 미소를 지었다. 몇 달이나 준비해서 만든 약이었지만 전혀 아깝지 않았다.

第十章
작은 전쟁

사마자혜는 연무장 입구에 서서 연백철을 하염없이 바라봤다. 연백철은 사마자혜가 왔다는 사실도 모른 채 끊임없이 검을 휘둘렀다.

 시간이 계속 흐르고 사위에 어둠이 내려앉기 시작했다. 연백철은 문득 사방이 어두워지고 있다는 걸 깨닫고 검을 멈췄다. 오늘은 밥도 거르고 검만 휘둘렀다. 하지만 얻은 건 아무것도 없었다.

 "후우……."

 연백철은 한숨과 함께 고개를 절레절레 저었다. 연백철 근처에서 검을 휘두르던 하후량, 하후령 형제도 연백철과 똑같은 심정으로 한숨을 내쉬었다.

"오늘은 그만할까……."

연백철은 문득 자신감이 사라졌다. 아무리 해봐도 그 한 번의 검격을 절대 흉내 낼 수 없을지도 모른다고 생각하니 갑자기 두려움이 밀려왔다.

몸을 돌려 막 걸음을 옮기려던 연백철은 눈앞의 광경에 그대로 멈췄다. 그의 눈앞에는 여인 한 명이 그림같이 서 있었다.

"사마 소저……."

사마자혜는 환하게 웃었다.

"이제야 절 봐주시는군요."

"어, 언제부터 있었습니까?"

연백철이 당황하며 말을 더듬자 사마자혜가 더욱 환하게 웃으며 고개를 저었다.

"그게 뭐가 중요하겠어요. 그보다 오랜만이네요. 그렇죠?"

연백철이 정신없이 고개를 끄덕였다. 사마자혜 앞에만 서면 머리가 하얗게 비는 것 같은 느낌이었다. 아무런 생각도 나지 않았다.

"정말 수련을 열심히 하시네요. 하긴, 그러니까 이렇게 강하겠죠?"

사마자혜는 그렇게 말하고는 연백철을 바라봤다. 연백철은 이러지도 저러지도 못하는 표정을 짓고 있었다. 사마자혜는 그런 연백철의 모습이 왠지 귀여워 살며시 웃었다.

"왜 얼굴이 그러세요? 혹시 제가 여기서 기다린 것 때문에 기분이 안 좋으신 건가요?"

연백철이 화들짝 놀라며 맹렬히 고개를 저었다.

"그, 그, 그럴 리가 없지 않습니까!"

사마자혜가 미소 띤 얼굴로 물었다.

"그럼 왜 그러세요?"

연백철은 심호흡을 했다. 이대로 사마자혜에게 끌려 다니다가는 심장이 터져 버릴 것 같았다. 몇 번 심호흡을 해서 마음을 조금 가라앉힌 연백철은 사마자혜를 똑바로 바라봤다.

사마자혜는 연백철의 눈길에 살짝 놀랐다. 그가 이렇게 정면으로 한참 동안 바라본 적은 처음이었다.

"이, 일단 나, 나가실까요?"

연백철의 말에 사마자혜가 입을 가리고는 웃음을 터뜨렸다.

"푸훗, 알았어요. 그렇게 해요, 우리."

사마자혜가 뒤돌아 연무장에서 나가자, 연백철은 안도의 한숨과 함께 그 뒤를 따랐다. 하지만 연무장에서 나가자마자 심장이 멎을 뻔했다. 사마자혜가 연백철의 팔을 살며시 끌어안았기 때문이다.

연백철은 뻣뻣하게 굳은 몸으로 삐걱거리는 목을 억지로 움직여 사마자혜를 바라봤다. 하지만 사마자혜는 전혀 아무렇지도 않은 표정으로 걸음을 옮겼다.
"자, 우리 빨리 가요. 단가객잔으로 가실 거죠?"
연백철은 자신이 고개를 끄덕였는지 아닌지도 기억하지 못했다. 그저 사마자혜의 팔에 질질 끌려가는 듯한 기분만 들었다. 그렇게 해롱거리다가 간신히 정신을 차렸을 때는 이미 단가객잔 이 층 탁자에 앉아 있었다. 식탁에는 먹음직스런 요리가 가득했고, 술까지 놓여 있었다.
'어라?'
연백철은 화들짝 놀랐다. 어느새 자신이 술을 들이켜고 있었다.
"쿨럭!"
술을 마시다가 갑자기 정신이 들어 사례에 걸린 연백철은 몇 번이나 고통스럽게 기침을 했다.
사마자혜는 그 모습에 걱정스런 표정을 지었다.
"괜찮으세요?"
연백철은 기침을 하면서도 정신없이 고개를 끄덕였다.
"쿨럭! 쿨럭!"
한참 동안 기침을 한 연백철은 간신히 정신을 차렸다. 내공을 이용해 폐를 안정시키고 불순물을 닦아내면 훨씬 빨리 기침을 멈출 수도 있었지만, 그런 건 아예 떠오르지도 않았다.
기침이 멎은 연백철은 탁자 위에 쌓여 있는 술병을 확인했다. 일곱 병이나 나란히 서 있었다. 보아하니 그걸 모두 마신 모양이었다.

"어라?"

연백철은 갑자기 머리가 핑 돌았다. 술을 너무 많이 마신 모양이었다. 언제 마셨는지도 모르게 마신 술이니 더 황당했다. 고개를 들어 사마자혜를 바라보니 그녀 역시 술을 꽤 마신 듯 얼굴이 발그레했다.

"너무 많이 마신 듯하군요. 이제 슬슬 일어나셔야 할 듯합니다."

연백철의 말에 사마자혜가 아쉬운 표정을 지었다. 하긴 오늘만 날이 아니다. 사실 앞으로 천망단에 들어오면 계속 함께 있을 테니 시간은 얼마든지 있었다. 급하게 서두를 필요가 없었다.

"알았어요. 그럼 그렇게 하죠."

사마자혜가 수긍하자, 연백철이 자리에서 일어났다.

"제가 모셔다 드리겠습니다."

어느새 술기운은 싹 날아가 버렸다. 내공을 이용하지도 않았지만 일어나 사마자혜 옆으로 다가가니 긴장이 되어 술에 취했는지 아닌지도 분간이 가지 않았다.

사마자혜는 그런 연백철을 바라보며 빙긋 웃었다.

"그럼 부탁할게요."

사마자혜가 일어나 연백철의 팔을 휘감았다. 연백철의 정신이 또 어디론가 날아가 버렸다.

단유강은 아침 일찍 방을 나섰다. 오늘은 미고현을 쭉 둘러볼 생각이었다. 그동안 얼마나 변했는지, 또 아는 사람들은 잘살고 있는지 살펴볼 계획이었다.

"그러고 보니 세연이는 잘 있으려나 모르겠네."

관세연의 귀엽고 깜찍한 모습을 떠올린 단유강은 빙긋 웃었다. 떠올리기만 해도 즐겁고 절로 웃음이 났다. 이곳 미고현에 자리를 잡은 것도 다 관세연 때문 아닌가.

"응?"

단유강은 문득 느껴지는 기척에 고개를 돌렸다. 멀찍이 떨어진 전각에서 두 사람이 막 나오는 모습이 보였다. 그들은 연백철과 사마자혜였다. 단유강의 입가에 묘한 미소가 맴돌았다.

"어이! 거기!"

단유강의 외침에 연백철과 사마자혜가 경기를 일으킨 게 아닌지 착각할 정도로 화들짝 놀랐다. 그들이 놀라는 순간 단유강의 신형은 이미 그들 앞에 서 있었다.

"대, 대주님. 이, 이, 일찍 일어나셨네요. 헤헤."

연백철이 어떻게든 자리를 피해보려고 어설픈 웃음을 흘리며 슬그머니 걸음을 옮기려 했다. 하지만 단유강이 그것을 호락호락 넘길 리 없었다.

"왜 두 사람이 여기서 나오는 거지?"

사마자혜의 얼굴이 새빨갛게 물들었다. 연백철은 마치 동상이 된 듯 걸어가려는 자세 그대로 굳어버렸다.
 "호오, 이거 수상한데? 뭔가가 있어."
 단유강이 턱을 쓰다듬으며 그렇게 말하자, 연백철이 크게 당황했다.
 "무, 무, 무, 무슨 말씀이십니까! 수상하다니! 전 그런 거 한 적 없습니다!"
 "그런 거? 그런 게 뭔데?"
 "헉!"
 연백철이 화들짝 놀랐다. 하지만 이내 맹렬히 고개를 저었다.
 "그, 그런 거 전 모릅니다!"
 단유강이 씨익 웃으며 연백철과 사마자혜를 번갈아 쳐다봤다.
 "그거 알아? 설영이랑 철판이 꼭 너같이 반응한다는 거."
 연백철이 깜짝 놀라며 뒤로 훌쩍 물러났다. 연백철은 더 이상 단유강에게 당하기 싫어 물러난 거였지만, 단유강의 관심은 이미 연백철을 떠났다. 단유강은 얼굴을 붉히고 있는 사마자혜를 바라봤다.
 "이러라고 만들어준 자리가 아닐 텐데?"
 "무, 무, 무슨! 전 그런 거 한 적 없어요!"
 사마자혜 역시 연백철과 똑같은 말을 했다. 그녀 역시 정신을 못 차렸다. 머릿속이 뒤죽박죽이 되어 무슨 말을 어떻게 해야 할지도 판단하지 못했다.

단유강은 그런 두 사람을 의미심장한 눈으로 바라보고는 씨익 웃었다.

"아무튼 축하해."

"뭐, 뭘요?"

"뭘 축하한다는 겁니까!"

단유강의 입가에 맺힌 짓궂은 미소가 더욱 짙어졌다.

"딱지 뗀 거."

단유강은 그 말을 남기고 뒤돌아 휑하니 사라져 버렸다. 여전히 전각 앞에 남은 두 사람의 얼굴은 더 붉어질 수 없을 정도로 새빨갛게 달아올랐다.

두 사람이 슬며시 손을 잡았다.

"하하, 좋을 때로구나."

단유강은 그렇게 중얼거리며 미고현 거리를 걸었다. 상당히 이른 아침이었는데도 왕래하는 사람이 꽤 많았다. 문을 연 지 꽤 지난 점포도 많았고, 지금 막 문을 여는 곳도 있었다. 아침의 거리는 활기로 넘쳐 났다.

미고현은 처음 단유강이 왔을 때보다 엄청나게 넓어지고 발전했다. 예전에는 객잔도 하나밖에 없었는데, 이제는 몇 개인지 세기가 버거울 정도였다. 천하전장이 들어올 정도가 되었으니 정말로 대단한 발전을 한 것이다.

단유강은 미고현을 꼼꼼히 모두 돌아봤다. 상당한 시간이 걸렸지만 의미는 있었다. 지난 오 년간의 세월이 이곳에 고스란히 녹아 있었다.

"그래도 최근에는 너무 많은 일이 있었어. 아니, 지난 오 년간이 너무 조용했던 건가?"

단유강은 그렇게 중얼거리며 마지막 목적지로 향했다.

"대주님!"

단유강을 보자마자 달려드는 관세연의 모습에 단유강은 빙긋 웃었다. 관세연은 여전히 귀여웠다. 관세연을 훌쩍 안은 단유강은 일단 집 안으로 들어갔다.

관세연의 집에는 하후아영과 관예지가 있었다. 관소혁은 새벽같이 나가서 집에는 없었다.

"잘들 있었어?"

단유강이 웃으며 인사하자, 관예지와 하후아영이 황급히 일어나 공손히 허리를 숙였다.

"대주님, 어서 오세요."

단유강은 마당에 있는 평상에 걸터앉으며 관예지를 바라봤다.

"아침, 아직 안 먹었지?"

관예지가 활짝 웃으며 고개를 끄덕였다.

"예. 얼른 준비할게요."

관예지가 부엌으로 후다닥 들어가자, 하후아영이 조금 부러운 표정으로 그녀를 바라봤다. 하후아영도 관예지처럼 단유강에게 뭔가를 대접해 주고 싶었다. 하지만 그녀는 할 줄 아는 게 아무것도 없었다.

단유강은 품에 안긴 관세연의 머리를 쓰다듬으며 하후아영을 바라봤다. 하후아영은 차마 단유강과 눈을 마주치지 못하고 살짝 고개를 돌려 단유강의 눈길을 피했다.

"몸은 좀 괜찮아?"

하후아영이 고개를 끄덕였다.

"예, 주신 약은 모두 먹었어요. 덕분에 이제는 몸이 너무나 개운해 무슨 일이든 할 수 있을 것 같아요."

단유강이 빙긋 웃으며 고개를 끄덕였다.

"잘됐구나. 그럼 이제 너도 네가 하고 싶은 일을 찾아야지."

하후아영의 눈이 반짝였다. 요즘 그녀가 매일 하는 일이 바로 그거였다. 그녀는 하루 종일 앞으로 무엇을 할 것인가에 대해 고민했다. 그리고 최근 몇 가지 결론을 얻었다.

"저도 무공을 배우고 싶어요."

"이미 배우고 있잖아."

하후아영이 눈을 동그랗게 떴다. 자신이 무공을 배운 기억은 전혀 없었다. 하지만 이내 알았다는 듯 고개를 끄덕였다.

단유강에게 배운 호흡법이 떠오른 것이다.

"그런 거 말고요. 직접 몸을 움직여서 하는 무공을 배우고 싶어요."

단유강은 고개를 끄덕였다. 하후아영의 심정을 충분히 이해했다. 그리고 별로 어려운 일도 아니었다. 담교영을 붙여두면 된다. 하후아영에게 무공을 가르치다 보면 담교영도 얻는 것이 꽤 많을 것이다.

"그동안 너무 누워만 있어서 그런지 몸을 움직이는 것에 대한 동경이 있어요. 저도 오라버니들처럼 날렵하게 움직일 수 있었으면 좋겠어요."

"그렇게 될 거다. 아니, 넌 더 날렵해질 거야."

하후아영이 웃으며 단유강의 눈치를 살짝 살폈다.

"그리고……."

"또 있어?"

"예. 저도 돈을 벌고 싶어요."

"돈? 그거야 네 오빠들이……."

하후아영이 고개를 저었다.

"아뇨. 단가상단에서 일하고 싶어요."

하후아영의 빛나는 눈을 보고 있으니 그녀가 무엇을 원하는지 알 수 있었다. 그녀는 단유강에게 도움이 되고 싶은 것이다. 단유강으로서도 나쁠 게 없었다. 하후하영은 상당히 똑똑한 여인이다. 아마 상인의 일도 굉장히 빨리 배울 것이다.

물론 무공도 마찬가지였다.

"설영이가 좋아하겠는걸? 좋아, 오늘 당장 시작하자. 설영이가 적당한 일거리를 줄 거야."

하후아영이 고개를 꾸벅 숙였다.

"감사합니다, 정말로 감사해요."

단유강이 씨익 웃었다.

"감사하긴. 내가 더 감사하지. 아마 앞으로 고생 좀 할 거야. 단가상단이 생각보다 일이 많거든."

하후아영이 환하게 웃었다.

"이미 각오하고 있어요. 아아, 너무 기대돼요."

단유강은 하후아영이 좋아하는 모습을 보고 있으니 덩달아 기분이 좋아졌다.

잠시 후, 관예지가 상을 차렸다. 탁자 위에 한껏 솜씨를 부린 요리가 가득 차려졌고, 단유강을 비롯한 모두가 함께 앉아 그것을 맛있게 먹었다.

식사하는 내내 웃음꽃이 피어났다.

섬서는 일촉즉발의 상황이었다. 무림맹에서 청룡단과 백호단이 준비 중이라는 소식을 듣긴 했지만, 언제 움직일지는 아무도 알 수 없었기에 화산파와 종남파는 알아서 흑마성교를 상대할 수밖에 없었다.

섬서의 중소 문파들 중 화산파나 종남파와 손을 잡은 곳들은 함께 흑마성교와 싸울 준비를 했다. 하지만 거기에는 큰 문제가 있었다.

흑마성교는 하나였고, 그들은 여럿이라는 게 가장 큰 문제였다. 중소 문파들은 각자의 문파를 지키고 싶어했고, 그렇게 지키기엔 문파의 수가 너무 많았다.

힘을 하나로 모아도 문파 자체가 날아가 버리면 아무런 의미가 없는 일이었다. 그들이 힘을 모은 이유는 문파를 지키기 위함이었다.

그 와중에 세 개의 문파가 또 몰살당했다. 흑마성교는 이번에도 교묘하게 흔적을 조작했다. 결국 화산파와 종남파가 나설 수밖에 없었다.

흑마성교는 화산파나 종남파를 직접적으로 건드리지 않고 있었지만, 일단 화산파와 종남파가 먼저 공격을 시작하면 앞으로는 그것을 기대하지 못할 것이다. 그때부터 무림맹과 흑마성교의 싸움이 아니라, 그저 두 문파와 흑마성교의 싸움이 된다.

그런 식으로 섬서 전체가 일촉즉발의 상황에 돌입했다.


표자흠은 기분 좋은 얼굴로 술잔을 기울였다. 짜릿한 느낌이 목을 타고 넘어갔다. 온몸이 화끈거릴 정도로 독했지만, 향도 일품인 술이었다.

"크으, 좋군."

정말로 오랜만에 갖는 술자리였다. 그동안은 마시고 싶어도 꾹 참아왔다. 하지만 이제 더 이상 참을 필요가 없었다.

"군사도 한잔하지. 그동안 수고 많았어."

"별말씀을. 모두 교주님 덕분입니다."

유염천은 그렇게 겸양의 말을 꺼내며 술잔을 내밀었다. 표자흠은 유염천의 잔에 가득 술을 따라 주었다.

그렇게 몇 순배 술이 돌았다. 표자흠의 기분은 날아갈 것 같았다.

"철강시가 몇 구나 남았지?"

"삼천 구입니다. 그리고 혈강시가 세 구 있습니다."

"좋군, 좋아. 철강시가 삼천 구라……. 이 정도면 무림맹과 자웅을 겨뤄도 될 것 같지 않나?"

"자웅을 겨룰 수는 있겠지만, 우리 쪽 피해도 극심할 것입니다. 정작 승리 후에 천하를 수습할 여력이 없어집니다. 아직은 좀 더 힘을 모으며 때를 기다려야 합니다."

표자흠이 고개를 끄덕이며 술을 한 잔 더 마셨다.

"크으, 그래. 군사의 말이 맞아. 그래야겠지, 더 확실하게 천하를 움켜쥐려면. 그리고 천마신교를 내 발 아래 무릎 꿇게 하려면 말이야."

다시 술이 몇 순배 돌았다.

"우리가 보냈던 파락호 놈들은 언제쯤 올 것 같은가?"

"아마 한 달은 걸릴 것 같습니다. 비문위의 말에 따르면,

파락호 놈들은 아예 무공이 없기에 대법 자체가 다르다고 했습니다."

"뭐, 어쩔 수 없지. 그런 놈들로 철강시를 만들 수 있다면야 그 정도 시간은 감수해야지. 아직 더 사람을 모으고 있지?"

"물론입니다. 섬서 내에 있는 파락호란 파락호는 모조리 끌어모으고 있습니다."

"크크크크, 무림맹을 뒤엎는 것도 이제 얼마 남지 않았구나. 크크크크."

"한데 교주님."

"응?"

"그 비문위라는 자, 조금 경계를 해야 하지 않겠습니까?"

표자흠이 당연하다는 듯 고개를 끄덕였다.

"경계야 이미 하고 있으니 걱정 말게. 그리고 그놈이 원하는 거야 우리가 무림맹과 한판 화끈하게 붙는 것 아닌가. 어차피 싸워야 할 상대야. 그러니 조건이 없는 거나 다름없어. 이런 좋은 기회가 또 어디 있겠나. 안 그런가?"

"그건 그렇습니다, 교주님."

유염천도 조금 마음을 풀었다. 사실 비문위가 뭘 노리고 이런 일을 벌이는지 아직도 파악하지 못했다. 어쩌면 무림맹과 흑마성교를 싸움 붙여놓고 어부지리를 취하려 하는지도 몰랐다. 하지만 아무런 상관이 없었다. 그렇게 먹히지 않도록 힘을 키우면 그만이었다.

"그들은 철강시를 만들어낼 수 있는 힘을 가지고 있습니다. 거기다 혈강시까지 만들어냈습니다. 그걸 절대 경시하시면 안 됩니다."

"나도 충분히 알고 있고, 나름대로 생각하고 있다. 일단 천천히 그놈들 뒤를 캐볼 생각이야. 우선 정체부터 파악해야 하지 않겠나?"

유염천이 웃으며 고개를 살짝 조아렸다.

"역시 교주님이십니다. 저도 이제 근심을 좀 덜었습니다."

"으하하하! 일단 마시자고. 하하하하!"

두 사람은 밤이 늦도록 술을 마셨다. 내일부터는 더 거세게 섬서를 뒤흔들 것이다. 그리고 결국은 화산파와 종남파를 섬서에서 몰아낼 것이다. 그들은 반드시 그렇게 될 거라고 믿어 의심치 않았다.


풍운보(風雲堡)는 섬서 예천에 있는 문파였다. 금연방과 비슷한 능력을 가진 곳이었는데, 이곳 역시 화산파와 손을 잡아 하루하루 불안에 떨고 있었다. 사실 화산파와 손을 잡지 않아도 그랬겠지만, 요즘은 화산파를 원망하는 마음까지 들 정도였다.

깊은 밤, 풍운보 곳곳을 횃불이 밝혀주고 있었다. 풍운보는 무사의 대부분을 경계에 투입했다. 무사들 역시 그것에 불만을 가지지 않았다. 지금은 아주 특별한 시기였다.

예천에도 풍운보 외에 몰락해 가는 문파가 몇 개 있었다. 그 문파들의 움직임이 최근 심상치 않았기에 언젠가 일을 벌일 것이 분명했다. 다만 그게 오늘이 될지 내일이 될지 알 수 없으니 매일 지키는 수밖에 없었다.

"뭔가가 온다!"

누군가의 외침에 풍운보 전체가 긴장했다. 그들은 자신의 자리를 지켰다. 그리고 안쪽에서 쉬고 있거나 자고 있던 무사들이 우르르 나타났다.

"무슨 일이냐!"

풍운보주가 나와 묻자, 무사 중 하나가 급히 대답했다.

"뭔가가 다가오고 있습니다. 검은 옷을 입은 무리 같습니다!"

풍운보주의 안색이 딱딱하게 굳었다. 드디어 올 것이 왔다. 소문에 의하면 흉수들은 하나같이 검은 옷을 입고 있다고 했다. 물론 그 소문을 완전히 믿을 수는 없었지만 말이다.

풍운보주가 시선을 담장 쪽으로 돌렸다. 그 순간, 흑의인 하나가 담장을 훌쩍 넘어왔다. 근처에 있던 풍운보 무사들이 각자의 무기를 내질렀다.

까가강!

무기를 휘두른 무사들의 눈이 화등잔만 해졌다. 사람을 베었는데 쇠를 친 것처럼 손이 아파왔다. 마치 무쇠로 만든 사람을 때린 것 같았다.

 담장 위로 수많은 흑의인들이 나타났다. 풍운보 무사들은 당황하며 우왕좌왕했다. 풍운보주가 그 모습을 보며 호통을 쳤다.

 "뭣들 하는 게냐! 정신을 차려라!"

 그의 외침에 몇몇 무사들을 제외한 대부분이 정신을 바짝 차렸다. 그리고 달려드는 흑의인들을 향해 검을 휘둘렀다.

 까가강!

 흑의인들은 몸에 떨어지는 검을 완전히 무시하고 각자 들고 있는 검과 도를 휘둘렀다.

 채채채채챙!

 흑의인들의 공격은 매서웠다. 하지만 막지 못할 정도는 아니었다. 문제는 흑의인들의 몸에 도검이 박히지 않는다는 점과 흑의인은 결코 지치지 않는다는 점이었다.

 시간이 지나자 풍운보 무사들이 하나둘 부상을 입기 시작했다. 아직 죽은 사람은 없었지만 조만간 나올 것이 분명했다.

 풍운보주는 정신없이 움직였지만 별다른 성과가 없었다. 십여 명의 흑의인이 검진을 이룬 채 달려들었기 때문이다. 풍운보주의 실력도 꽤 대단해 흑의인들을 그럭저럭 상대할 수 있었지만, 검진을 이룬 흑의인들 역시 풍운보주에게 호락호락 당하지 않았다.

그렇게 몇 각이 지났다. 풍운보주는 점점 움직임이 버거워졌다. 호흡이 거칠어졌고, 팔이 무거워졌다. 이대로 가다가는 목숨을 잃을 것 같았다. 그리고 풍운보 무사들 역시 지쳐 있었다. 그들 역시 이대로라면 대부분 목숨을 잃고 말 것이다.

그때 풍운보에 있는 전각 중 한곳에서 누군가가 나타났다. 그는 전각의 지붕 위에 서서 내력을 잔뜩 실은 목소리로 웃었다.

"으하하하! 이놈들!"

장내의 싸움이 일시에 멈췄다. 전각 위에 있는 사람은 복면을 썼는데, 풍운보의 무사들을 내려다보며 중얼거렸다.

"다행히 늦지 않았군. 감히 강시 따위를 이용해 사람을 해치려 하다니!"

복면인의 외침에 풍운보 사람들이 깜짝 놀라며 자신이 방금 전까지 상대하던 흑의인들을 살폈다. 그리고 이내 고개를 끄덕였다. 무공 수준이 그리 높은 건 아닌데 도검이 불침하는 몸을 가졌다. 강시라면 충분히 그럴 수 있을 것이다.

복면인은 당연히 문노였다. 문노는 자신의 일곱 번째 목표이자 오늘의 마지막 목표인 풍운보를 내려다보며 강시가 얼마나 있나, 또 싸움의 상황이 어떤가를 확인했다. 아직 풍운보에서는 죽은 사람이 한 명도 없었다. 나름대로 훌륭한 시점이었다.

"좋아! 네놈들을 모두 저승으로 돌려보내 주지."

문노가 몸을 가볍게 날렸다. 허공으로 둥실 떠오른 문노의 몸이 천천히 흑의인들이 모여 있는 곳으로 날아갔다.

쉬리리리릭!

문노의 몸 주위로 날카로운 바람이 일어났다. 아무도 보진 못했지만 문노가 검을 뽑아 몇 번 휘두른 것이다. 어느새 검은 다시 검집으로 돌아가 있었고, 문노가 바닥에 착지하는 순간 근처에 있던 흑의인들이 동강동강 잘려 나갔다.

단번에 십여 구의 철강시를 없앤 문노는 다시 한쪽으로 몸을 날렸다.

쉬리리릭!

파공성이 울렸고, 철강시들이 동강 나며 사방으로 흩어졌다. 하나의 철강시가 대여섯 조각으로 잘라지는 광경은 기괴하기 그지없었다. 사람들은 멍한 눈으로 그 광경을 끝까지 지켜봤다.

싸움을 시작한 지 반 각도 채 지나지 않아 모든 철강시가 조각나 쓰러졌다. 풍운보에 온 철강시는 무려 이백 구였다. 다만 철강시의 움직임이 그리 뛰어나지 않았기에 그나마 막을 수 있었지, 아니었다면 풍운보는 벌써 몰살당했을 것이다.

문노는 멍하니 서 있는 풍운보주에게 다가갔다.

"네가 보주인가?"

"아, 그, 그렇습니다."

"뒤처리 잘하고, 오늘 있었던 일은 내일 소문내라."

"소문 말입니까?"

풍운보주가 긴장한 표정으로 묻자, 문노가 고개를 끄덕였다.

"이놈들, 철강시를 이용한다. 이게 무슨 뜻인지 알겠지?"

그제야 풍운보주의 얼굴이 딱딱하게 굳었다. 흑마성교에서 철강시를 사용한다는 사실이 드러나면 무림맹이 당장 움직일 것이다. 무림맹은 지금 되도 않는 명분을 찾고 있었으니까.

"명심하겠습니다."

풍운보주는 그렇게 대답하며 공손히 포권을 취했다. 그리고 그 순간, 문노의 모습이 그대로 어둠에 녹아들어 갔다. 아무도 문노를 다시 찾을 수 없었다.

그렇게 풍운보에 있었던 철강시 습격은 허무하게 끝이 났다. 그날 풍운보 외에 여섯 곳이나 되는 문파들이 같은 습격을 당했다. 하지만 그들 모두 같은 사람에 의해 구함을 받았다. 이제 남은 것은 그 일곱 문파가 퍼뜨리는 소문을 기다리는 일뿐이었다.

"휴우, 이거 쉽지 않구나."

문노는 복면을 벗으며 그렇게 중얼거렸다. 그의 고개는 어느새 좌우로 절레절레 흔들리고 있었다.

"싸우는 것도 좋지만, 이거 너무 밋밋한데? 난 좀 화끈하게 싸우는 게 좋은데 말이야."

문노는 서안의 커다란 객잔으로 들어섰다. 그곳에 미리 잡아둔 방에 들어가 침상에 누웠다.

"시체 썩는 내가 진동을 하는구나. 철강시가 한두 구가 아닌 모양이군. 이렇게 냄새가 진동하는 걸 보면 적어도 수백에서 수천 구는 되는 거 같아. 그놈들 다 부수려면 고생깨나 하겠군. 허허허."

문노는 지그시 눈을 감았다. 일단 두 시진만 쉬고 다시 움직일 생각이었다. 이런 일은 정말로 오랜만이라 가슴이 뛸 지경이었다. 문노는 기대감 속에서 깊이 잠들었다.

"뭐라고? 또 실패라고!"

표자흠은 분노로 몸을 부들부들 떨었다. 벌써 몇 번째인지 모른다. 한 문파에 이백에서 삼백 구의 철강시를 투입했다. 섬서에 있는 중소 문파의 경우 철강시 백 구 정도면 차고 넘칠 지경이다. 간혹 화산파나 종남파 무사 몇 명이 섞여 있는 경우가 있는데, 그럴 경우를 대비해 그 정도 수로 맞춘 것이다.

원래 계획대로라면 벌써 중소 문파들 대부분을 정리하고 화산파와 종남파에 압박을 가하기 시작했어야 할 때였다. 한데 강시만 죽고 아무런 성과도 못 올리기 시작했다. 그런 일이 연달아 벌어지니 화가 날 수밖에 없었다.

"대체 어떤 놈이 그러는지 알아내야 할 것 아닌가!"

표자흠의 외침에 유염천이 고개를 숙였다. 입이 열 개라도 할 말이 없었다. 하지만 유염천도 나름 범인을 잡기 위해 애를 쓰고 있었다. 그 성과가 전혀 나타나지 않는 게 문제였지만.

이제 남은 철강시의 수는 천 구도 안 된다. 그것만 가지고는 제대로 일을 진행할 수가 없었다.

"결국 사파 무사들과 마인들까지 동원해야 하는군."

섬서의 중소 문파를 모두 장악하거나 제거하는 건 상당히 중요한 문제였다. 섬서에 공백 상태를 만들어 그들이 휘어잡은 세 상단이 섬서를 장악할 수 있도록 해야만 했다.

화산파와 종남파는 힘이 아닌 돈으로 압박을 가해 무너뜨릴 생각이었다. 그리고 힘으로 덤비면 철강시를 이용해 상대할 계획까지 세워두었다.

한데 그 계획 자체가 완전히 무산될 위기에 처했다. 철강시의 수가 현저히 줄어든 것이다. 임무를 제대로 수행하지도 못하고 말이다.

"어쩌면 좋겠나?"

"일단 혈강시까지 투입을 해야 할 것 같습니다."

표자흠이 고개를 끄덕였다.

"그래야겠지. 한데 혈강시를 쓴다고 범인을 잡을 수 있겠나? 그래 봐야 고작 강시 아닌가."

유염천이 정색을 하며 고개를 저었다.

"절대 그냥 강시가 아닙니다. 철강시가 중소 문파의 일반 무사라면 혈강시는 십대고수입니다. 그 정도의 격차가 있습니다."

표자흠의 눈이 휘둥그레졌다. 혈강시가 강하다는 건 알고 있었지만 설마 그 정도일 줄은 몰랐다.

"그게 정말인가?"

"그렇습니다. 게다가 혈강시는 살아생전에 상당한 고수가 아니었다면 만들 시도조차 할 수 없습니다. 그들이 쓰던 무공까지 고스란히 가져오게 되니 훨씬 더 강해지는 게 당연합니다."

"그럼 혈강시가 십대고수도 상대할 수 있단 말인가?"

"이론상으로는 그렇습니다. 아마 십대고수 두 명의 협공을 받아도 버틸 수 있을 것입니다."

"대단하군!"

표자흠은 진정으로 감탄했다. 지금 그런 혈강시가 무려 세 구나 있지 않은가. 이 정도면 십대고수 셋을 보유하고 있는 무림맹에도 밀리지 않는다.

"당장 투입하게, 당장!"

"명을 받듭니다."

문노는 서안 흑마성교 근처에 은밀히 숨어 있었다. 오늘은 그곳에서 기다리다가 철강시가 나오면 한꺼번에 해결할 생각이었다. 이 지역 저 지역 뛰어다니려니 보통 고역이 아니었다.

그래서 오늘은 아예 철강시들이 흩어지기 전에 미리 만나 몽땅 해치우기로 결심을 했다.

"시기(屍氣)도 이제 많이 옅어졌군. 강시들이 상당히 줄어든 모양이야."

하긴 그동안 얼마나 열심히 뛰었는데 그 정도도 안 되면 곤란했다. 문노는 숨죽인 채 철강시들이 나타나기만을 기다렸다. 감각을 활짝 열었기 때문에 철강시가 근처에 나타나기만 하면 대번에 알 수 있었다.

"왔군."

문노는 급히 몸을 일으켰다. 철강시들이 무서운 속도로 다가오고 있었다. 문노가 예측한 대로 지금 숨어 있는 곳까지는 뭉쳐서 오다가 이곳을 지난 후에 흩어질 모양이었다.

"잘됐군."

문노는 길을 막고 서서 온몸의 기세를 끌어올렸다. 철강시를 이끌고 달려오는 사람들이 보였다. 일단 그 사람들부터 처리를 해야 했다.

쉬익!

문노의 검이 날카롭게 움직였다. 초승달 모양으로 생긴 십여 개의 강기(罡氣)가 쏜살같이 날아갔다.

퍼버버벅!

강시들 앞에서 달려오던 열한 명의 사내가 비명도 지르지 못하고 쓰러졌다. 문노의 강기는 새까만 색이었다. 이런 밤중에 검은 색의 강기가 날아오는 모습을 보는 건 결코 쉽지 않은 일이었다.

자신들을 조종하던 사람들이 모조리 죽자, 철강시들은 잠시 우왕좌왕했다. 하지만 이내 다시 움직이기 시작했다. 그들의 목표는 방금 전 조종자들을 죽인 문노였다.

"으하하핫! 역시 계획대로구나! 어서 오너라!"

문노는 크게 웃으며 소리쳤다. 천 구에 가까운 수의 철강시들이 빠르게 다가왔다. 하지만 문노는 전혀 걱정하지 않았다. 문노의 검에서 새까만 강기가 길쭉하게 솟아났다. 그리고 문노가 움직이기 시작했다.

서걱! 서걱! 서걱!

문노의 검이 한 번 움직일 때마다 강시의 머리 하나가 떨어졌다. 때로는 허리가 통째로 잘리기도 했고, 가끔은 십여 조각으로 나뉘어 쏟아지기도 했다. 철강시들은 전혀 문노에게 위협이 되지 않았다.

순식간에 수십의 철강시가 쓰러졌고, 그 뒤로도 연달아 수십 구씩 쓰러져 갔다.

문노는 기분 좋게 검을 휘둘렀다. 한낱 철강시들이 문노의 상대가 될 리 없었다. 그리고 그 순간, 은밀한 검이 문노의 옆구리를 파고들었다.

쩡!

문노는 조금 놀란 눈으로 자신을 공격한 강시를 쳐다봤다. 온몸이 피처럼 붉은 강시였다.

"혈강시!"

결국 혈강시까지 등장했다. 하지만 문노는 전혀 걱정하지 않았다. 문노는 고작 혈강시 한 구로 어찌 될 만큼 약하지 않았다.

"오랜만에 좀 화끈하게 싸울 수 있으려나."

문노는 기꺼운 마음으로 혈강시를 향해 검을 휘둘렀다.

쩌저저저정!

혈강시와 문노의 검이 부딪치자 사방으로 충격파가 퍼져나갔다. 근처에 있던 철강시들이 그 충격파에 몸 여기저기가 부서졌다.

문노는 혈강시와 공방을 주고받으면서도 충분히 여유가 있었다. 가끔 몸을 날려 철강시들을 잔뜩 쓰러뜨리고 다시 혈강시와 싸웠다.

그런 식으로 몇 번 하자 철강시들의 수가 확연히 줄어들었다. 그리고 그때, 또 다른 은밀한 검이 문노의 등을 노렸다.

쩌정!

문노는 하나 더 나타난 혈강시에 눈살을 찌푸렸다. 그리고 고개를 돌려 마지막 혈강시를 찾아냈다. 그 혈강시 역시 문노를 향해 달려오고 있었다.

"혈강시가 세 구라……. 완전히 체제를 갖췄군. 설마 혈강시까지 양산하려는 건가?"

만일 그렇게 되면 그건 재앙에 가깝다. 혈강시는 십대고수와 맞먹는 무력을 가진다. 더구나 살아 있을 때 어느 정도의 고수였냐에 따라 더 강해지기도 한다. 아마 십대고수를 이용해 혈강시를 만들면 우내사존만큼 강해질지도 모른다.

문노는 심각한 얼굴로 검을 늘어뜨렸다.

"장난은 이제 끝이다. 네놈들을 처리하고 돌아가야겠구나."

문노의 검에서 검은 기운이 폭발적으로 쏟아져 나왔다. 그 기운은 강기의 구름이었다. 뭉클거리는 강기의 검은 구름이 혈강시들을 향해 날아갔다. 그것은 상당히 빨랐고, 범위가 넓었다. 세 혈강시는 결국 검은 구름에 휩싸였다.

문노는 그것을 확인한 후, 검을 가볍게 한 번 휘둘렀다.

퍼버벅!

검은 구름 안에서 피가 터져 나왔다. 검은 구름은 마치 한 점으로 모여들려는 듯 응축되다가 깨끗이 사라졌다. 검은 구름이 사라진 자리엔 핏덩이만 남아 있었다. 혈강시의 흔적이었다.

문노는 이번에는 철강시들을 향해 검을 휘둘렀다. 문노의 검에서 초승달 모양의 강기 조각들이 수도 없이 쏟아져 나갔다.

새까만 강기가 어둠에 녹아들어 철강시들의 몸에 파고들었다. 그렇게 그날의 싸움이 끝났다.

"에구구, 허리야."

문노의 엄살에 단유강이 눈살을 찌푸렸다.

"일은 제대로 한 거야?"

"에구구, 허리가 휘어질 정도로 애쓰고 왔는데, 고작 하실 말씀이 그것밖에 없으십니까, 공자님?"

"그래, 고생 많았어. 어때? 철강시들은 좀 상대할 만해?"

"철강시들이 아직 완전하지 않은 것 같던데요? 생각보다 약했습니다."

단유강이 고개를 끄덕였다. 그 역시 예전 철강시를 상대할 때 비슷한 느낌을 받았다. 아직 완벽한 철강시가 만들어지지는 않은 듯했다.

"그보다 혈강시를 만났습니다."

"혈강시?"

"예. 세 구나 있더군요. 뭐, 그놈들도 완성품은 아닌 것 같았습니다. 맥아리가 없던데요?"

단유강이 그 말에 피식 웃었다. 아무리 미완성품이라 하더라도 혈강시다. 힘이 없다는 건 말이 안 된다.

"그나저나 혈강시라……. 그놈들인가?"

"그럴 확률이 높습니다. 생각해 보면 그놈들도 참 끈질긴 놈들이군요. 벌써 몇 번째인지……."

"나름대로 전승하는 방법이 있는 것 같아. 안 그러면 이렇게 띄엄띄엄 나타나서 분탕질을 칠 리 없잖아."

"그것도 그렇군요. 뭐, 어쨌든 중요한 사실은 혈강시가 나타났다는 사실 아닙니까."

단유강이 고개를 끄덕였다.

"그렇지. 이제 내가 나설 때로군."

"또 무슨 일을 꾸미시려고 그러십니까."

"생색 좀 내야지. 무림맹에 말이야."

"그놈들이 강시가 나타난 걸 알기나 하겠습니까?"

"그러니까 알려야지."

단유강이 씨익 웃자, 문노가 고개를 절레절레 저었다.

"그럼 가볼까?"

"어딜 말입니까? 설마 무림맹에 가시려고요?"

"무림맹에 언제 갔다 와? 백철이한테 가려고."

"백철이는 왜요?"

"그 옆에 사마자혜가 있을 테니까."

"예? 그건 또 무슨 말씀입니까?"

단유강이 씨익 웃었다.

"그런 게 있어."

문노는 강력한 호기심이 일었다. 그래서 단유강 뒤를 급히 따라갔다.

단유강이 향한 곳은 연무장이었다. 그리고 예상했던 대로 사마자혜는 그곳에 있었다.

"왜? 검을 휘두르는 모습도 그렇게 사랑스러워?"

단유강의 말에 사마자혜가 퍼뜩 놀라 고개를 돌렸다. 연백철의 모습을 보는 데 너무 집중해서 누가 다가오는 줄도 몰랐다.

"무, 무슨 일인가요?"

"무슨 일은 저 일이지."

단유강은 그렇게 말하며 옆에 서 있는 문노를 눈짓으로 가리켰다. 사마자혜의 눈이 살짝 커졌다. 그리고 문노를 향해 공손히 인사를 했다.

"어르신을 뵙습니다."

문노는 고개를 크게 끄덕였다.

"그래. 한데 분위기가 묘하구나."

문노는 호기심 어린 눈으로 사마자혜와 연백철을 번갈아 쳐다봤다. 사마자혜의 얼굴이 순식간에 달아올랐다.

"자, 쓸데없는 얘기는 그만하고, 중요한 얘기를 하자."

중요한 얘기라는 말에 사마자혜가 의아한 눈으로 단유강을 바라봤다. 단유강은 그런 사마자혜의 눈을 똑바로 쳐다보며 말을 이었다.

"흑마성교가 섬서의 중소 문파를 건드리는 걸 완전히 봉쇄했다."

사마자혜의 눈이 휘둥그레졌다.

"그게 정말인가요?"

"직접 물어보면 알 거 아냐."

사마자혜가 놀란 눈으로 문노를 바라보자 문노가 고개를 끄덕였다.

"아마 앞으로는 쉽게 건드리지 못할 거다. 내가 가끔 가서 또 살펴볼 테니까 말이야."

사마자혜는 문노를 향해 정중히 허리를 숙였다.

"정말로 감사합니다. 맹에 즉시 알리도록 하겠습니다."

"뭐, 우리 대원을 위해 한 일이니 그렇게 고마워할 건 없다."

문노의 말에 사마자혜는 어쩔 줄을 몰라 했다. 문노와 단유강은 그런 사마자혜의 모습에 빙긋 웃으며 몸을 돌렸다.

단유강은 걸음을 옮기려다가 문득 뭐가 떠올랐는지 연백철을 향해 소리쳤다.

"밤에 너무 무리하면 수련에 방해된다!"

순간 연백철의 발이 꼬이면서 앞으로 고꾸라졌다.

"커억! 대주님!"

연백철의 외침에 단유강이 웃으며 손을 한 번 흔들고는 연무장에서 나갔다.

연백철과 사마자혜는 잠시 그대로 서서 단유강의 뒷모습을 바라봤다. 단유강의 등은 정말로 넓고 든든했다, 자신의 모든 것을 맡길 수 있을 정도로.

"이제 어쩌실 생각이십니까? 흑마성교는 그냥 이대로 두실 생각이십니까?"
문노의 물음에 단유강이 씨익 웃었다.
"아니지. 이제부터 시작인데."
문노가 의아한 표정을 지었지만 단유강은 대답해 주지 않고 발걸음을 옮겼다. 단유강이 향하는 곳은 월영각이었다.
월영각에 들어선 단유강은 곧장 가장 위층으로 향했다. 그곳에는 백설영과 담교영, 그리고 하후아영이 모여서 바쁘게 일을 하고 있었다.
그녀들은 단유강과 문노가 들어서자 잠시 하던 일을 멈췄다.
"어쩐 일이세요?"
담교영의 물음에 단유강이 씨익 웃으며 탁자 앞에 자리를 잡고 앉았다.
"슬슬 시작해야 할 일이 있어서."
단유강의 말에 백설영이 눈을 빛냈다.
"이미 준비는 끝났습니다. 다만 흑마성교가 무력을 쓸 경우에 대처가 쉽지 않습니다."

작은 전쟁 325

단유강은 간단히 그걸 해결했다.

"백철이랑 쌍칼, 그리고 철판이 그걸 맡을 거야."

백설영이 고개를 끄덕였다. 그 정도면 충분했다. 섬서에도 단가상단의 지부가 몇 군데 있다. 그중에서 서안에 있는 것은 상당한 규모였다. 이번 계획은 섬서에 몇 개의 지부를 더 설립하고, 그것들을 이용해 상권을 장악해 나가는 것이었다.

더 정확한 목표는 흑마성교의 줄을 꽉 잡고 있는 세 상단과 대결해 그 상단들을 무너뜨리는 것이었다.

"좋아. 그럼 즉시 계획을 시작해. 사실 우리도 시간이 그렇게 많은 편은 아니거든."

단유강은 아마 정말로 시간이 많지 않을 거라고 생각했다. 암혈은 그냥 두면 점점 커진다. 암혈이 충분히 커져서 거대한 괴물들이 나오기 시작하면 사태는 걷잡을 수 없는 방향으로 흘러갈 것이다.

어떻게든 그 전에 암혈의 위치를 알아내서 구멍을 막아야만 했다. 처음에는 월영단을 이용해 찾을까 생각도 해봤지만, 그건 더 힘든 일이었다.

'그런데 그놈들 정말로 암혈에 대해 알고 있긴 한 거겠지?'

단유강은 문득 그들이 대체 어떻게 암혈을 찾았는지 궁금해졌다. 그 방법을 알면 이렇게 고생을 할 필요도 없을 테니까 말이다.

단유강은 하후아영을 바라보며 물었다.

"일은 할 만해?"

하후아영은 부끄러운 듯 얼굴을 붉히며 고개를 끄덕였다.

"예. 두 분께서 워낙 잘 알려주셔서……."

담교영에게는 무공을 배우고 백설영에게는 일을 배웠다. 둘 모두 남을 가르치는 데 탁월한 재주가 있는 사람들이라 하후아영은 아주 쉽게 일과 무공을 배워 나갈 수 있었다. 물론 그녀의 재능이 뛰어났기 때문에 더 쉽게 배웠다. 만일 다른 사람이었다면 이렇게까지 무공과 일 두 가지를 잘할 수 없었을 것이다.

"아주 보기 좋구나."

단유강은 세 여인을 바라보며 빙긋 웃었다. 왠지 마음이 홀가분했다. 단유강은 몸을 돌려 방에서 나갔다. 그리고 자신의 거처로 천천히 걸어갔다. 걸음 그 자체를 음미하듯.

"자아, 그럼 이제 슬슬 나도 나름대로 움직여야겠군."

단유강은 의미심장한 미소를 지었다. 천망칠십오대는 이미 천망단이라는 한계를 넘어섰다. 하지만 대체 누가 그 한계라는 걸 정했단 말인가.

"다른 천망단도 그래야 하는데 말이야."

단유강은 그렇게 중얼거리다가 문득 걸음을 멈췄다. 거대한 존재감이 느껴졌다. 단유강의 시선이 옆으로 돌아갔다. 그러자 허공이 갈라지는 광경을 볼 수 있었다.

세로로 쭉 찢어진 허공을 옆으로 젖히며 한 사람이 안에서 튀어나왔다. 그가 나오자 허공이 다시 닫혔다.

"이크크! 하여간 너무 급하시다니까. 아직 다 나오지도 않았는데 닫아버리시면 어쩌자는 건지."

단유강은 소란스럽게 떠들며 나타난 사람을 멍한 눈으로 바라봤다. 겉보기에는 고작 스무 살 정도로 보이는 사람이었다. 물론 단유강은 그가 누군지 아주 잘 알고 있었다. 어릴 때부터 함께였으니 당연했다.

"잘 지냈느냐."

"종 숙부님……."

"그 말썽꾸러기 녀석은 어디 있느냐? 다리몽둥이를 부러뜨리려고 이렇게 직접 왔다."

단유강은 그의 말에 크게 웃었다. 문노가 당황하는 모습이 눈앞에 그려졌다. 지금 나타난 사내는 바로 문노의 스승이자 모든 천망단의 스승이 되는 사람이었다.

『태룡전』 7권에 계속…

# 共同傳人
# 공동전인

설경구 新무협 판타지 소설

## 마교를 재건하라.

혈마옥에 갇히며 마교 장로들의 공동전인이 된 사무진에게 주어진 과제.
역사상 가장 착한 마교의 교주.
하지만 역사상 가장 강한 마교의 교주가 되고 싶다.

## 고정관념을 버려요.
마교도라고 해서 꼭 나쁜 놈일 필요는 없잖아요.
## 지금까지와는 다른 마교.
이제 사무진이 만들어가는 새로운 마교가 모습을 드러낸다.

유행이 아닌 자유추구 -
WWW.chungeoram.com
Book Publishing CHUNGEORAM

설봉 新무협 판타지 소설

# 환희밀공

무유칠덕(武有七德), 금폭(禁暴), 집병(戢兵), 보대(保大),
정공(定功), 안민(安民), 화중(和衆), 풍재(豐財), 자야(者也).
〈좌전(左傳), 선공 십이년(宣公 十二年)〉

무에는 일곱 가지 덕이 있다.
첫째, 난폭을 금지한다. 둘째, 무기를 거두어들인다. 셋째, 큰 나라를 보전한다.
넷째, 공적을 정한다. 다섯째, 백성을 편안하게 한다. 여섯째, 대중을 화합하게 한다.
일곱째, 물자를 풍부하게 한다.

섭서성(陝西省) 육반산(六盤山)에 신력(神力)을 바탕으로
패공(覇功)을 구사하는 가문(家門), 육반루가(六盤婁家).
세상에게 외면받고 멸시당하는 환희교(歡喜敎).
육반루가의 후손과 환희교 교주의 운명적인 만남.

"넌 환희교를 지키는 수문장(守門將)이 될 거야.
강하게, 아주 강하게 키워주마."
'아버지처럼 죽지 않을 거야. 아무도 날 죽일 수 없어.
세상에서 최고로 강한 사람이 될 거야.'

Book Publishing CHUNGEORAM

# 태룡전

**김강현**
新무협 판타지 소설

『마신』, 『뇌신』에 이은
작가 김강현의 또 하나의 대작!!
『태룡전』

내가 이곳 미고현에 위치한 천망칠십오대에
온 지도 벌써 두 달이 넘었거든.
그런데 아직도 이해하지 못한 일이 하나 있어.
그게 뭐냐고? 우리 대주 말이야.
우리 대주님이 가장 좋아하는 게 뭔지 아나?
바로 침상에서 좌우로 데굴데굴 굴러다니는 거야.
그다음으로 좋아하는 게 그렇게 뒹굴다 잠드는 거고……
나려타곤(懶驢打滾)!
더도 덜도 아닌 딱 우리 대주님을 지칭하는 말일세.

천망칠십오대 대주 단유강!!
격동의 무림은 그에게 휴식을 허락하지 않는다.
단유강, 그의 일보가 천하를 떨쳐 울린다.!

유행이 아닌 자유추구 -
WWW.chungeoram.com
Book Publishing CHUNGEORAM

오채지 新무협 판타지 소설
# 천산도객

**마도대종사의 죽음.**
마침내 끝이 난 이십 년간의 정마대전.
하지만 전 무림이 까맣게 모르는 것이 있었으니…

대종사가 마지막까지 숨겨두었던 마도백가(魔道百家)의 비밀 병기.
패잔병으로 북방을 떠돌던 어느 날 신비로운 사내 비파랑을 만나는데…

"항주의 금룡관(金龍館)에… 이걸 전해주십시오."
"눈치챘겠지만 난 마인이오."
"어쩐지 당신이라면… 약속을 지켜줄 것 같아서……."

한 번의 짧은 만남이 만든 운명 같은 행보.
그의 위대한 강호행이 시작된다.

유행이 아닌 자유추구 -
WWW.chungeoram.com
Book Publishing CHUNGEORAM